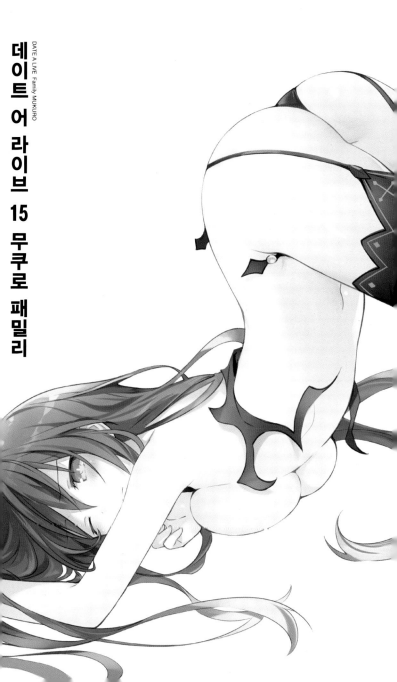

DATE A LIVE Family MUKURO

데이트 어 라이브 15 무쿠로 패밀리

"불손하구나. 주제를 알거라."

정령— 호시미야 무쿠로

"—간다, 무쿠로.
내가 네 마음을 열어주겠어."

고교생— 이츠카 시도

"부상을 입은 상태에서는 몸을 씻는 것도 힘들 거야. 나한테 맡겨."
정령— 토비이치 오리가미
"제가 미쿠 스펀지로 깨끗~하게 씻겨드릴게요~!"
정령— 미쿠
"진짜로 괜찮다고!"

"시도를 회복시키는 게
최우선인 걸 잊지 마!"
〈라타토스크〉 사령관― 이츠카 코토리

"시도! 괜찮으냐?!"
정령― 야토가미 토카

"정말 상스러운 여자구나.
자, 나리.
무쿠가 먹여주겠노라."

"……으, 으음."

"아~ 를 해주지. 입을 벌려라.
안 벌리면 볼에
바람구멍을 내주마."

"맛있어져라.
모에모에큥."

CONTENTS

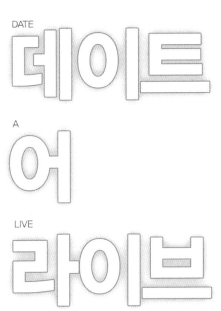

DATE

A

LIVE

데이트 어 라이브

15

글 : **타치바나 코우시**
그림 : **츠나코**
옮긴이 : **이승원**

정령(精靈)

인계(隣界)에 존재하는 특수 재해 지정 생명체. 발생 요인, 존재 이유 둘 다 불명.
이쪽 세계에 모습을 드러낼 때, 공간진(空間震)을 발생시켜 주위에 심각한 피해를 끼친다.
또한, 엄청난 전투 능력을 보유하고 있음.

대처법1

무력을 통한 섬멸.
단, 위에서 말했듯 매우 강대한 전투 능력을 보유하고 있기 때문에 달성 가능성이 극도로 낮음.

대처법2

——데이트를 해서, 반하게 만든다.

무쿠로 패밀리

Family MUKURO
SpiritNo.10i
AstralDress-PrincessType、Weapon-ThroneType[Nahemah]

제6장 배틀 오브 코스모스

잠시라도 긴장을 풀었다간 그대로 빨려들 것만 같은 칠흑 속에서, 셀 수도 없을 만큼 무수한 별빛이 반짝였다.

눈앞에 펼쳐진 광경은 꿈을 꾸고 있다는 착각이 들 만큼 몽환적이었다.

마치 하늘과 땅이 뒤집혀서 밤하늘을 향해 떨어지고 있는 것만 같았다.

하지만 그 표현도 틀렸다고 할 수는 없다.

현재 이츠카 시도가 있는 공간은 높디높은 하늘 너머, 지구를 벗어난 장소이기 때문이다.

—우주.

누구나 그 이름을 알고, 누구나 그 존재를 알지만 대부분의 이들이 발을 들이지 못하는 초월자의 영역.

물론 지구상에 있는 그 어떤 생물도 이곳에서는 살 수 없다. 생명활동에 필요한 산소가 없을 뿐만 아니라, 대기권에 의해 차단되고 있는 다양한 에너지 입자선들이 몸에 직접적으로 나쁜 영향을 주기 때문이다.

몽환적인 풍경과 달리, 생명을 거부하는 죽음의 세계다. 하지만 시도는 우주복은 물론이고 생명을 유지하기 위한 장치 하나 없이 그곳에 떠있었다.

하지만 그것도 당연했다. 시도는 관광이나 유람을 하러 우주공간에 온 것이 아니다.

생명이 존재하지 않는 공간에서 홀로 잠자고 있는 고독한 소녀의 마음을 『열기』 위해서 이곳에 온 것이다.

"─무쿠로."

시도는 조용히 그 이름을 입에 담았다.

무쿠로. 호시미야 무쿠로. 슬픔이 어린 듯한 그 정령의 이름을 말이다.

시도의 눈앞에는 한 소녀가 떠있었다. 자신의 키보다 긴 금발과 별자리처럼 반대편이 비쳐 보이는 옷자락이 그녀의 몸을 휘감은 채 무중력공간에서 하늘거리고 있었다.

앳된 느낌이 남아있는 얼굴에는 표정이라고 할 만한 것이 존재하지 않았으며, 아름다운 황금색 눈동자 또한 이 세상의 그 무엇에도 흥미가 없다는 듯이 허공을 응시하고 있었다.

"──흐음."

무쿠로는 천천히 한숨을 내쉬면서 입을 열었다.

"그대는 끈질기구나. 그리고 기억력이 나쁜 게냐?"

"그래. 끈질긴 것과 기억력이 떨어지는 걸로는 정평이 나 있거든."

시도가 입술 가장자리를 치켜 올리면서 그렇게 말하자, 무쿠로는 또 한숨을 내쉬었다.

하지만 그런 그녀에게서 시도를 향한 나쁜 감정은 거의 느껴지지 않았다. 물론 기쁨을 감추기 위해 일부러 차가운 태도를 취하고 있는 것처럼 보이지도 않았다.

정확하게 말하자면— 무쿠로는 시도에게 그 어떤 감정도 품고 있지 않은 것처럼 보였다.

악의가 없다. 또한 호의도 없다. 그저 자신의 영역을 침범한 자를 배제하는 기능에 따라 수동적으로 몸을 움직이고 있을 뿐인 듯한 위화감이 느껴졌다. 그 기묘한 태도는 시도의 머릿속에 『인형』이라는 단어를 떠올리게 했다.

"……."

시도는 그녀가 손에 쥔 열쇠 같은 형태를 한 석장(錫杖)을 힐끔 쳐다보았다.

천사 〈봉해주(封解主)〉. 끝부분을 찔러 넣고 『잠금』으로 써 그 어떤 물질의 그 어떤 기능이든 모두 다 봉인한다고 하는, 말도 안 되는 능력을 지닌 천사다.

무쿠로의 말대로라면, 그녀는 자기 자신에게 그 힘을 사용해서 『마음』을 『잠근 것』이라 했다 .

그게 구체적으로 어떤 행위이며, 무쿠로의 정신에 어떤 영향을 끼쳤는지는 알 수 없다. 하지만 결과적으로 무쿠로는 환희도, 분개도, 비애도, 향락도 느끼지 못하게 됐다.

그리고 모든 감정을 잃어버린 무쿠로는 지상에서 한참 떨어진 이곳에 둥둥 떠 있기만 했다.

타인에게 간섭을 받지도 않고, 타인에게 관측되지도 않으며, 그저 혼자서 말이다.

그래서— 시도는 이곳에 왔다.

이미 한 번 거절당했지만, 다시 한 번 이곳으로 돌아왔다.

"대체 뭘 하러 온 것이지? 이번에는 입체영상이라는 게 아닌 것 같구나."

무쿠로는 고개를 갸웃거리면서 물었다. 무미건조한 표정 때문인지, 고개를 갸웃거리는 동작 또한 그저 상대에게 질문을 던진다고 하는 기능에 따른 행동처럼 보였다.

"그야 뻔하잖아. 무쿠로, 너와 한 번 더 이야기를 나누러 왔어."

"헛소리 하지 마라. 내가 말했을 텐데? 그대의 위선에 휘둘리고 싶지 않다고 말이다. 무쿠는 구원 따위를 바라지 않는—."

"아냐."

시도는 무쿠로의 말을 자르고 그녀의 눈을 응시하며 입을 열었다.

"내가 이야기를 나눌 사람은 네가 아니야. 〈미카엘〉로 마음을 잠그지 않은, 진짜 호시미야 무쿠로와 이야기를 나누고 싶어."

"……흐음?"

무쿠로는 시도의 말에 무표정한 얼굴로 대꾸했다.

"이상한 소리를 하는구나. 무쿠는 무쿠가 아니라는 것이냐. 일전에 말했을 터, 무쿠의 마음을 잠근 사람은 바로 무쿠 자신이라고 말이다. 그대에게는 무쿠의 선택에 왈가왈부할 자격이 없느니라."

"그래, 들었어. 하지만 왜 마음을 잠근 건지 물었을 때…… 명확하게 대답해주지는 않았잖아."

시도는 마음을 굳게 먹으려는 듯이 주먹을 말아 쥐며 말했다.

그리고 그는 일전에 무쿠로가 했던 말을 떠올렸다.

「글쎄……. 어째서일까? 필요가 없어서…… 아니, 그렇지 않구나. 그것을 지니고 있으면 불행해진다고 과거의 무쿠가 생각했기 때문이 아닐까? 지금은 모르겠지만 말이다.」

그렇다. 일전에 대화를 나눴을 때, 무쿠로는 자신의 의지로 마음을 잠갔다고 말했다. 하지만 그 이유를 묻자, 이런 애매한 대답만 했던 것이다.

무쿠로가 대충 얼버무리려고 한 것인지, 아니면 진짜로 기억을 못하는 것인지는 알 수 없다. 하지만 별것 아닌 이유로 자신의 감정을 잠갔을 리가 없다.

"……맞아. 왜 이렇게 간단한 걸 눈치채지 못한 걸까?"

시도는 한숨을 내쉬면서 그렇게 말했다. 그것은 무쿠로를 향해 한 말이 아니었다. 무쿠로가 도움을 거절하며 한 말에 정곡을 찔려 흔들린 자기 자신을 향해 던진 질문이었다.

정말 어이없는 이야기다. 『자신』— 『이츠카 시도』에게 그런 말을 들을 때까지, 생각이 거기까지 미치지 못했으니까 말이다.

"다시 한 번 묻겠어. 무쿠로, 너는 왜 이런 곳에 있는 거야? 왜 마음을 잠근 건데? 대체 너한테 무슨 일이 있었던 거야?"

"……."

무쿠로는 냉담한 표정으로 입을 다물었다. 그리고 몇 초 후, 흥 하고 코웃음을 쳤다.

"—뭐, 좋다."

그리고 시도의 말을 듣지 못한 것처럼 그렇게 중얼거리더니, 쥐고 있던 〈미카엘〉의 끝부분으로 시도를 겨눴다.

"경고에 따르지 않는 것은 그대의 자유니라. —하지만, 그에 따라 행동을 취하는 것 또한 무쿠의 자유이니라."

무쿠로가 그렇게 말한 순간, 그녀의 주위에 떠있던 암석과 기계 파편 등이 시도를 향해 쏟아졌다.

"—윽!"

갑작스럽게 공격을 당한 시도는 무심코 숨을 삼켰다.

이런 상황을 전혀 각오하지 않은 것은 아니다. 일전에 대화를 나눴을 때에도 무쿠로는 다짜고짜 공격을 했다. 입체 영상을 통해 대화를 해서 망정이지, 안 그랬다면 시도는 몇 번은 죽었으리라.

하지만 각오를 했다고 해서 바로 대응할 수 있을 리가 없다. 정령의 힘에 의해 시도를 향해 쇄도하고 있는 저 파편들은 매우 작은 규모의 유성군(流星群)이다. 뼈를 부수고 살을 꿰뚫을 만한 위력을 지닌 저 물체들이 시도의 숨통을 끊기 위해 그를 향해 쏟아졌다.

"큭—!"

시도는 양손을 교차시키고 머리를 지키려는 것처럼 몸을 웅크렸다. 시도는 코토리의 능력인 치유의 불꽃을 지녔다. 즉사만 피하면 금세 상처가 회복될 것이다.

하지만, 다음 순간…….

"—어?"

시도는 자신에게 벌어진 뜻밖의 현상에 당황하고 말았다.

그럴 만도 했다. 무쿠로가 날린 수많은 물체들 중 단 하나도 시도의 몸에 닿지 않은 채 그대로 그를 지나간 것이다.

무쿠로가 탄도를 조작한 것은 아니다. 시도의 몸이 날아오는 물체의 궤도를 예측하며 이동한 것 같았다. 마치 물 위에 떠있는 부표가 배가 일으킨 파도에 밀려나는 것처럼 말이다.

"이건……."

시도가 경악한 순간, 그가 착용한 인터컴에서 귀에 익은 목소리가 흘러나왔다.

『우리 오빠가 당하게 둘 수야 없지.』

그 목소리의 주인이 누구인지 따로 확인할 필요는 없었다. 시도의 여동생이자 〈라타토스크〉 사령관인 이츠카 코토리였다.

현재 시도가 맨몸으로 우주공간에 있을 수 있는 이유는 바로 코토리, 그리고 코토리가 지휘하는 거대한 공중함 〈프락시너스 EX〉 덕분이다.

시도의 뒤편에 위치한 이 배는 주위 일대를 테리터리로 뒤덮은 채 시도의 몸을 보호하고 있었다. 또한 공기가 없는 공간에서 시도의 목소리가 무쿠로에게 전해질 수 있도록 서포트하고 있었다.

『원리적으로는 〈프락시너스〉의 자동회피와 동일해. 임의영역이 접근하는 물체를 감지해서 시도의 몸과 접촉하지 못하도록 막는 거야.』

"그렇구나……. 고마워, 코토리. 덕분에 살았어."

시도가 그렇게 말하자, 인터컴에서 다른 이의 목소리가 흘러나왔다.

『코토리한테만 고마운 건가요?』

"하하……. 고마워, 마리아."

시도는 쓴웃음을 지으면서 〈프락시너스〉의 AI인 『마리아』에게 그렇게 말했다.

『알면 됐어요. 하지만 과신은 하지 마세요. 〈프락시너스〉 본체를 감싼 테리터리에 비하면 강도와 정밀도가 떨어지니까요. 파편 정도라면 문제없지만 천사의 공격은 잠시도 버티지 못할 거예요. 게다가─.』

마리아의 말에 이어 이번에는 코토리의 목소리가 들렸다.

『미안하지만 음성 서포트를 기대하지는 마. 우리도 손님을 맞이해야 하거든.』

"……응. 알아."

손님. 그 말을 듣고 뒤편을 힐끔 쳐다본 시도는 표정을 굳혔다.

이유는 단순했다. 푸른 별에서 날아온 거대한 배 여러 척이 〈프락시너스〉에게 접근하고 있었다.

그것들은 바로 DEM 인더스트리의 공중함이었다.

시도가 출격하기 직전에 우주에 나타나 〈프락시너스〉를 공격했던 네 척의 배가 맹렬한 속도로 접근하고 있었다.

게다가 그 선단의 중심에는 〈프락시너스〉와 악연으로 얽힌 공중함 〈게티아〉가 있었다. 아무리 진화한 〈프락시너스〉일지라도, 시도를 돌보면서 저들과 싸우는 것은 쉽지 않으리라.

시도는 결의를 새롭게 다지듯 고개를 끄덕인 후, 다시 무쿠로를 쳐다보았다.

"테리터리만으로 충분해. —이쪽은 나한테 맡겨."

시도는 낮은 목소리로 그렇게 중얼거린 후, 오른손을 천천히 앞으로 내밀었다.

상대는 강대한 힘을 지닌 정령이다. 게다가 방금 나눈 대화만으로도 알 수 있듯, 시도의 말은 그녀가 스스로 잠근 마음에 닿지 않았다.

하지만 시도 또한 아무런 작전도 없이 그녀의 앞에 모습을 드러낸 것은 아니다.

그렇다. 시도는 잠겨버린 마음을 열 방법을 딱 하나 알고 있었다.

"……."

시도는 호흡을 조절한 후, 정신을 집중했다. 그리고 마음을 가다듬어서 변질시키는 이미지를 떠올렸다. 무쿠로를 구하고 싶다는 소망을 길잡이 삼아, 어렴풋한 빛 속에서 하나의 형태를 떠오르게 했다.

그리고 시도는 입에 담았다. 그 형태의 이름을— 강력하기 그지없는 힘을 지닌 천사의 이름을…….

—지금 이 상황을 타파할 가능성을 지닌, 유일한 『열쇠』의 이름을…….

"〈위조마녀〉."
하니엘

그 순간, 몸에 흐르는 피가 열기를 띠는 듯한 감각이 느껴지면서 오른손이 옅게 빛나더니, 시도의 오른손에 길쭉한 무기가 쥐어졌다.

하지만 그것은 창이나 칼 같은 무기가 아니었다. 길쭉하고 단단한 파츠가 다발을 이룬 끝부분의 형태는 무기나 석장이라기보다 빗자루를 연상케 했다.

"……흐음?"

느닷없이 허공에서 나타난 천사 〈하니엘〉을 본 무쿠로가 반응을 보였다.

"천사? 정령으로는 보이지 않는다만……."

하지만 곧 납득했다는 듯이 눈을 가늘게 떴다.

"오호라. 그건 그대의 몸 안에 봉인되어 있는 영력이구나. 흐음, 어떤 원리인지는 모르겠지만, 정령에게서 천사를 빼앗은 것은 사실인 듯하구나. 그렇다면 무쿠의 힘을 노리는 것도 당연하겠지."

"말도 안 되는 소리 하지 마. 확실히 이건 내 힘이 아냐. 하지만 빼앗은 건 아니라고. 너를 구하기 위해 잠시 빌렸을 뿐이야."

"아직도 그딴 헛소리를 지껄이는 것이냐. 불가능하니라. 확실히 그건 천사 같다만, 무쿠의 〈미카엘〉에게 이길 수 있는 천사는 존재하지 않느니라."

"그래? 그럼—"

시도는 입가에 미소를 머금고, 〈하니엘〉을 쥔 손에 힘을 주며 외쳤다.

"〈하니엘〉―【천변만화경(千變萬化鏡)】!"

그러자 그 말에 호응하듯 〈하니엘〉이 옅은 빛을 뿜더니, 마치 점토를 반죽하는 것처럼 형태가 변질되기 시작했다.

잠시 후 빛이 완전히 잦아들자, 〈하니엘〉은 아까와 전혀 다른 형태가 되어 있었다.

무쿠로의 마음은 그녀 본인이 지닌 천사 〈미카엘〉에 의해 잠겼다. 즉, 무쿠로의 마음을 여는 것은 무쿠로 본인만이 할 수 있다.

하지만 그 절대적인 룰에 구멍을 내는 유일한 존재가 바로 이 〈하니엘〉이었다.

"……아니?"

무쿠로가 이 상황은 전혀 예상하지 못했는지 미심쩍은 목소리로 입을 열었다.

"요망하구나. 〈미카엘〉을 베낀 게냐?"

"그래. 이렇게 하면―."

시도는 절그럭 하는 소리를 내면서 〈미카엘〉의 끝부분으로 무쿠로를 겨눴다.

"진짜 너와 이야기를 나눌 수 있어."

"불손하구나. 주제를 알거라. 제아무리 형태를 베낀들, 그대가 〈미카엘〉을 다룰 수 있을 리가 없다."

"글쎄, 과연 그럴까? 어디 한번 시험해보자고."

시도는 리드미컬하게 고동치고 있는 심장을 진정시키며 그렇게 말한 후, 〈미카엘〉을 양손으로 들었다.

"─간다. 무쿠로. 내가 네 마음을 열어주겠어."

〈프락시너스〉의 함교에 설치된 스피커에서 결의에 찬 시도의 목소리가 흘러나왔다. 함장석에 앉은 코토리는 검은 리본을 이용해 두 갈래로 나눠묶은 머리카락 끝을 희미하게 흔들면서 고개를 끄덕였다.

"─시도, 너만 믿을게."

코토리는 말 한 마디 한 마디에 의지를 담아 그렇게 말한 후, 눈을 꼭 감았다.

시도가 현재 대치중인 호시미야 무쿠로는 토키사키 쿠루미나 반전(反轉) 정령에 비견될 만큼 위험한 정령이다. 제아무리 테리터리로 보호를 받고 있더라도, 시도가 홀로 그녀와 대치하는 것은 막고 싶었다.

하지만 현재 〈프락시너스〉가 싸워야 하는 상대는 인류 최강의 마술사 엘렌 메이저스, 그리고 그녀가 이끄는 고속전투함 〈게티아〉다. 역사가 바뀌기 전의 세계에서 〈프락시너스〉를 격추한 배인 것이다. 단 한순간도 방심해서는 안 되는 상대다.

"전원, 전투 준비! 우리가 싸워야 하는 상대는 이 세상에서 가장 성가신 적이야! 마음 단단히 먹어!"

""""예……!""""

코토리의 말에 함교에 있는 승무원들이 긴장 어린 목소리로 대답했다. 코토리는 고개를 끄덕인 후, 뒤편을 쳐다보았다.

그곳에는 함교와 어울리지 않는 복장을 한 여덟 명의 소녀가 서 있었다. 그녀들은 지금까지 시도가 영력을 봉인한 정령들이었다. 다들 걱정스런 표정으로 함교 메인 모니터에 비친 시도를 쳐다보고 있었다.

"코토리!"

"코토리."

그 중 두 명— 칠흑빛 머리카락과 수정 같은 눈동자를 지닌 소녀, 그리고 정령들 중에서 유일하게 냉정한 표정을 짓고 있는 소녀가 동시에 입을 열었다. —토카와 오리가미였다.

그녀들이 하고 싶은 말이 무엇인지는 듣지 않아도 짐작이 되었다. 코토리는 잠시 망설인 후, 가늘게 한숨을 내쉬었다.

"……어쩔 수 없네. 가능하면 너희가 나서지 않았으면 좋겠는데 말이야."

코토리는 표정을 희미하게 일그러뜨리며 또 한숨을 내쉬었다. 코토리가 소속된 〈라타토스크〉는 정령을 보호하는 것이 목적인 조직이다. 겨우 영력이 봉인된 정령들을 다시 전장에 보내고 싶지는 않았다.

하지만 그런 소리를 할 상황이 아니라는 것은 누가 봐도 명백했고— 무엇보다 그녀들은 코토리가 말리더라도 듣지 않을 것 같은 눈빛을 띠고 있었다.

"그럼 잘 부탁해."

코토리가 그렇게 말하자, 토카와 오리가미는 동시에 고개를 끄덕였다.

아니, 두 사람만이 아니었다. 다른 정령들도 찬성하듯 힘차게 고개를 끄덕였다.

"저도…… 도울, 게요!"

"크큭, 야마이가 마음만 먹으면 대기가 없는 우주에서도 바람을 불게 할 수 있노라!"

"동감. 그리고 이런 상황에서 그저 보고만 있는 건 무리예요."

"맞아요~! 귀엽기 그지없는 여러분이 싸우는데, 저만 가만히 있을 수야 없죠~!"

"……요시노가 간다면, 나도 갈 거야."

"으음~! 좋네! 마치 최종결전에 임하는 것 같잖아. 모두가 힘을 합쳐 싸우는 뜨거운 전개! 아, 하지만 나는 영력이 약하니까 배 안에서 지원할게. 미안해~."

요시노, 카구야, 유즈루, 미쿠, 나츠미, 니아가 차례차례 입을 열었다. 코토리는 그녀들을 둘러보며 허락한다는 듯이 고개를 끄덕였다.

"알았어. 너희의 힘을 빌려줘."

코토리의 말에 답하듯, 정령들은 「오~!」하고 외치며 주먹을 치켜들었다. 그녀들의 힘찬 목소리가 함교에서 메아리치며, 코토리를 꾸짖듯 그녀의 온몸을 두들겼다.

정령들에게 자극을 받았는지, 얼굴을 가득 채운 긴장감이 한순간에 누그러든 승무원들은 새로운 결의와 열의로 표정을 굳혔다. 그녀들의 목소리는 사상 최강의 적에게 도전하는 승무원들의 심리 상태를 호전시킨 것 같았다.

하지만— 그런 분위기는 오랫동안 지속되지 않았다.

메인 모니터에 포착된 DEM의 함대에서 수많은 무언가가 발사되어 시도와 무쿠로를 향해 몰려갔기 때문이다.

인간과 비슷한 형태를 띤 먹색의 그것은 바로 DEM의 무인병기 〈밴더스내치〉였다.

"쳇……! 저 녀석들—."

"사, 사령관님! 〈밴더스내치〉 이외의 반응이…… 포착됐습니다!"

〈보호 관찰 처분〉 미노와가 코토리의 말을 막듯 허둥지둥 고함을 질렀다.

하지만 그녀가 그러는 것도 무리는 아니었다. 메인 모니터에 비친 수많은 적들 안에 〈밴더스내치〉 이외의 존재가 있었던 것이다.

—그렇다. 푸른색과 흰색으로 꾸며진 CR-유닛으로 몸을

감싼 금발 소녀가 말이다.

"저 사람은……!"

"—아르테미시아 애시크로프트."

그 이름을 입에 담은 사람은 모니터를 쳐다보고 있던 오리가미였다. 목소리는 차분했지만 얼굴에는 긴장감이 희미하게 어려 있었으며, 손 또한 굳게 말아 쥐고 있었다.

평소 감정을 겉으로 드러내지 않는 그녀답지 않은 반응이었다. 하지만 그러는 것도 당연했다. 지금 시도와 무쿠로에게 접근하고 있는 이는 엘렌 메이저스 다음 가는 실력을 자랑하는 위저드인 것이다.

아르테미시아가 시도에게 가까이 다가가게 둘 수는 없다. 코토리는 초조함이 어린 목소리로 외쳤다.

"큭— 여러 곳으로 나눠서 전송할 테니까, 우선 토카와 오리가미가 전송장치에 타!"

"음!"

"알았어."

토카와 오리가미는 그렇게 말한 후 함교 안에 설치된 전송장치로 이동했다. 코토리는 그녀들을 곁눈질하면서 〈프락시너스〉의 AI인 마리아에게 말을 걸었다.

"그리고 마리아. AW-111을 준비해줘."

『라져. 하지만 그건 아직 조정 중이에요. 정말 괜찮겠어요?』

"응. 오리가미라면 자유자재로 구사할 수 있을 거야."

"……응?"

오리가미는 코토리의 말을 듣고 영문을 모르겠다는 듯이 고개를 갸웃거렸다.

바로 그때, 콘솔 하단부가 서랍처럼 열리더니 안에 들어있던 군용 인식표처럼 생긴 은색 물체가 모습을 드러냈다.

코토리는 그것을 쥐고 오리가미를 향해 던졌다. 오리가미는 한 손으로 그걸 잡은 후 손바닥 위에 놓인 그 물건을 뚫어져라 쳐다보았다.

"이건…… 긴급 장착 디바이스?"

"그래. 아스가르드 일렉트로닉스제 CR-유닛, AW-111 〈브륀힐드〉. 우리 쪽의 최신형이야. 잘 써."

코토리가 그렇게 말하며 엄지를 치켜들자, 오리가미는 전부 이해했다는 듯이 디바이스를 쥔 손에 힘을 주며 고개를 끄덕였다.

"—알았어."

"좋아. 그럼 시작하자. 좌표 확인, 전송— 개시!"

『라져. 전송을 개시합니다.』

코토리의 말에 답하듯, 스피커에서 마리아의 음성이 흘러나왔다. 그러자 전송장치 위에 서있던 토카와 오리가미의 몸이 빛나기 시작했다.

하지만 두 사람의 몸이 사라지려던 바로 그 순간—.

"꺄앗……?!"

엄청난 진동이 〈프락시너스〉의 함교를 덮쳐와 코토리는 무심코 비명을 질렀다. 갑작스러운 충격에 함장석에서 굴러 떨어질 뻔 했지만, 겨우겨우 버텼다.

하지만 자리에 앉아있던 코토리와 승무원들은 그나마 나았다. 함교에 서있던 정령들은 균형을 잃으며 그 자리에서 쓰러지고 말았다.

"꺄아……!"

"아야야……. 뭐가 어떻게 된 거야~."

니아는 바닥에 찧은 이마를 손으로 문지르며 불만을 드러내듯 입술을 삐죽 내밀었다. 그런 그녀의 말에 답하듯, 함교 하단부에 있던 승무원들의 목소리가 들려왔다.

"게, 〈게티아〉에게 포격을 당했습니다!"

"테리터리로 방어했기에 손상은 입지 않았습니다!"

코토리는 그 말을 듣고 눈썹을 찌푸렸다.

"……쳇."

만약 〈게티아〉가 쏜 게 일반적인 마력포였다면 테리터리에 막혀 이 정도로 함교가 흔들리지는 않았을 것이다.

엘렌은 〈프락시너스〉의 테리터리를 뚫지 못한다는 것을 알면서도, 테리터리에 감싸인 선체가 뒤흔들릴 정도의 공격을 날린 것이다.

마치— 문에 노크를 하듯 말이다.

"건방이 하늘을 찌르네, 엘렌 메이저스……!"

코토리는 물고 있던 막대사탕을 이빨로 깨물었다.

바로 그때, 코토리의 반응을 보기라도 한 것처럼 외부에서 통신이 들어옴을 알리는 소리가 함교 스피커에서 흘러나왔다.

상대는…… 생각해볼 필요도 없다. 코토리는 언짢은 목소리로 말했다.

"……연결해."

"예!"

승무원이 대답한 순간, 모니터에 노이즈가 발생하더니 한 젊은 소녀의 모습이 비쳤다.

색소가 옅은 노르딕 블론드 빛깔 머리카락과 환자를 연상케 하는 새하얀 피부를 지닌 여성이었다. 그녀는 백금색 와이어링 슈트를 걸쳤지만, 화면에 비친 목과 팔은 조금만 힘을 줘도 부러져버릴 것만 같을 정도로 가늘었다.

언뜻 보기에는 평범한— 아니, 연약해 보이는 외국인 소녀였다. 하지만 푸른색을 띤 두 눈동자는 자신의 힘에 대한 절대적인 자부심으로 가득 차 있었다.

"……엘렌 메이저스."

『예. 이런 식으로 대면하는 건 오랜만이군요. 이츠카 코토리.』

엘렌은 입가에 미소를 머금으며 대답했다. 그녀의 여유 넘치는 태도에 코토리의 눈썹 끄트머리가 희미하게 떨렸다.

이 광경은 처음 보는 것이 아니다. 시도가 〈각각제(刻刻帝)〉^{자프키엘}

의 힘으로 역사를 바꾸기 전, 코토리와 〈프락시너스〉는 지금처럼 모니터 너머로 엘렌과 대면했으며— 그녀에게 패배했다.

"질리지도 않고 또 나타났네. 이번에는 너희 뜻대로 되게 두지 않을 거야."

『후후, 그 자신감의 원천은 당신이 탄 배인가요? 보아하니 신형 같지만— 그래봤자 달라질 건 없어요. **또**. 침몰시켜드리죠.』

"헛소리—."

바로 그 순간, 코토리는 숨을 삼켰다.

눈치챈 것이다. 엘렌이 입에 담은 「또」라는 말의 의미를 말이다.

〈프락시너스〉가 〈게티아〉에게 진 것은 시도가 역사를 바꾸기 전의 세계다. 이 세계의 엘렌이 그 사실을 알 리가 없는 것이다.

"……아하. 그것도 〈신식편질(神蝕篇帙)〉의 은총인가 보네."

코토리는 작은 목소리로 그렇게 중얼거렸다.

아이작 웨스트코트는 전지(全知)의 마왕 〈벨제붑〉을 손에 넣었다. 그 힘으로 원래라면 알 리가 없는, 역사가 바뀌기 전의 세계에 관한 정보를 손에 넣었더라도 이상할 것이 없었다.

"흥…… 너희 쪽 사장은 꽤나 들떴나 보네. 새 장난감을 손에 넣은 어린애 같아."

『어린애, 인가요. 훗, 틀린 말은 아니군요.』

"맞아. 만화도 아니고, 제대로 된 판단력을 지녔으면 조직의 우두머리가 적의 본거지에 쳐들어올 리가 없겠지."

『……예?』

코토리가 그 말을 입에 담은 순간, 엘렌은 처음으로 동요한 듯한 반응을 보였다.

『이츠카 코토리, 방금 뭐라고 했죠? 아이크가 〈라타토스크〉의 기지를 습격했다는 건가요?』

그리고 미심쩍은 듯이— 혹은 분노에 떠는 것처럼 목소리를 쥐어짜냈다.

"——."

엘렌이 뜻밖의 반응을 보이자, 코토리는 무심코 마른 침을 삼켰다.

틀림없다. 엘렌은 몰랐던 것이다. 아이작 웨스트코트가 〈라타토스크〉의 기지를 습격했다는 사실을 말이다.

"……흐음, 반응을 보아하니 몰랐나 보네. 측근이라는 사람이 그렇게 중요한 작전을 몰랐던 거야? 너는 의외로 웨스트코트에게 신뢰를 받지 못하나 봐?"

『…….』

엘렌은 잠시 침묵한 후, 무시무시한 표정으로 코토리를 노려보았다.

그리고 혼잣말을 중얼거리듯 입을 잠시 움직이더니, 곧 평소처럼 태연한 표정으로 머리카락을 쓸어 올렸다.

『도발이 어설프군요. 제가 적의 말을 믿을 것 같나요?』

"믿지 못하겠으면 확인해보면 되겠네. 아니면 확인하는 게 무서운 거야?"

『들을 가치도 없는 망언이군요. 하지만— 좋아요. 당신이 그렇게까지 단언을 하니, 곧 확인해보도록 하죠.』

엘렌은 그렇게 말한 후, 날카로운 눈빛을 띠고 말을 이었다.

『—당신들을 해치우는 데는 5분도 채 걸리지 않을 테니까요.』

그 말과 동시에 통신이 끊어지더니, 다시 메인 모니터에 표시된 DEM 함대에 변화가 발생했다.

〈게티아〉를 중심으로 다른 세 함선이 〈프락시너스〉를 포위하려는 것처럼 이동하기 시작한 것이다.

싸움의 막은 알기 쉬운 형태로 올라갔다. 코토리는 코웃음을 친 후, 승무원들에게 지시를 내리기 시작했다.

"테리터리의 속성을 방어 속성으로 설정한 채 후퇴해! 〈게티아〉 이외에는 전부 졸개지만, 포위당하면 위험해. 적이 공격을 시작하기 전에—"

"코토리 양!"

바로 그때, 뒤편에서 들려온 목소리가 코토리의 말을 끊었다. —미쿠였다.

"그 전에 저희를 함선 밖으로 전송시켜 주세요! 훼방꾼들은 저희가 해치울게요~!"

미쿠의 말에 다른 정령들도 동의한다는 듯이 입을 열었다.

"코토리 씨는 〈게티아〉를 맡아주세요……!"

"크큭, 시도는 토카와 오리가미에게 맡기면 되겠지. 그럼 우리는 그들이 돌아올 장소를 지키도록 할까."

"너희들……."

코토리는 잠시 망설인 후, 고개를 저었다.

"—아냐. 너희는 이곳에 있어줘."

"예?! 너무해요! 저희도 도움이……."

"진정해. 너희의 힘이 필요해질지도 모르니까— 이곳에 있어달라고 부탁하는 거야."

"예……?"

"의문. 그게 무슨 소리죠?"

정령들은 코토리의 말을 듣고 고개를 갸웃거렸다.

"원래라면 나 혼자서 해결하고 싶어. 하지만 상대는 〈게티아〉야. 어쩌면—."

정령들의 얼굴을 둘러보며 말을 잇던 코토리가 갑자기 말을 멈췄다.

이유는 단순했다. 여기 있어야할 정령 한 명이 보이지 않았던 것이다.

"어……? 그 애는 어디에……."

"앗! 〈게티아〉, 전진하기 시작했습니다!"

바로 그때, 함교 하단부에서 들려온 승무원의 목소리에 코토리는 방금까지 하던 생각을 멈췄다.

　심사숙고할 시간이 없는데다. 만약 전투가 무서워서 숨었다고 해도 탓할 생각은 없다. 애초에 코토리는 정령들에게 협력을 강요할 생각이 눈곱만큼도 없었다. 코토리는 손을 휘두르면서 지시를 내렸다.

　"다들 우선 여기서 대기하고 있어! —전원, 각오는 충분히 다졌겠지?! 시작하자!"

　『예!』

　승무원들의 목소리가 함교 하단부에서 울려 퍼졌다. 코토리는 입술을 핥으며 메인 모니터에 비친 백금색 공중함을 노려보았다.

　"자, 사랑스러운 우리의 숙적 씨. 새롭게 태어난 〈프락시너스〉의 힘을 보여줄게."

　그리고 손가락으로 모니터를 가리키면서 읊조렸다.

　바로 그 말을 말이다.

　"자— 우리의 전쟁^{데이트}을 시작하자구."

◇

　"—【개(開)】^{라타이브}."

　무쿠로는 그렇게 외치면서 들고 있던 열쇠의 천사 〈미카엘〉을 허공에 찔러 넣더니, 그대로 비틀었다.

그러자 문에 열쇠를 넣고 돌린 것처럼, 공간에 생겨난 『문』이 열리더니, 무쿠로의 주위에 떠있던 암석과 기계 파편이 그 안으로 기세 좋게 빨려 들어갔다.

"산산조각이 나거라."

"……윽!"

그리고 다음 순간, 시도를 둘러싸듯 수많은 『문』이 공간에 생겨나더니 그 안에서 방금 『문』에 빨려 들어갔던 잔해들이 일제히 튀어나왔다.

360도 전방위에서 날아오는 일제사격이었다. 시도를 둘러싼 〈프락시너스〉의 테리터리는 아까와 마찬가지로 그 공격에 반응하며 시도를 지키려했지만, 아까와 달리 이번에는 피할 곳이 없었다. 미처 피하지 못한 파편 몇 개가 시도의 몸에 바람구멍을 내기 위해 쇄도했다.

하지만 시도도 멍하니 있지만은 않았다. 그는 왼손을 앞으로 내밀면서 외쳤다.

"〈빙결괴뢰(氷結傀儡)〉……!"
^{자드키엘}

그 순간, 시도의 주위에 냉기로 된 격류가 휘몰아치며 얼음 방패를 만들어냈다.

얼음은 날아오던 파편을 튕겨냈다. 하지만 충돌 과정에서 발생한 충격파가 시도의 몸을 강타했다.

그 광경을 본 무쿠로는 눈을 가늘게 떴다.

"호오, 다른 천사도 쓸 수 있는 게냐. 정말 요망하구나. 그대는 정말 인간이 맞느냐?"

"일단 나는 그렇게 생각해. 그저—."

시도는 무쿠로의 눈을 쳐다보며 숨을 들이마셨다.

그리고 머릿속으로 어떤 환상을 떠올리며 입을 열었다.

【—너에게 다가가기 위해, 내가 지닌 모든 힘을 다 쓰기로 결심했을 뿐이야.】

소리의 천사 〈파군가희(破軍歌姬)〉. 시도의 목소리에 그 천사의 힘이 담겼다.

시도의 목에서 터져 나온 그 마성의 목소리는 〈프락시너스〉의 테리터리를 통해 시도의 고막을 뒤흔들더니, 그에게 인간을 초월한 힘을 안겨줬다.

"우오오오오오오오오오!"

시도는 공중에서 다리를 굽혔다가 힘차게 내디뎠다. 이곳은 공중이다. 박찰 지면이 존재하지 않는다. 하지만 시도의 몸을 감싼 테리터리는 그 동작과 의지를 감지하고 시도의 몸을 앞쪽으로 튕겨냈다.

시도는 엄청난 속도로 공중을 가르면서 무쿠로를 향해 쇄도했다.

하지만, 다음 순간—

"……윽?!"

시도는 숨을 삼켰다.

무쿠로에게 다가가기 일보 직전, 시도의 시야 한편에 기계로 된 갑옷을 걸친 사람이 나타난 것이다.

"미안하지만 이 정령은 우리가 차지하겠어."

금발 소녀는 손에 쥔 레이저 블레이드로 찌르기를 날리면서 담담한 목소리로 그렇게 말했다.

"너는—."

이 소녀는 일전에 본 적이 있다. 아르테미시아 애시크로프트. DEM의 위저드이자, 반전한 니아를 공격했던 소녀다.

아무래도 그녀 또한 〈게티아〉와 함께 우주에 온 것 같았다. 하지만 무쿠로에게 모든 신경을 집중하고 있던 시도는 그녀의 접근을 이제야 눈치챘다.

이미 아르테미시아의 검이 시도의 목에 꽂히기 직전이었다.

절체절명의 상황이다. 〈작란섬귀(灼爛殲鬼)〉의 불꽃이 절단된 목까지 치유할 수 있는지 모르는데다, 설령 그게 가능하더라도 아르테미시아와 무쿠로가 시도의 머리와 몸통을 맞춰줄 리가 없었다.

하지만 이런 한순간이 수십 초처럼 느껴지는 극한상황에서도, 시도의 마음속에는 위기에 처한 자신에 대한 걱정보다 더 큰 감정이 존재했다.

시도가 지금 죽는다면 아르테미시아는 주저 없이 무쿠로를 노릴 것이다.

물론 무쿠로는 정령이기에 그녀의 천사 〈미카엘〉로 여차

한 상황에서 아무도 없는 안전권으로 도망치는 것도 가능하며, 아르테미시아를 쓰러뜨릴 수 있을지도 모른다.

하지만 그것은 무쿠로의 마음이 영원히 잠겨 있을 거라는 사실을 의미했다.

죽음. 혹은 영원한 정체(停滯).

시도가 지금 목숨을 잃는다는 것은 무쿠로에게 이 두 가지 선택지만 남는다는 것을 의미했다.

"그렇게 되게…… 둘 수는 없어……!"

시도는 그렇게 외치면서 쥐고 있던 〈미카엘〉을 치켜들었다. 물론 공격을 막기에는 이미 늦었다. 하지만 만약 아르테미시아가 조금이라도 머뭇거린다면 목이 완전히 떨어져 나가는 것만은 피할 수 있을지도 모른다. 그리고 목이 약간이나마 붙어 있다면 〈카마엘〉이 시도의 목숨을 살려줄지도 모른다.

확실한 것은 하나도 없는, 그야말로 덧없는 저항이다. 하지만 그것이 현재 시도가 할 수 있는 최선의 행동이었다.

아르테미시아의 레이저 블레이드가 시도의 목에 닿았다. 농밀한 마력으로 형성된 칼날이 피부를 찢자, 날카로운 통증이 느껴지면서 살이 타들어가는 역겨운 냄새가 코를 찔렀다.

하지만—.

"……윽!"

숨을 삼킨 사람은 시도가 아니라 아르테미시아였다.

"어?"

시도는 그녀의 반응에 무심코 입을 열었다.

절체절명의 상황에 몰렸던 시도에게 이 사태를 인식할 의식, 그리고 목소리를 낼 목이 존재했던 것이다.

그리고 다음 순간, 그는 이해했다.

시도의 목에 꽂히려던 검을, 아래쪽에서 나타난 칼날이 위쪽으로 쳐냈다는 사실을 말이다.

"—시도, 무사해?"

"오리가미?!"

시도는 눈을 크게 뜨면서 이 자리에 나타난 소녀의 이름을 입에 담았다.

그렇다. 처음 보는 기계 갑옷을 걸친 오리가미가 그곳에 있었다.

그녀는 유선형의 아름다운 형태를 지닌 순백색 CR-유닛을 장착했다. 어깨와 가슴을 감싼 파츠는 서양 갑옷을 연상케 했고, 손에 쥔 무기는 검이라기보다 창에 가까웠다.

"그 장비는—."

"설명은 나중에 할게."

오리가미는 짤막하게 대답한 후, 자세가 흐트러진 아르테미시아를 향해 창을 휘둘렀다.

"큭……!"

"……윽!"

오리가미와 아르테미시아는 테리터리의 접촉을 통해 서로의 실력을 파악했는지 표정을 살짝 일그러뜨렸다. 칼날 형태의 마력광이 부딪치면서, 우주공간에 눈부신 섬광으로 된 궤적이 그려졌다.

"시도!"

궁지에서 벗어나 약간 얼이 빠져 있던 시도의 귀에 자신을 부르는 목소리가 들려왔다.

다음 순간, 누군가가 시도의 팔을 움켜잡더니 팔이 빠져 버리는 게 아닐까 싶을 정도로 세게 잡아당겼다.

"우왓?!"

시도는 무심코 비명을 질렀지만— 곧 이 행동의 의미를 눈치챘다.

무쿠로가 날린 광선이 방금까지 시도가 있던 공간을 가르고 지나간 것이다. 만약 시도가 그대로 멍하니 있었다면, 오리가미 덕분에 건진 목숨을 잃고 말았으리라.

"시도, 괜찮으냐?!"

"으, 응. 덕분에 살았어— 토카."

시도는 이마에 맺힌 땀을 닦으면서 방금 자신의 팔을 잡아당긴 소녀의 이름을 입에 담았다. 그렇다. 위기에 처한 시도를 구한 이는 한정 영장을 몸에 걸치고, 한 손에 천사 〈오살공(鏖殺公)〉을 현현시킨 토카였다. 아무래도 오리가미와 함께 시도를 구하러 온 것 같았다.

하지만 안도할 여유는 없었다.

무쿠로가 흥 하고 작게 코웃음을 치며 〈미카엘〉을 치켜들자, 또다시 시도를 향해 파편이 날아왔다.

아니, 그것만이 아니었다. 뒤편에 나타난 수많은 인형—〈밴더스내치〉들이 시도와 무쿠로를 향해 포격을 감행했다.

"큭…… 〈자드키엘〉!"

"하앗!"

시도가 〈자드키엘〉로 방패를 만든 순간, 토카가 〈산달폰〉으로 〈밴더스내치〉들의 공격을 쳐냈다.

하지만 그런다고 해서 적들이 공격을 그칠 리가 없었다. 시도가 속한 〈라타토스크〉, 정령을 손에 넣으려 하는 DEM, 그리고 두 조직을 적으로 여기는 무쿠로는 각자의 목적을 위해 우주공간에 영력과 마력의 비를 퍼부었다.

"……윽!"

하지만 시도는 이 상황에서도 두려움을 느끼지 않았다. 아니— 정확하게 말하자면 공포 이외의 다른 생각이 그의 머릿속을 지배하고 있었다.

"토카! 기회야!"

"음! 졸개들은 나에게 맡겨라!"

토카는 시도의 말에 그렇게 외쳤다.

아무래도 토카 또한 시도와 같은 생각을 하는 것 같았다. 하지만 그것도 당연했다. 전투 중인 토카는 시도가 발끝에도 미치지 못할 만큼 날카롭고 재빠른 판단력을 발휘하기 때문이다.

현재 시도와 토카는 전장 한가운데에 있었다. 테리터리에 의해 보호를 받고 있지만, 사람 머리 정도는 간단히 날려버릴 만큼 강력한 마력이 폭풍우처럼 몰아치고 있는 곳에 있는 것이다.

하지만 그 사실은 무쿠로 또한 그 공격에 대응해야만 한다는 것을 의미했다. 현재 무쿠로는 자신을 향해 쇄도하는 마력광을 쳐내거나, 혹은 〈미카엘〉로 연『문』으로 인도했다.

지금이라면 무쿠로의 빈틈을 파고들 수 있을지도 모른다.

"가자, 토카!"

"오오!"

그렇게 외친 시도는 토카와 함께 빛의 유성군 안으로 몸을 날렸다.

어두운 공간에서 두 인영이 뒤엉키고, 격돌하며, 서로를 스치고 지나갔다.

오리가미는 자신의 몸을 감싼 테리터리를 조작해 궤도를 수정한 후, 아르테미시아에게 다시 한 번 공격을 펼쳤다.

"하앗—!"

"물러!"

오리가미가 레이저 스피어로 날린 일격이 아르테미시아의 레이저 블레이드에 막혔다. 마력광이 불똥처럼 사방으로 튀면서 오리가미의 시야를 비췄다.

"큭—!"

몇 번에 걸쳐 공격을 주고받은 후, 오리가미는 아르테미시아와 거리를 뒀다.

그녀의 볼을 타고 땀이 흘러내렸다.

최신예 장비를 사용하고 있는데도 실력 차를 메울 수 없었다. 마치— 엘렌 메이저스와 대치했을 때를 연상케 하는 압도적인 위압감이 느껴졌다.

"흐음……."

흥미롭다는 듯이 오리가미를 살펴보던 아르테미시아는 낮은 목소리로 말했다.

"재미있는 장비네. 그 창— 우리가 전투를 벌이며 주위에 흩뿌린 마력을 모아서 날을 형상하고 있는 건가? 장기전을 치르게 되면 좀 성가실 것 같아."

"……."

오리가미의 눈썹이 희미하게 흔들렸다. 확실히 오리가미가 쥔 레이저 스피어 〈에인헤랴르〉는 아르테미시아가 말한 것처럼 방출된 마력을 다시 수집해 날을 형성하고 있다. 이를 통해 마력 소모를 줄일 수 있으며, 상대의 마력이 먼저 바닥나게 할 수 있는 것이다.

"처음 보는 CR-유닛이기는 하지만, 너는 위저드지? 그런데 왜 정령을 돕는 거야?"

"……"

오리가미는 그 말을 듣고 위화감을 느꼈다. 아르테미시아는 오리가미와 안면이 있다. 그녀가 건망증에 걸린 게 아니라면, 잊었을 리가 없다.

"……아르테미시아. 네가 왜 SSS가 아니라 DEM에 소속되어 있는 거지? 너는 DEM에게 좋은 감정을 가지고 있지 않을 텐데?"

"……뭐? 무슨 소리를 하는 거야? 어째서 내 이름을 아는…… 그보다 SSS……?"

아르테미시아는 영문을 모르겠다는 표정을 짓더니— 미간을 찌푸리면서 이마를 짚었다.

"크…… 으……?"

고통스러워하듯 신음을 흘린 그녀는 두통을 떨쳐내려는 것처럼 고개를 저은 후, 다시 오리가미를 쳐다보았다.

"……뭐, 됐어. 너를 쓰러뜨리지 않으면 임무를 수행할 수 없는 건 분명하니까 말이야."

아르테미시아는 오리가미를 날카롭게 노려보며 손에 든 레이저 블레이드를 고쳐 쥐었다.

"미안하지만, 너를 제거하겠어."

"—윽!"

다음 순간, 오리가미의 시야에 비친 아르테미시아의 모습이 갑자기 팽창했다.

테리터리를 이용해 사전 동작 없이 바로 가속을 한 것이다. 오리가미의 뇌가 그 사실을 인식하기도 전에 그녀의 몸이 먼저 반응했다.

오리가미의 정수리를 향해 휘둘러진 레이저 블레이드를 〈에인헤랴르〉로 쳐 냈다. 하지만 아르테미시아의 공격이 그걸로 끝일 리가 없었다. 상, 하, 좌, 우, 그리고 앞. 다양한 방향에서 시간차를 극한까지 줄인 공격이 날아왔다.

"큭……!"

오리가미는 바로 응전했지만, 모든 공격을 전부 막아낼 수는 없었다. 복부를 정통으로 공격당한 그녀는 그대로 뒤편으로 튕겨났다.

이렇게 싸워보니, 실력 차가 여실하게 느껴졌다. 오리가미 또한 웬만한 위저드에게는 지지 않을 자신이 있었지만, 아르테미시아의 실력은 그런 그녀를 아득히 상회했다.

마력의 생성량 및 제어 능력, 테리터리의 규모, 정밀도, 그리고 신체적 능력마저도 말이다.

위저드로서 오리가미가 그녀보다 나은 면은 단 하나도 없다고 해도 과언이 아니었다.

"……큭, 하지만—"

오리가미에게도— 질 수 없는 이유가 있다.

오리가미는 고통으로 얼굴을 일그러뜨리면서도 주먹을 말아 쥐었다.

"아르테미시아 애시크로프트. 당신은 나보다 훨씬 강해."

그리고 숨을 들이마시며 정신을 집중했다.

"—마술사로서는, 말이야."

"……윽?!"

오리가미가 그렇게 중얼거린 순간이었다. 레이저 블레이드를 치켜든 아르테미시아가 눈을 치켜뜨더니, 비행 궤도를 바꾸며 오리가미와 거리를 뒀다.

아르테미시아가 그러는 것도 무리는 아니었다. 전투 중에 상대방의 몸이 빛나기 시작한다면, 오리가미 또한 경계심을 품고 그녀와 같은 행동을 취했을지도 모른다.

"이건……."

아르테미시아는 경악을 금치 못하며 오리가미를 쳐다보았다.

—찬란하게 빛나는 한정 영장과 하나가 된 금속 갑옷을 걸친 그녀를 말이다.

그렇다. 한정 영장의 형태는 발현될 때 입고 있는 의복의 영향을 받는다.

만약 걸치고 있는 것이 자체적으로 전투 능력을 지닌 CR-유닛일 경우— 이런 형태가 되는 게 당연했다.

정령과 위저드. 결코 서로를 용납할 수 없는 두 존재가 융합된 형태.

정령이자 위저드— 아마 이 세계에서 토비이치 오리가미만이 현현시킬 수 있을, 기적의 하이브리드 형태였다.

"이제, 당신과 싸워볼 만 해."

순백색 영장을 걸친 오리가미는 아르테미시아를 바라보며 차분한 목소리로 말했다.

그러자 눈을 동그랗게 뜨고 있던 아르테미시아가 그 말에 답하듯 입을 열었다.

"정령. 아하하……. 그래, 너는 〈시스터〉를 쓰러뜨렸을 때 그 자리에 있었던 정령이구나. CR-유닛을 걸치고 있어서 알아보지 못했어."

아르테미시아는 입가에 미소를 머금고 말을 이었다.

"다행이야. 정령이라면— 거리낌 없이, 죽일 수 있어."

"……."

오리가미와 아르테미시아. 두 사람은 조용히 시선을 교환한 후— 자석이 잡아당기는 것처럼 동시에 허공을 박차며 서로를 향해 쇄도했다.

◇

"〈세계수의 잎(위그드 폴리움)〉, 1번부터 10번까지 사출, 테리터리 최대 전개!"

"라져!"

함교 하단부에 있던 〈차원을 넘나드는 자〉 나카츠가와가 콘솔을 재빠르게 조작했다. 그러자 서브 모니터에 표시되어 있던 〈프락시너스〉의 실루엣 중 후방부분이 푸른색으로 반짝거리더니, 그곳에서 자율형 유닛 〈위그드 폴리움〉들이 사출됐다.

〈게티아〉를 둘러싸듯 전개된 그것들은 각각 테리터리를 전개하면서 허공에 떠있는 기뢰로서 각자의 위치에 머물렀다.

"좋아, 지금이야! 집속마력포 〈미스틸테인〉, 발사!"

『라져. 집속마력포 〈미스틸테인〉, 발사합니다.』

AI인 마리아가 코토리의 말에 대답한 순간, 낮은 구동음이 함교 안에서 울려 퍼지더니 눈부신 섬광이 메인 모니터를 가득 채웠다.

〈프락시너스〉의 앞부분에서 뿜어져 나온 마력의 격류가 〈게티아〉를 향해 뻗어나갔다.

하지만 포격이 꽂히려는 순간, 〈게티아〉가 부자연스러운 궤도를 그리며 오른쪽으로 이동하더니 〈위그드 폴리움〉 사이를 가르면서 포위망을 벗어났다.

"쳇⋯⋯. 여전히 말도 안 되는 움직임을 선보이네."

코토리는 짜증이 난 것처럼 미간을 찌푸렸다.

엘렌이 이끄는 〈게티아〉의 최대 무기는 일격에 상대를 분쇄하는 엄청난 화력도, 그 어떤 공격도 견뎌내는 내구성도 아니었다.

―그것은 바로 눈으로 쫓는 것조차 힘들 정도로 압도적인 기동성이었다.

다른 공중함과 달리 엘렌 메이저스가 직접 제어하기에 가능한, 물리법칙을 무시한 움직임이야말로 〈게티아〉가 최강의 배인 이유였다.

비유를 하자면 둔중한 대형 자동차와 거인이 자유자재로 조종하는 장기말이 싸우고 있는 것이나 마찬가지다. 〈프락시너스〉 또한 개조를 통해 기동성을 대폭 개선하는데 성공했지만, 그래도 아직 〈게티아〉에게 미치지 못했다.

그렇다― 현재 상태로는 말이다.

"―칸나즈키!"

"예!"

코토리의 부름에 함장석 옆에 서있던 키가 큰 남성이 대답했다. 〈프락시너스〉의 부사령관인 칸나즈키 쿄헤이였다. 그는 현재 리얼라이저에 뇌파를 전달하기 위한 헤드셋을 쓰고 있었다.

"마리아, 〈프락시너스〉의 제어를 매뉴얼 조작으로 변경해 주세요."

『라져. 제어 현현장치^{컨트롤 리얼라이저} 한 대를 제외하고, 전부 마력 생성에 돌리겠습니다.』

마리아가 그렇게 말하자, 칸나즈키는 헤드셋에 손을 대면서 씨익 웃었다.

"유감스럽게도 저는 기억이 나지 않습니다만, 아무래도 역사가 바뀌기 전의 세계에서 뼈아픈 패배를 선물 받은 것 같군요. ―용서 못합니다. 사령관님의 아름다운 세계수에 상처를 낸 저 위저드도, 그리고 지켜내지 못한 저 자신도 말입니다."

"마음 쓸 필요 없어. 하지만 오늘 이 자리에서 설욕하자."

"물론입니다. 아, 그런데 자기도 모르는 사이에 굴욕을 당했다는 건, 혼수상태일 때 이런저런 짓을 당한 것 같아서 좀 흥분되지 않습니까?"

『코토리. 역시 안 되겠어요. 이 사람에게 기체 제어를 맡기고 싶지 않아요.』

"마음은 충분히 이해가 되지만 참아."

마리아가 지긋지긋하다는 듯한 목소리로 그렇게 말하자, 코토리는 한숨을 내쉬며 그렇게 다독였다. 하지만 당사자인 칸나즈키는 개의치 않는다는 듯이― 아니, 오히려 그 말조차 쾌감으로 여기고 있는 것 같았다.

"아무튼 시작하자. 우리가 예전과는 달라졌다는 걸 보여주는 거야."

"예. 사령관님의 뜻에 전적으로 따르겠습니다."

칸나즈키가 경례를 하며 그렇게 말한 순간, 마치 이때를 기다린 것처럼 〈게티아〉가 급속도로 접근했다.

그와 동시에 칸나즈키는 눈을 가늘게 떴다. 그러자 함체

후방부분에 남아있던 〈위그드 폴리움〉이 사출되면서 〈게티아〉의 진로를 막으려는 것처럼 전개됐다.

일반적인 배라면 절대 피하지 못할 속도와 거리였다. 테리터리를 방어속성으로 설정해 버티는 수밖에 없으리라.

일반적인 배라면, 말이다.

〈게티아〉는 기뢰가 된 〈위그드 폴리움〉의 테리터리에 닿기 직전에 급하게 방향을 전환— 아니, 정면을 바라보며 그대로 평행이동을 하듯 움직였다. 그런 움직임으로 〈위그드 폴리움〉 사이를 가르듯 돌파하더니, 그대로 〈프락시너스〉에게 가까이 다가왔다.

"〈게티아〉, 접근!"

승무원의 목소리가 함교에 울려 퍼졌다. 순식간에 상황이 뒤집히더니 〈프락시너스〉가 수세에 몰리고 말았다. 일반적인 공중함이라면 접근해온 〈게티아〉의 공격을 피할 수 없을 것이다.

—그렇다. **일반적인 공중함이라면, 말이다.**

"—윽!"

〈게티아〉와 〈프락시너스〉의 테리터리가 맞닿으려고 한 순간, 코토리는 몸이 붕 떠오르는 듯한 느낌을 받았다.

그리고 그와 동시에 〈프락시너스〉의 전방 카메라와 연동된 메인 모니터의 영상이 무시무시한 속도로 변화했다.

"우와앗?!"

누군가의 얼빠진 비명 소리가 함교에 울려 퍼졌다.

다음 순간, 모니터에는 방금까지 〈프락시너스〉가 있었던 장소를 통과한 〈게티아〉의 함체를 측면에서 카메라로 찍은 영상이 표시되고 있었다.

〈프락시너스〉가 〈게티아〉와 마찬가지로 스러스터를 이용하지 않는 평행이동을 펼친 것이다.

아까 느껴진 묘한 느낌은 이 말도 안 되는 움직임으로부터 함교를 지키기 위해 발동된 테리터리의 효과였다. 이 거대한 함체를 순식간에 이동시키는 말도 안 되는 움직임을 펼친 것이다. 만약 충격을 완화시키지 않았다면 함교 안은 엉망진창이 되어 탑승자들의 피와 토사물로 범벅이 됐을 것이다.

"우왓! 방금 뭘 한 거야?! 화면이 빙글 돌았잖아!"

뒤편에 있던 카구야가 흥분한 목소리로 그렇게 외쳤다. 코토리는 입에 물고 있던 막대사탕의 막대 부분을 꼿꼿이 세우면서 미소를 머금었다.

"개조된 〈프락시너스〉의 기능 중 하나야. 테리터리 안에 〈프락시너스〉만 감싸는 테리터리를 하나 더 친 후, 두 테리터리를 반발시켜서 지금까지는 불가능했던 자유로운 움직임을 가능하게 한 거지."

자랑하는 듯한 어조로 그렇게 말한 코토리는 「뭐, 그래도」라고 말을 이으며 어깨를 으쓱했다.

"그 착상 자체를 역사가 바뀌기 전의 세계에서 봤던 〈게티아〉에게서 얻었다는 게 마음에 안 들지만 말이야."

그러자 코토리의 말에 반박하듯, 마리아의 음성이 스피커에서 흘러나왔다.

『코토리, 문제될 것 없어요. 리얼라이저나 공중함에 대한 특허는 존재하지 않으니까요. 게다가—.』

마리아는 잠시 뜸을 들인 후, 말을 이었다.

『—이긴 쪽이, 진짜랍니다.』

그 전자음성에는 억양이 존재하지 않았다. 표정이라고는 서브 모니터에 표시된 『MARIA』라는 문자열뿐이다.

하지만 그 목소리를 듣자, 장난기 섞인 미소를 짓고 있는 소녀의 모습이 눈앞에 어른거렸다.

코토리는 입가에 미소를 머금고 〈게티아〉를 노려보며 말했다.

"맞는 말이야, 마리아. —자, 똑똑히 가르쳐주자. 저 녀석이 주제도 모르고 감히 누구한테 싸움을 걸었는지를 말이야."

"""예!"""

코토리가 그렇게 말하자, 칸나즈키를 비롯한 승무원들이 한 목소리로 대답했다.

하지만 여전히 미간을 찌푸리고 있는 이가 한 명 있었다.

—바로 니아였다.

"으음. 하지만 여동생 양, 정말 괜찮은 거야? 확실히 대단하기는 하지만, 결국 상대를 흉내 내서 속도를 높였을 뿐이잖아? 따라잡은 건 아닌 거네."

확실히 맞는 말이다. 코토리는 니아를 힐끔 쳐다보며 그 의문에 답해주려고 했다.

하지만 코토리가 입을 열기도 전에 스피커에서 마리아의 목소리가 흘러나왔다.

『이 사람, 뭐죠? 불평불만을 늘어놓으면 멋져 보인다는 착각에 빠져 사는 타입인가요?』

"아, 딱히 그런 건 아닌데……."

『클레임을 안 걸면 입에 가시가 돋나 보군요. 이런 사람이 장래에 아이가 생기면 헬리콥터 맘이 되는 거예요. 보고 있는 사람도 쪽팔리니까 적당히 하세요.』

"어? 이 애, 나한테만 차갑게 구는 거 같지 않아?"

니아는 당혹스럽다는 듯이 미간을 찌푸리면서 그렇게 말했다. 코토리는 어깨를 으쓱하며 입을 열었다.

"아무튼, 지금은 우리가 쥔 카드만으로 싸울 수밖에 없어. 지금은 〈게티아〉에 집중하자."

코토리는 그렇게 말하면서 막대사탕의 막대 부분으로 모니터에 비친 〈게티아〉를 가리켰다.

"……흠."

고속기동함 〈게티아〉의 함교에 있는 엘렌 메이저스가 작게 숨을 토했다.

아니, 『함교』라는 표현은 적절하지 않을지도 모른다. 다양한 전자기기와 장치에 뒤덮인 공간의 중앙에는 엘렌이 앉을 포드 타입의 좌석이 있었고, 그 좌석과 연결된 여러 개의 코드가 엘렌이 입은 와이어링 슈트와 접속되어 있었다.

이런 구조인 데는 이유가 있었다. 〈게티아〉는 일반적인 공중함과는 조작방법이 완전히 달랐다. 간단히 말해 엘렌 전용 초거대 CR-유닛이라고 할 수 있는 기체였다.

"방금 그 움직임— 〈게티아〉를 흉내 낸 건가요? 흐음, 신형답게 꽤 달라진 것 같군요."

엘렌은 눈앞에 투영된 배의 영상을 보면서 눈을 가늘게 떴다.

〈라타토스크〉의 공중함, 〈프락시너스〉의 기동성은 엘렌이 기억하는 수준을 아득히 뛰어넘었다.

그리고 골치 아픈 점이 하나 더 있었다. —바로 저 배 안에 정령들이 있다는 것이다.

이대로 〈프락시너스〉를 파괴했다간 안에 탄 정령들도 폭발에 휘말릴지도 모른다. 그리고 최악의 경우, 이 광대한 우주에서 영결정(靈結晶)을 분실할 가능성이 있었다.

그렇기 때문에 엘렌은 〈프락시너스〉의 원형을 유지하면서 무력화시켜야만 했다. 만약 이 점을 고려해 정령들을 배에 태운 거라면, 〈라타토스크〉도 꽤나 악랄하다고 할 수 있으리라.

"뭐—."

하지만 엘렌은 딱히 당황하지 않았다.

"사자의 사냥감이 토끼에서 여우로 바뀐 것에 지나지 않지만요."

엘렌은 그렇게 말한 후, 다시 〈게티아〉를 고속으로 가동시켰다.

와이어링 슈트를 통해 몸의 감각이 확대되는 듯한 감각이 느껴졌다.

광대한 바다에 뛰어드는 듯한 몰입감에 사로잡혔다.

현재 엘렌은 백금색 공중함과 하나가 되었다.

이 거대한 공중함은 엘렌이 머릿속으로 한 생각에 따라 칠흑색 하늘을 가르며 날고 있었다.

이 세계에 〈게티아〉와 엘렌을 따라잡을 수 있는 존재는 없었다.

"아까 했던 말을 정정하죠, 〈프락시너스〉. —3분이면 충분해요."

〈게티아〉는 종횡무진으로 움직이며 〈프락시너스〉를 향해 포격했다. 〈프락시너스〉는 어찌어찌 대응하고 있지만, 반응 속도에서의 미세한 차이가 조금씩, 그리고 명확하게, 넘을 수 없는 벽을 자아내고 있었다.

"—훗."

하늘에서 빛나는 별들이 시야에 아름다운 궤적을 남겼다. 마치 거대한 유성군 안에 숨어든 것 같은 느낌이 들었다.

어지러울 정도의 속도로 날면서도, 엘렌의 뇌는 주위의 상황을 명확하게 인식하고 있었다. 의식을 극한까지 갈고닦자, 모든 것이 슬로 모션으로 보였다. 그것은 초월자의 감각이었다. 이 세상에 자신과 어깨를 나란히 할 존재는 없다는 실감이 엘렌을 감쌌다.

"생성마력량, 충전시간, 그리고 무엇보다— 기동성. 확실히 『예전 세계』의 〈프락시너스〉를 능가하는 것 같군요. 하지만 가장 중요한 전법이 변함없다니, 정말 조잡해요."

엘렌은 코웃음을 친 후, 마력의 격류 위를 미끄러지듯 〈프락시너스〉를 향해 나아갔다.

"제 영역에 들어선 건 칭찬해주죠."

그리고 무방비한 선체를 향해 포문을 돌렸다.

"하지만 하늘에 도전한 자는 날개를 꺾이는 운명에서 벗어날 수 없죠.
— 어리석은 자여, 신의 불꽃에 타들어가며 추락하세요."
_{이카로스}

섬광. 임계 직전까지 충전한 생성마력이 〈프락시너스〉를 향해 단숨에 방출됐다.

〈프락시너스〉의 선체를 지키는 테리터리는 〈게티아〉의 테리터리와 접촉하면서 강도가 현저하게 떨어졌고— 엘렌이 그 빈틈을 놓칠 리가 없었다.

이 타이밍, 그리고 이 거리에서 〈게티아〉의 공격을 피하는 것은 불가능하리라.

하지만—.

"……어?"

다음 순간, 엘렌은 무심코 숨을 삼켰다.

공격이 명중한 순간, 〈프락시너스〉가 한순간 흐릿해지는 가 싶더니 〈게티아〉의 마력포가 후방으로 빗겨나간 것이다.

"이건……."

엘렌은 눈을 크게 뜨면서 〈프락시너스〉를 다시 쳐다보았다.

아니— 쳐다보려 했다.

하지만 이미 〈프락시너스〉는 그곳에 존재하지 않았으며, 그 대신이라는 듯이 엄청난 충격과 진동이 엘렌을 덮쳤다.

"아니……?!"

콕피트가 격렬하게 흔들렸다. 엘렌은 포드에서 굴러 떨어질 뻔했지만 어떻게든 버텼다.

"뭐가 어떻게 된 거죠?!"

〈게티아〉는 테리터리에 감싸여 있다. 설령 운석과 부딪치더라도 이 정도 충격은 받지 않을 것이다.

공중함에 대미지를 줄 수 있는 것은 생성마력을 띤 공격뿐이다.

그리고 지금 이 자리에 있는 적 공중함은 단 한 척 뿐이었다.

그렇다. 선체 곳곳이 변형되어 은색의 불꽃 같은 빛을 두른 〈프락시너스〉가 믿기지 않는 속도로 〈게티아〉의 배후로 이동하더니 공격을 날린 것이다.

그 사실을 인식한 순간, 〈게티아〉에 탑재된 관측기가 알람을 울렸다.

—영파반응.

눈앞에 있는 배에서 리얼라이저로 생성한 마력이 아니라 — 정령의 영력이 관측된 것이다.

"〈프락시너스〉……!"

뭐가 어떻게 된 것인지 눈치챈 엘렌이 눈에 핏발이 선 채 원념에 찬 목소리로 그렇게 외쳤다.

"—비장의 카드가 하나뿐이라고 말한 적은 없거든?"

코토리는 소매로 식은땀을 닦으면서 모니터에 비친 적의 배를 쳐다보았다. —처음으로 마력포를 정통으로 맞고 장갑이 떨어져나간 고속기동함을 말이다.

현재 코토리는 함장석에 깊이 눌러앉은 채, 함장석에 연결된 전극 같은 장치를 몸 곳곳에 달고 있었다.

아니, 그녀만이 아니었다. 함장석 뒤편에는 원형 기둥 모양의 장치가 튀어나와 있었으며, 정령들이 그 장치에 손을 대고 있었다.

"—너희 덕분에 살았어. 아마 내 영력만으로는 부족했을 거야."

"아뇨⋯⋯. 도움이 되어서, 기뻐요."

"크큭! 우리가 힘을 합치면 무적이라는 게구나!"

"수긍. 그 누구도 저희의 적은 못 돼요."

정령들은 코토리의 말을 듣고 기뻐하는 목소리로 그렇게 말했다.

"지금 저희의 영력이 뒤섞여 있는 거군요~! 하나가 된 거군요~! 왠지 엄청 행복한 기분이 들어요~!"

⋯⋯뭐, 한 소녀는 전혀 다른 이유로 기뻐하고 있지만 말이다.

아무튼, 그녀들 덕분에 〈게티아〉에게 한 방 먹이는 데 성공한 것은 사실이다.

—시스템 브로트.

〈프락시너스 EX〉에 탑재된 새로운 비장의 카드다.

정령영력포 〈궁니르〉와 마찬가지로, 정령에게서 직접적으로 영력을 공급받아 짧은 시간 동안 테리터리에 극한 이상의 힘을 부여하는 게 가능해지는 것이다.

물론 영력이 봉인된 정령이 일정 이상의 영력을 방출하기 위해서는 시도에게서 영력을 어느 정도 역류시켜야만 하니,

가능하면 쓰고 싶지 않았다. 하지만 그 만큼 효과 하나는 절대적이었다.

게다가 지금은 코토리, 요시노, 카구야, 유즈루, 미쿠, 이렇게 다섯 명의 영력을 사용했다.

지금의 〈프락시너스〉에게는 배라는 표현이 어울리지 않았다.

굳이 따지자면— 의지를 지닌 채 종횡무진으로 하늘을 나는 한 발의 탄환이었다.

"한심하네. 리얼라이저의 성능 자체는 아주 약간이지만 〈라타토스크〉가 더 뛰어난데, 이런 반칙까지 써야만 이길 수 있잖아."

사실 진정한 의미에서 능력 차를 뒤집었다고 말하기는 어려웠다.

하지만—.

"이번만큼은 우리가 이겼어. 추락이나 해, 최강의 위저드."

코토리는 꼿꼿이 세운 엄지로 아래쪽을 가리켰다.

그에 맞추기라도 한 것처럼 〈프락시너스〉에서 또 마력포가 발사되더니— 손상 탓에 반응이 느려진 〈게티아〉에 정통으로 꽂혔다.

최강이라는 호칭을 차지해 온 백금색 배가 검은 연기를 뿜으며 지구를 향해 추락했다.

◇

"우오오오오오!"

시도는 〈미카엘〉로 변화한 〈하니엘〉을 양손으로 창처럼 든 채, 테리터리 안을 비행하듯 내달렸다.

무쿠로의 주위에는 이미 수많은 〈밴더스내치〉가 난입해 난전 양상을 띠고 있었다. 무쿠로는 〈미카엘〉을 휘두르며 자신을 향해 쇄도하는 기계인형을 광선이나 유성군으로 요격하고 있었다.

기회다. 공교롭게도 DEM의 인형이 시도 일행의 존재를 숨기는 벽 역할을 하고 있었다.

하지만 〈밴더스내치〉는 시도 일행의 아군이 아니다. 이 난전에 뛰어든 시도 일행을 감지한 몇몇 기가 그들을 공격했다.

하지만······.

"─하앗!"

〈밴더스내치〉의 공격이 닿기 전에 시도 앞으로 나선 토카가 손에 쥔 대검 〈산달폰〉을 휘둘러 〈밴더스내치〉를 베어 넘겼다.

"가라, 시도!"

"알았어!"

토카가 적을 쓰러뜨려서 길을 만들자, 시도는 그 길에 뛰어들었다. 그대로 무쿠로를 향해 맹렬하게 돌진한 시도는 열쇠 끝부분을 무쿠로에게 찔러 넣으려 했다.

"〈미카엘〉……!"

하지만 〈미카엘〉이 무쿠로의 몸에 닿으려던 순간—.

"—【라타이브】."

무쿠로의 차분한 목소리가 들리더니, 시도가 내민 〈미카엘〉의 끝에 조그마한 『문』이 생겨났다. 그리고 시도가 쥔 〈미카엘〉의 끝부분이 그 안으로 빨려 들어갔다.

"아니……?!"

"—제아무리 적이 늘어난들, 정체불명의 위험한 존재인 그대를 경계하지 않을 리가 없지 않느냐."

무쿠로는 시도를 노려보며 〈미카엘〉을 치켜들었다. 그러자 그 움직임에 호응하듯, 〈미카엘〉의 끝부분에 빛 덩어리가 생겨났다.

"시도! 피해라!"

"큭……!"

시도는 숨을 삼키며 그 자리를 벗어나려 했다.

하지만 늦었다. 시도가 거리를 벌리기도 전에 무쿠로의 〈미카엘〉에서 광선이 뿜어져 나왔다.

"시도!"

"—흐음?"

하지만 바로 그때, 무쿠로는 불가사의하다는 듯한 반응을 보였다.

오른편에서 거대한 물체가 날아오더니 무쿠로의 공격을

막은 것이다.

물론 〈프락시너스〉의 테리터리에 감싸여 있다고는 해도, 단순한 금속 파편이 정령의 공격을 막을 수는 없었다. 아무래도 근처에서 교전 중인 공중함의 장갑판이 이곳까지 날아온 것 같았다.

하지만 어디까지나 광선을 정통으로 맞는 것을 피했을 뿐이다. 무쿠로의 일격을 받아낸 장갑판은 시도를 으스러뜨릴 기세로 그를 향해 밀려왔다.

"크윽……!"

"시, 시도, 괜찮으냐?!"

무쿠로와 어느 정도 떨어졌을 즈음, 장갑판이 덜컹거리더니 움직임을 멈췄다. 아무래도 시도에게 다가간 토카가 장갑판을 멈춰 세운 것 같았다.

"으, 응……. 덕분에 살았어, 토카. 그건 그렇고—."

시도는 자신을 지켜준 장갑판을 가볍게 쓰다듬었다.

"타이밍이 너무 절묘했잖아……. 이런 장갑판이 나와 무쿠로 사이로, 그것도 자로 잰 듯한 타이밍에 날아오다니—."

시도는 말을 이으려다 멈췄다.

"어……?"

이유는 단순했다.

장갑판 뒤편에서 무언가를 발견했기 때문이다.

"……흐음. 졸개들은 얼추 정리가 된 것 같구나."

무쿠로는 아까보다 파편이 많아진 우주공간을 바라보면서 숨을 토했다.

주위에는 인간의 형태를 한 기계 파편이 다수 떠다니고 있었다. 전부 무쿠로에게 적의를 드러냈다가 도리어 당한 자들의 잔해였다.

무쿠로는 근처에 떠있던 금속 덩어리 중 하나를 향해 손을 뻗어 자세히 뜯어보았다.

"오늘은 묘한 손님이 많구나. 뭐……."

인형의 머리를 아무렇게나 집어던진 무쿠로는 뒤편을 쳐다보았다.

"시도, 그대보다 신기한 자는 없었지만 말이다."

그곳에는 아직도 눈동자에서 의지의 불꽃이 타오르고 있는 소년과, 그를 지키려는 것처럼 앞에 서 있는 소녀가 있었다.

"겨우 건진 목숨을 버리려는 게냐. 이제 그런 우연은 두 번 다시 벌어지지 않을 것이니라."

무쿠로가 〈미카엘〉을 치켜들며 그렇게 말하자, 이마에 땀 방울이 맺힌 시도가 결의에 찬 눈동자로 그녀를 쳐다보았다.

"도망칠 수야 없지. 내가 말했잖아? 내가 네 마음을 열어 주겠다고 말이야."

"무쿠도 말했을 터다. 그대의 위선에 휘둘리고 싶지 않다고 말이지."

무쿠로는 도끼눈을 뜨면서 그렇게 말하더니, 주위를 가리키듯 손을 펼쳤다.

"―대체 뭘 어쩔 게지? 그대가 이용하려 했던 인형들은 전부 쓰레기가 됐느니라. 그러니 아까처럼 교활한 술수를 쓸 수도 없을 텐데?"

"글쎄, 과연 그럴까? 쓰레기도― 다 쓸 데가 있다고."

시도는 씨익 웃으면서 손에 쥔 가짜 〈미카엘〉을 치켜들었다. 그러자 주위에 떠다니던 파편들이 조그마한 운석처럼 무쿠로를 향해 날아갔다.

그것만이 아니었다.

"토카!"

"음!"

시도, 그리고 그의 옆에 있던 소녀가 수많은 파편 사이에 숨으며 무쿠로를 향해 돌격했다.

―파편과 저 소녀의 공격으로 무쿠로에게 빈틈을 만들려는 작전인 것일까.

"아니……."

무쿠로는 머릿속에 떠오른 그런 생각을 부정하듯 눈을 가늘게 떴다.

"하아아아아아앗!"

무쿠로의 생각을 방해하려는 것처럼, 소녀는 힘찬 기합을 내지르며 검을 휘둘렀다.

하지만 이 일격으로 무쿠로를 벨 생각은 없는 것 같았다. 공격에 살기가 어려 있지 않았던 것이다. 당연했다. 무쿠로를 구원하겠다, 같은 건방진 소리를 지껄여댄 시도의 동료가 무쿠로를 두 동강내려 할 리가 없었다.

이런 공격은 막는 것도, 흘려내는 것도 간단하다. 무쿠로는 〈미카엘〉을 쥔 손에 힘을 줬다.

"——."

하지만 무쿠로는 검을 막아내기 직전에 몸을 뒤로 젖히며 종이 한 장 차이로 그 일격을 피했다.

"우왓?!"

격돌 직전에 무쿠로가 공격을 피할 거라고는 생각도 못했는지, 소녀는 몸을 앞으로 크게 기울였다. 무쿠로는 소녀의 어깨를 밟으며 균형을 무너뜨린 후, 그대로 몸을 크게 비틀었다.

그러자 다음 순간, 무쿠로의 뒤편에 『문』이 생기더니 그곳에서 〈미카엘〉의 끝부분이 튀어나왔다.

"앗—?!"

경악에 찬 목소리는 앞쪽— 시도가 있는 쪽에서 들려왔다. 그쪽을 쳐다보니, 양손으로 〈미카엘〉을 쥔 시도가 얼굴을 경악으로 물들이고 있었다.

그리고 무쿠로의 예상대로, 시도가 쥔 〈미카엘〉의 끝부분이 허공에 생긴『문』에 빨려 들어가 있었다.

"이럴 줄 알았느니라."

무쿠로는 흥 하고 코웃음을 쳤다.

수많은 파편과 소녀의 공격으로 무쿠로의 주의를 끈 후, 〈미카엘〉로『문』을 열어서 자신의 손 언저리와 무쿠로의 등 뒤를 연결한다. —만약 시도가 복제한 〈미카엘〉이 진짜와 같은 힘을 지녔다면 이 작전에 생각이 미치는 게 당연했다.

확실히 천사의 특성을 이용한 매우 유효한 작전이었다.

—상대가 그 천사의 힘을 숙지하고 있는 진짜 소유자가 아니라면 말이다.

"아깝구나. 하지만…… 이걸로 끝이니라."

무쿠로는 그렇게 말하며 손에 쥔 〈미카엘〉을 시도가 연『문』에 찔러 넣었다.

열쇠의 끝부분이 천사의 힘에 의해 일그러진 공간을 통과하더니, 조금 떨어진 곳에 있는 시도에게 쇄도했다.

이걸로 전부 끝이다. 제아무리 시도라도 신체 기능이『잠기면』제대로 움직이지 못할 것이다.

하지만 〈미카엘〉의 끝부분이 시도의 몸에 닿으려던 순간—.

"우햣!"

이상한 소리와 함께 시도의 몸이 줄어들면서 조그마한 소녀로 변했다. 퍼석퍼석한 머리카락과 언짢아 보이는 얼굴을 지닌 그 소녀는 무쿠로의 공격을 피하려는 것처럼 머리를 감싸 쥐며 새된 목소리로 외쳤다.

"지…… 지금이야, 시도!"

"—흐음?"

무쿠로는 뜻밖의 사태에 눈을 동그랗게 떴다.

그리고 그 순간, 무쿠로는 기척을 감지했다.

"……윽?"

무쿠로의 시선이 자신의 등 뒤에서 느껴지는 기척으로 향했다. 그러자 〈미카엘〉을 쥔 채 그곳에 서 있는 시도가 그녀의 눈에 들어왔다.

"이럴 수가. 그대는, 대체—."

"—지나가던 고등학생이야."

시도는 그렇게 말하며 〈미카엘〉을 힘차게 내밀었다.

열쇠의 끝부분이 무쿠로의 가슴에 빨려 들어가듯 쑥 들어갔다.

대체 언제, 왜, 어디서…… 그런 의문이 무쿠로의 머릿속에서 소용돌이쳤다.

하지만 그런 생각은 몇 초도 이어지지 않았다.

"……【라타이브】!"

시도가 그렇게 외치면서 무쿠로의 가슴에 꽂은 〈미카엘〉을 돌렸기 때문이다.

"아—."

그 순간—.

무쿠로는 오랫동안 잠겨 있던 마음속에 한 줄기 빛이 비친 듯한 착각이 들었다.

"흡—."

"—하아아앗!"

오리가미의 〈에인헤랴르〉와 아르테미시아의 레이저 블레이드가 몇 번이나 부딪치며 칠흑 같은 우주에 마력광을 흩뿌렸다.

"큭……."

창을 통해 느껴지는 검의 위력에 팔이 떨렸다. 상대가 날리는 일격에 필살의 위력과 의지가 담겨있다는 것이 확연하게 느껴졌다.

하지만 오리가미 또한 일방적으로 당하고 있지만은 않았다. 이제 오리가미는 방금까지 쓸 수 없었던 전투방식을 사용할 수 있는 것이다.

"—〈절멸천사(絶滅天使)〉!"

오리가미가 그렇게 외치자, 그녀의 등 뒤에 날개처럼 떠있던 『깃털』들이 의지를 지닌 것처럼 날아다니기 시작했다.

그리고 그 끝부분이 아르테미시아를 향하더니, 그녀를 향해 일제히 광선을 발사했다.

"읏—."

아르테미시아는 작은 목소리로 그렇게 말하더니, 아름답게 몸을 비틀면서 그 공격을 피했다.

"놓치지 않겠어."

오리가미는 날카롭게 아르테미시아를 주시하며, 허공을 날아다니는 〈메타트론〉에게 머릿속으로 지시를 내렸다.

그러자 수많은 『깃털』 중 절반이 오리가미의 의지를 따라 아르테미시아의 뒤편으로 이동하여 그물망 모양으로 광선을 뿜으며 그녀의 퇴로를 차단했다.

그리고 남은 절반의 『깃털』은 오리가미가 자신이 쥔 〈에인헤랴르〉의 끝부분에 결집시키자 거대한 드릴 같은 형태를 이뤘다.

"하앗!"

고속으로 회전하는 〈메타트론〉에서 뿜어져 나온 빛이 나선을 그리며 아르테미시아를 향해 뻗어나갔다.

"—꽤 하네."

아르테미시아는 빙긋 웃으면서 눈을 가늘게 떴다.

그 순간, 아르테미시아의 백팩에 달려 있던 깃털 같은 파츠에서 마력포가 일제히 발사되어 결집된 〈메타트론〉을 향해 뻗어나갔다.

"큭……!"

두 개의 빛이 엄청난 충격파를 자아내며 격돌했다.

하지만 그 충돌은 오랫동안 지속되지 않았다. 아르테미시아가 손에 쥐고 있던 레이저 블레이드를 오리가미의 머리를 향해 던졌기 때문이다.

"쳇……!"

눈썹을 찌푸린 오리가미는 몸을 비틀면서 그것을 피했다. 아르테미시아는 그 틈을 이용해 〈에인헤랴르〉의 창 자루 부분을 발판 삼아 뛰어오르며 오리가미의 포위망에서 벗어났다.

"휴우……. 방금은 꽤 위험했어."

오리가미와 거리를 둔 아르테미시아는 테리터리를 조작해 방금 던졌던 검을 다시 자신 쪽으로 가져오며 한숨을 내쉬었다.

"영력과 생성마력의 콤비네이션이라…… 흥미가 샘솟는 걸. 하지만 유감스럽게도 오늘은 너와 놀아줄 시간이 없어. 빨리 결판을—"

바로 그때, 아르테미시아가 갑자기 숨을 삼켰다.

그런 아르테미시아를 본 오리가미는 얼굴을 경계심으로 가득 채웠지만— 상대의 시선이 향하고 있는 곳을 쳐다보고 무슨 일이 일어난 것인지 알아챘다.

〈게티아〉— 엘렌 메이저스가 이끄는 공중함이 검은 연기를 뿜으며 지구를 향해 추락하고 있는 광경이 눈에 들어왔던 것이다.

"엘렌?! 설마, 〈게티아〉가……?!"

시종일관 여유롭던 아르테미시아의 표정에 처음으로 동요

에 가까운 무언가가 어렸다. 오리가미는 방심하지 않으며 창끝으로 그녀를 겨눈 후 천천히 입을 열었다.

"―당신들이 졌어. 순순히 포기해."

"……."

아르테미시아는 잠시 동안 침묵한 후, 오리가미를 노려보았다.

"……착각하면 곤란해. 엘렌이 당할 거라고는 생각도 못했지만, 그렇다고 승패가 갈린 건 아냐. 우리의 오늘 목적은―."

"――."

"정령을 격추하는 거니까 말이야."

"큭…… 〈메타트론〉!"

그 순간, 아르테미시아의 시선이 오른편을 향했다는 사실을 눈치챈 오리가미가 〈메타트론〉에 지시를 내렸다.

하지만― 늦었다. 아르테미시아의 장비에서 뿜어져 나온 마력포가 〈메타트론〉의 공격을 교묘하게 피하더니, 시도와 무쿠로를 향해 뻗어나갔다.

"아, 아……."

시야가 깜빡거렸다. 저린 손발에 혈액이 급히 흘러들어가는 듯한 느낌이 들었다.

무쿠로의 마음은 심경의 급격한 변화 때문에 당황한 채,

혼란에 빠져 있었다.

　―『혼란』.

　그렇다. 그것 자체가 비정상적이었다.

　〈미카엘〉로『잠갔던』무쿠로의 마음이 그런 감정을 느낄 리가 없는 것이다.

　―아아, 아니, 그렇다. 그럴 만도 했다. 점점. 이해가 됐다. 열쇠가 들어왔다. 〈미카엘〉. 시도. 이츠카 시도. 【라타이브】. 열었다. 마음을. 마음의 자물쇠를. 오랫동안 봉인되어 있던 무쿠로의 마음을. 들어온다. 흘러들어온다. 감정의 격류. 눈에 보이지 않는 색채. 허락도 없이 남의 마음을 비집어 연 시도를 향한 분노. 그가 사용한 뜻밖의 수단에 대한 흥미. 그리고 자신의 안위를 개의치 않으며 무쿠로를 위해 이렇게까지 한 시도를 향한―.

　"무쿠로!!"

　무너진 댐에서 터져 나오는 격렬한 물줄기 같은 감정의 격류에 당황한 무쿠로의 의식이 그 목소리에 반응했다.

　아직 감정과 의식이 완전히 이어지지 않았기 때문에 그 말에 반응하는 것은 어려웠지만, 머릿속 한편으로는 시각을 통해 얻은 정보를 통해 자신이 어떤 상황에 처했는지 이해했다.

　다가오고 있다. 광선. 일직선으로 무쿠로를 향해 날아오는 빛의 화살.

분명 시도는 저 광선 때문에 자신의 이름을 외친 것이리라. 그러나. 그렇지만. 하지만. 격렬한 감정의 파도 때문에 몸을 마음대로 움직일 수가 없었다. 잠시 후, 무쿠로의 몸은 저 빛에 꿰뚫리고 말 것이다.

　아아, 무섭다.

　—그렇다.『무섭다』.

　아픈 게, 무섭다. 죽는 게, 무섭다. 오래간만에 느낀 공포가, 무쿠로의 마음을 채워나갔다.

　"큭⋯⋯!"

　다음 순간, 무쿠로가 느끼고 있던 공포는 다른 감정에 감싸였다.

　시도가 그 광선으로부터 무쿠로를 지키기 위해, 그녀를 끌어안은 것이다.

　"아—."

　"〈자드키엘〉⋯⋯!!"

　시도가 그렇게 외치자, 그의 등에 얼음 방패가 형성되었다. 그리고 다음 순간, 엄청난 위력을 지닌 마력포가 그 방패에 정통으로 꽂혔다.

　"크으⋯⋯!"

　서둘러 만든 얼음 방패만으로는 위력적인 마력포를 완전히 막아낼 수 없는 것 같았다. 신음을 흘리는 시도, 그리고 그에게 안긴 무쿠로의 몸이 그대로 튕겨져 날아갔다.

무쿠로는 그와 동시에 기묘한 감각을 느꼈다.

지금까지 주위에 펼쳐져 있던 불가사의한 온기가 사라지더니, 갑자기 눈에 보이지 않는 힘이 그녀를 잡아당겨지기 시작한 것이다.

그것이 지구의 인력이라는 사실을 깨닫는 데에는 그렇게 긴 시간이 필요하지 않았다. 광선에 의해 밀려난 무쿠로와 시도는 방금까지 자신들이 있었던 불가사의한 영역에서 벗어나고 만 것이다.

이대로 있다간 대기권에 돌입하고 말 것이다. 무쿠로는 〈미카엘〉로 공간에 『문』을 열어서 안전권으로 피하려 했다. 하지만— 몸이 뜻대로 움직이지 않았다.

"큭— 〈구풍기사(颶風騎士)〉! 〈자드키엘〉!"

시도의 외침에 두 사람의 주위에서 바람이 소용돌이쳤고, 얼음으로 된 벽이 생겨났다.

"걱정하지 마…… 무쿠로! 너는…… 내가, 지켜줄게……!"

시도는 그렇게 말하면서 무쿠로의 몸을 꼭 끌어안았다. 두근, 두근 하는 심장 소리가 몸을 통해 전해져왔다.

"——."

호화찬란한 색상을 띤 감정 속에서, 한 색깔이 떠올랐다.

하지만 그것이 무엇을 가리키는지 인식하기도 전에—.

무쿠로와 시도의 몸은 푸른 별에 빨려 들어갔다.

제7장 열리게 된 마음

—격렬한 총성과 땅을 뒤흔드는 폭음이 곳곳에서 들려왔다.

파멸의 발소리. 함락의 징후. 지금까지 쌓아온 것이 무너지는 종언으로의 서곡.

〈라타토스크〉 본부기지는 현재 절망적인 상황에 처해 있었다.

DEM인더스트리. 〈라타토스크〉와 마찬가지로 인간의 지혜와 섭리를 초월한 신의 영역— 리얼라이저를 지닌 자들에 의해서 말이다.

물론 〈라타토스크〉 또한 무방비하게 문을 열어뒀던 것은 아니다. 이 기지는 전 세계를 통틀어 굴지의 방위체제를 갖추고 있다 해도 과언이 아닐 것이다.

리얼라이저에 의한 대공방벽과 몇 겹에 걸친 경계망을 지녔으며, 불가시미채(不可視迷彩)를 이용해 위치 또한 철저하게 은폐했다.

중요거점을 지키기 위한 최고의 방어수단이란 그 어떤 공격을 받아도 꿈쩍도 하지 않는 성벽도, 공격해온 적을 전부해치울 무력도 아니라— 위치 자체가 애초에 알려지지 않는 것이라고 엘리엇 우드먼은 생각했다.

〈라타토스크〉는 비밀조직이며, 그 목적은 국토를 지키는 것도 아니거니와, 힘을 드러내 적을 압박하는 것도 아니다. 그렇기에 본거지는 영주의 성이나 국방성처럼 심벌적인 의미를 지닐 필요가 없다. 아니, 정확하게는 눈에 띄는 것 자체가 치명적인 마이너스다.

그렇기 때문에 이 기지의 위치를 알고 있는 기관원은 〈라타토스크〉 내부에서도 극히 일부에 불과하며, 이곳에 들어오는 이들 또한 인비지블을 사용한 항공기를 이용하게 되어 있다. 그 어떤 나라의 첩보기관도 이 좌표에 이런 대규모 시설이 있다는 사실을 인식하지 못했으리라.

그리고 그것은 〈라타토스크〉의 적인 DEM인더스트리도 예외는 아니었다.

하지만 그 『알려지지 않았다』는 절대방벽이 너무도 간단히 파괴되었다.

그렇다. 전지의 마왕 〈벨제붑〉에 의해서 말이다.

"경계를 하지 않은 건 아니지만 이렇게 간단히 당할 줄이야. 역시 아이크는 대단하군."

우드먼은 어깨를 약간 으쓱하면서 중얼거리듯 그렇게 말했다.

그는 흰머리가 섞인 금발을 하나로 묶은 초로의 남성이다. 위기 상황에 처했는데도 불구하고, 그의 언행과 표정에서는 아직 차분함이 묻어나고 있었다.

하지만 그것도 당연했다. 우드먼은 〈라타토스크〉 최고의 사결정기관인 원탁회의의 의장이다. 즉, 이 조직의 실질적인 수장인 것이다. 그러니 우드먼은 그 어떤 일이 일어나더라도 결코 당황하지 않는다. 상관이 느낀 초조함은 부하들에게 전파되어, 그들의 판단력을 흐트러뜨린다. 정점의 옥좌에 앉아있는 이는 목숨을 잃기 직전에도 여유 넘치는 미소를 지어야만 한다고 우드먼은 믿고 있었다.

그리고 우드먼은 DEM인더스트리의 습격을 예상하고 있었다.

한때 맹우였고 지금은 원수인 아이작 웨스트코트가 전지의 마왕을 손에 넣었다. 그렇다면 그가 가장 먼저 알아내려 할 것은 봉인되지 않은 정령의 소재— 그리고 배신자인 우드먼이 있는 곳일 거라고 우드먼은 예측하고 있었다.

그렇기 때문에 우드먼은 〈라타토스크〉가 지닌 시설 중에서도 최고 레벨의 방위체제를 갖춘 이 기지에 있었던 것이다.

"—농담 마시죠. 아이작이 거기까지 생각했을 리가 없습니다. 그는 옛 친구인 당신에게 새로 얻은 장난감을 자랑하고 싶을 뿐인 어린애에 불과해요."

우드먼의 옆에 서 있던 노르딕 블론드 빛깔 머리카락을
지닌 여성이 담담한 목소리로 그렇게 말했다. 테가 가는 안
경을 쓴 그녀는 렌즈 너머에 있는 아름다운 푸른색 눈동자
로 우드먼을 응시했다.

카렌 메이저스. 우드먼의 비서이자 인류 최강의 위저드인
엘렌 메이저스의 친동생이다. 그녀도 우드먼과 마찬가지로
과거에는 DEM에 소속된 기술자였다. 그렇기에 웨스트코트
에 대한 그녀의 평가 또한 정확했다. 우드먼은 그녀의 말을
듣더니 무심코 미소를 지었다.

"그럴지도 모르겠군. 아이크는 변함이 없으니까 말이야.
하지만 그래서 더 무섭지. 한번 생각해보게. 핵 발사 버튼
이 있는 방에 호기심이 왕성한 소년을 홀로 둔 거나 마찬가
지이지 않나."

"소름이 돋는군요. 미친 짓입니다."

차분한 표정으로 그렇게 말한 카렌은 들고 있던 휴대용
단말을 쳐다보았다. 그리고 재빨리 조작을 한 후, 다시 얼굴
을 들었다.

"―탈출경로가 확보되었습니다. 이쪽이에요."

"음. 자료의 처분은 어떻게 되고 있지?"

"순조롭습니다. 물론 아이작이『장난감』으로 살펴본다면
손쓸 방법이 없겠지만 말이죠."

"좋아. 그럼 가지. 기관원들에게도 대피 권고를 내리게."

"예."

카렌은 살며시 고개를 끄덕인 후, 책상 아래쪽으로 손을 뻗어 그곳에 숨겨져 있던 버튼을 눌렀다. 그러자 책상 뒤편의 벽 중 일부가 열리면서 긴급 탈출용 엘리베이터가 모습을 드러냈다.

"실례하겠습니다."

카렌은 우드먼이 앉은 휠체어의 핸들을 쥐고 그대로 엘리베이터를 향해 걸음을 옮겼다.

두 사람이 안으로 들어간 후 엘리베이터의 문이 닫혔다. 카렌이 벽면에 설치된 패널을 조작하자, 낮은 구동음을 내면서 엘리베이터가 지하로 뻗어갔다.

이내 진동이 멎고 반대 방향의 문이 열렸다. 문 너머에는 콘크리트로 된 어둑어둑한 길이 쭉 이어져 있었다.

"출구에 헬기를 준비해뒀습니다. 잠시만 인내해주시길."

그렇게 말한 카렌은 휠체어를 밀면서 통로를 걸었다.

하지만— 카렌의 발소리와 휠체어의 타이어가 굴러가는 소리가 곧 멎었다.

이유는 매우 단순했다.

통로 앞에 한 사람이 서 있었기 때문이다.

"—여어, 엘리엇. 이렇게 직접 얼굴을 마주하는 건 오래간만인걸."

칠흑색 양복을 걸친 남자가 얼굴에 옅은 미소를 머금으며 그렇게 말했다.

"……"

그 말에 반응하듯, 휠체어의 핸들에서 희미한 진동이 느껴졌다. 카렌도 완전히 반응을 억누를 수는 없었던 것 같았다. 물론 느닷없이 『그』와 마주친 상황에서 동요를 최소한으로 억누른 카렌의 담력은 대단하다고 해도 과언이 아니지만 말이다.

"그래……. 오래간만이군, 아이크."

우드먼은 자신의 앞에 선 남자의 이름을 입에 담으면서 눈을 가늘게 떴다.

오랜 세월 탓에 칙칙해진 금속 같은 애시블론드 빛깔 머리카락과 탁한 침전물 같은 두 눈동자를 지닌 자였다. 이 세상에 존재하는 모든 더러운 존재를 모아서 억지로 인간 형태로 만든다면 이런 형태를 지니지 않을까. 무례하다는 걸 알면서도 이런 모욕적인 감상을 품을 수밖에 없었다. 즉 ― 그런 남자인 것이다.

우드먼은 시력이 나빠졌기에 안경을 끼고도 상대의 모습이 흐릿하게만 보였다. 하지만 그 목소리는, 언행은, 그리고 이 기묘한 분위기는 과거에 뜻을 같이 했던 친구의 모습을 우드먼에게 선명하게 전해줬다.

"설마 이 통로에서 우리를 기다리고 있을 줄이야. 더미용

도주경로도 여러 개 준비해뒀는데 말이지. 이것도 〈벨제붑〉의 힘인가?"

우드먼이 그렇게 말하자, 웨스트코트는 가볍게 어깨를 으쓱했다.

"아냐. 유감스럽게도 자네 쪽에 있는 정령이 〈벨제붑〉에 낙서를 했거든. 이곳을 고른 건 순전히 내 감이야. 자네라면 이 길을 고를 거라고 생각했지."

"그랬군. 역시 서로를 잘 아는 상대와는 영 싸우기 힘든걸."

우드먼과 웨스트코트는 누가 먼저랄 것 없이 웃음을 터뜨렸다.

"그런데…… 무슨 일이지? 친구를 찾아온 것치고는 노크가 너무 거친 것 같은데 말이야."

"아, 미안해. 그렇게 중요한 용건이 있는 건 아냐. ─그저 자네와 카렌이 DEM으로 돌아와 줬으면 해서 말이지."

웨스트코트는 잡담이라도 나누는 듯한 말투로 그렇게 말했다. 아니, 그는 잡담이라고 여기고 있는 걸지도 모른다. 설령 그것이 한 조직의 붕괴를 의미하더라도 말이다.

우드먼은 놀라지도, 분노하지도 않았다. 그저 입술 가장자리를 치켜 올렸다.

"만약 싫다고 한다면 어쩔 거지? 나와 카렌을 죽일 건가?"

"그럴 리가 없잖아. 그래서야 엘렌을 두고 온 의미가 없거든. 자네의 의지는 존중하고 싶어. 강요를 할 생각은 없지.

그저 그 대신이라기에는 뭣하지만—."

웨스트코트는 어깨를 으쓱하며 눈을 가늘게 뜨더니, 오른손을 앞으로 내밀었다. 그리고 조용히 그 이름을 입에 담았다.

"〈벨제붑〉."

그 순간, 그의 손 언저리에서 어둠이 소용돌이치더니 책 한 권이 모습을 드러냈다.

"—나와 잠시 놀아주지 않겠어?"

"흠……."

우드먼은 눈앞에 나타난 흉흉한 독기 덩어리를 보고 낮은 신음을 흘리며 수염을 쓰다듬듯 턱에 손을 댔다.

상대는 마왕이다. 가능하면 싸우고 싶지 않다.

하지만— 이 상황에서 그런 억지를 부리는 것은 무리이리라.

"……어쩔 수 없지. 자네는 옛날부터 말이 통하는 남자가 아니었으니까 말이야."

우드먼은 작게 한숨을 내쉬더니, 팔에 힘을 주며 휠체어에서 천천히 몸을 일으켰다.

그러자 뒤편에 있던 이가 그의 어깨를 잡았다. —카렌이었다.

"안 돼요, 엘리엇."

"괜찮아, 카렌."

"하지만……."

우드먼은 상냥한 미소를 지으며 카렌의 손을 치운 후 약간 비틀거리며 앞으로 나아갔다.

"……앞으로 두 번 정도 가능하겠군."

그리고 누구에게도 들리지 않을 만큼 작은 목소리로 그렇게 중얼거리더니, 웨스트코트의 앞에 섰다.

"자…… 시작해볼까? 그러고 보니 아이크, 자네와 이렇게 대치하는 건 처음인지도 모르겠군."

"그럴 거야. 나는 약하거든. 이렇게 자네 앞에 서니 다리가 떨리는걸."

웨스트코트는 농담을 하는 듯한 어조로 그렇게 말하며 웃었다.

우드먼 또한 마주 웃으면서, 품속에서 군용 인식표처럼 생긴 금색의 물건을 꺼냈다.

◇

철이 드는 나이는 사람에 따라 다르겠지만, 그게 가장 어릴 적의 기억을 가리키는 것이라면 자신의 경우 다섯 살 때일 거라고 생각한다.

기억하고 있는 것은 그 시절에는 자신이 이미 외톨이였다는 것이다.

딱히 관념적인 문제는 아니다. 자신을 이해할 수 있는 사람은 자신뿐이다 같은 철학적인 이야기를 하는 것도 아니다. 그저 단순히, 자신이라는 인간을 인식할 수 있게 되었을 때, 당연히 있어야 할 아버지나 어머니, 형제— 즉, 가족이 주위에 존재하지 않았던 것이다.

자신에게 없는 가족이라는 존재에 대해 알게 되었을 때, 어떤 느낌을 받았는지는— 사실 기억이 나지 않는다.

정확하게 말하자면, 그것이 어떤 감정이었는지 말로 표현하는 것이 어려웠다.

물론 기분이 좋지는 않았지만, 그 감정은 단순한 비애나 고독감과는 좀 달랐던 것 같다. 왜냐면 그것은 가족을 잃은 자가 느끼는 감정이다. 가족의 온기를 알기 때문에 슬픔을 느끼며, 혼자가 아니었기 때문에 쓸쓸함을 느낀다.

자신은 처음부터 혼자였기 때문에, 그 감정을 쓸쓸함으로 정의할 수도 없었던 걸지도 모른다.

그게 당연한 것이며, 가족이 있는 아이가 『특별』한 것이다. 자신은 『특별』하지 않으니 어쩔 수 없다. 굳이 따지자면 그런 체념과 공허함에 가까운 감정을 느꼈던 것 같다.

—하지만 그로부터 얼마나 지났을까.

그런 나날은 느닷없이 끝을 맞이했다.

자신에게 처음으로 가족이 생긴 것이다.

물론 혈연관계는 아니다. 아이를 원하는 부부가 자신을 마음에 들어 해서, 입양하고 싶다고 한 것이다.

대체 어떤 과정을 통해 자신이 그들에게 입양된 것인지는 기억하지 못한다. 아니, 정확하게 말하자면 시설에 있는 사람이 무슨 말을 했다는 것은 기억하지만, 당시의 자신이 무슨 말을 했는지까지는 기억하지 못했다.

하지만 그런 것은 아무래도 상관없었다.

자신에게, 외톨이인 기억밖에 없는 자신에게, 처음으로 가족이 생겼다.

그 사실이 너무나도 충격적이었기에, 한동안 멍하니 지냈다.

아버지, 어머니, 그리고 형제자매가 될 여자애 한 명.

자신의, 자신만의, 가족.

그들을 인식한 순간, 그리고—

「안녕. 오늘부터 우리는 가족이란다.」

어머니가 그 말을 입에 담은 순간.

「—, 아, 아, 아아아아아…….」

마치 댐이 무너진 것처럼 눈물이 줄줄 흘러나왔다.

흑백으로만 이뤄져있던 세계가, 선명한 색깔로 물드는 듯한 느낌이 들었다.

자신을 사랑해주는 사람.

자신이, 사랑해도 되는 사람.

자신은, 이 사람들— 아버지를, 어머니를, 형제자매를, 평생 사랑하겠다고 맹세했다.

◇

"……, 아……."

시도는 작은 소리를 내며 눈을 떴다.

"방금 그건……."

왠지 불가사의한 꿈을 꾼 것 같은 느낌이 들었다. 그리운 듯하면서도, 기억에 없는…… 슬프면서도 따뜻한 꿈이었다.

"으음……."

의식이 멍한 가운데, 시도는 얼굴에 느껴지는 간지러움에 자신의 볼을 매만졌다.

그리고 자신의 볼이 눈물에 젖어 있다는 사실을 깨달았다. 하품을 하다 흘릴 양이 아니었다. 아무래도 자면서 운 것 같았다.

"……뭐가 어떻게 된 거야?"

시도는 머리카락을 긁적이면서 주위를 둘러보았다. 그러자 곧 흐릿하던 시야가 선명해지기 시작했다.

아무래도 자신은 침대에서 자고 있었던 것 같았다. 무기질적인 흰색 벽과 천장을 보아하니, 아마 이곳은 〈프락시너스〉의 의무실이리라.

시도는 천천히 상체를 일으키고 기지개를 켰다. 딱딱하게 굳어있던 근육이 약간 욱신거렸고, 뼈에서 뚜둑 하는 소리가 났다.

그때, 느닷없이 문이 열리더니 코토리를 비롯한 정령들이 들어왔다.

"실례할게…… 아, 시도!"

"오오! 정신이 들었느냐?!"

다들 놀랐는지 눈을 동그랗게 떴다. 시도는 쓴웃음을 지으면서 그녀들을 쳐다보았다.

"응……. 방금 깨어났어."

시도의 대답에 코토리의 뒤편에 있던 토카가 뭔가를 눈치챈 것처럼 고개를 갸웃거렸다.

"시도. 운 것 같다만, 무슨 일 있었느냐?"

"아, 아무 것도 아냐……. 하품을 하다 눈물이 났어."

꿈을 꾸며 울었다는 말을 하는 것은 좀 그랬고, 다른 이들에게 걱정을 끼치기도 싫었기에 시도는 가볍게 웃으면서 얼버무리듯 그렇게 말했다.

"……."

그런 시도를 보고 뭔가를 느꼈는지 코토리는 미심쩍은 표정을 지었지만…… 곧 한숨을 내쉬면서 시도를 향해 돌아섰다.

"뭐, 좋아. ―있지, 시도. 몸은 괜찮아?"

"뭐? 아…… 괜찮은 것 같긴 한데……."

코토리의 심각한 표정을 보며 고개를 갸웃거리던 시도는 ― 이내 숨을 삼켰다.

코토리의 말을 듣고, 안개가 낀 것처럼 흐릿하던 기억이 선명해진 것이다.

그렇다. 시도는 의식을 잃기 전, 무쿠로를 안은 채 맨몸으로 대기권에 다이빙을 했었다. 아무리 시도가 천사의 가호를 지녔더라도 코토리가 걱정하는 게 당연했다.

"무쿠로는…… 무쿠로는 어떻게 됐어?! 무사한 거야?!"

시도는 이불을 걷어찰 기세로 몸을 일으켰다.

다행인지는 모르겠지만, 〈자드키엘〉과 〈라파엘〉을 이용한 방어, 그리고 〈카마엘〉의 치유능력 덕분에 시도의 몸에는 별다른 대미지가 남아있지 않았다. 하지만 시도는 지상에 도달하기 전에 의식을 잃었기 때문에 무쿠로의 안부를 확인하지 못했다.

그러자 코토리는 표정을 굳히면서 대답했다.

"—몰라. 우리가 시도를 발견했을 때에는 이미 무쿠로의 모습이 보이지 않았어. 물론 공중에서 너희가 떨어졌을지도 모르니, 낙하지점을 중심으로 꽤 넓은 범위를 조사했지만……."

"그럼, 설마……."

시도가 불안한 표정을 짓자, 코토리는 「괜찮아」라고 말하듯 고개를 저었다.

"정신적으로 흐트러진 상태라고는 해도, 무쿠로는 영장을 걸친 정령이잖아? 시도가 무사히 발견된 걸 보면, 그녀에게 큰일이 생겼을 거라고 보기는 힘들어. 시도와 함께 지상에 도달한 후, 먼저 의식을 차린 그녀가 도망쳤다고 생각하는 편이 타당할 거야."

"그, 그렇구나……"

시도는 코토리의 말을 듣고 안도의 한숨을 내쉬었다.

"……"

하지만 그는 곧 생각을 바꾸며 입을 꾹 다물었다. 확실히 무쿠로가 무사하다는 것은 기뻐해 마지않을 정보다. 하지만 그녀가 도망을 친 데다 행방도 알지 못하니, 이제는 손쓸 방법이 없었다.

시도는 아무 말 없이 자신의 오른손을 쳐다보며, 주먹을 말아 쥐었다. ―손바닥에 남아있는 열쇠를 돌린 감촉을 확인하듯이 말이다.

시도는 그때, 무쿠로의 가슴에 가짜 〈미카엘〉을 꽂고, 그녀의 잠겨있던 마음을 열었다.

하지만 그것은 어디까지나 스타트 라인에 선 것에 지나지 않았다. 마음의 자물쇠를 열었다고 해서, 무쿠로가 무조건적으로 시도에게 호감을 가질 리가 없는 것이다. 그것은 어디까지나 봉인되어 있던 무쿠로의 감정을 깨우는 행위에 지나지 않으며― 최악의 경우, 그녀가 시도에게 나쁜 감정을 느꼈을 가능성도 있다.

그리고 시도를 향한 무쿠로의 감정을 좌우할 중요한 첫 만남의 순간, 그는 의식을 잃고 말았다. 어쩔 수 없었다고는 해도, 시도는 후회로 표정을 가득 채울 수밖에 없었다.

"……다들 미안해. 너희가 그렇게 최선을 다해줬는데, 나는……."

시도가 그렇게 말하자, 정령들은 놀란 것처럼 눈을 동그랗게 뜨면서 고개를 저었다.

"무슨 소리를 하는 것이냐. 시도가 얼마나 최선을 다했는지는 우리도 잘 알고 있다."

"그, 그래요. 그런 소리 하지 마세요."

"낙심했나 보네. 괜찮아? 내 가슴이라도 주무를래? 아, 작아서 주무르기 힘들겠네~! 아하하~!"

니아가 어떤 반응을 보여야 좋을지 감이 오지 않는 소리를 하며 웃음을 터뜨렸다. 시도는 식은땀을 흘리면서 쓴웃음을 흘렸다.

"어, 그래도 되나요~?! 서비스 정신이 투철하네요~! 혹시 성모(聖母)이신가요~?!"

그때, 미쿠가 흥분한 어조로 그렇게 말하며 손가락을 꼼지락거렸다. 하지만 이야기가 탈선될 것 같았기에 다른 이들이 미쿠를 말렸다.

"미쿠, 입 좀 다물고 있어."

"아앙! 너무해요~!"

"하아…… 정말. 뭐, 낙심한다고 어떻게 되는 것도 아니잖아. 게다가 원점으로 돌아간 것도 아니거든? 우리의 마음에 부응하고 싶다면, 우선 앞으로 어떻게 할 건지나 생각해."

"그, 그래⋯⋯. 맞아."

시도는 쓴웃음을 지으면서 고개를 끄덕였다. 확실히 코토리의 말이 옳았다. 과거를 후회하는 게 무의미하지는 않지만, 그것을 통해 교훈을 얻어서 앞으로 나아갈 수 없다면, 그것은 단순한 제자리걸음에 지나지 않는 것이다.

시도는 자신을 믿고 보내준 이들을 위해서라도, 멈춰 설수—

"—아."

바로 그때, 시도는 어떤 사실을 떠올리며 짧은 신음을 흘렸다.

"응? 시도, 왜 그래?"

"맞아. 코토리, 〈라타토스크〉의 기지는 어떻게 됐어⋯⋯?!"

시도는 주먹을 말아 쥐면서 물었다. —그렇다. 시도 일행이 우주로 향하기 직전, 〈프락시너스〉가 격납되어 있던 〈라타토스크〉의 기지가 DEM인더스트리에게 습격당했다.

코토리는 시도의 물음에 작게 한숨을 내쉬며 대답했다.

"⋯⋯괜찮다고는 말 못 해. 상당한 피해를 입었거든. 그기지는 이제 포기하는 수밖에 없을 거야."

"마, 맙소사⋯⋯. 그럼 우드먼 씨와 카렌 씨는 어떻게 됐어⋯⋯?!"

"⋯⋯."

시도가 경악을 하며 그렇게 묻자, 코토리는 아무 말 없이 재킷의 호주머니 속을 뒤지더니, 소형 단말을 꺼내서 시도에게 내밀었다.

"어······?"

코토리가 왜 이러는지 이해를 못한 시도가 몇 초 동안 당혹스러워하고 있을 때, 단말의 화면에 우드먼의 얼굴이 떠올랐다.

"아! 우드먼 씨!"

『―여어, 시도 군. 몸은 괜찮나? 맨몸으로 대기권에 돌입했다고 들었네만.』

"아, 예····· 그럭저럭 괜찮아요. 그것보다 우드먼 씨는······."

『무사하다네. 걱정을 끼쳐서 미안― 으윽!』

통신 도중에 우드먼이 고통스러운 신음을 흘렸다. 시도는 그 소리를 듣고 어깨를 부르르 떨었다.

"우, 우드먼 씨?"

『한쪽 팔과 한쪽 다리가 떨어져나갈 뻔했으면서 뭐가 무사하다는 거죠? 만신창이 이외의 그 어떤 표현도 어울리지 않을 것 같군요.』

뒤이어 들려온 것은 우드먼의 목소리가 아니었다. 방울처럼 맑은 그 목소리는― 카렌의 목소리였다.

그녀의 목소리는 여전히 억양이 없었지만, 왠지 분노가 어려 있는 것처럼 느껴졌다.

『빨리 의료용 리얼라이저에 들어가세요. 한동안은 무조건

안정을 취해야 합니다.』

　우드먼은 쓴웃음을 지으면서 시도를 쳐다보았다.

『미안하군. 자네와 좀 더 이야기를 나누고 싶지만, 카렌이 워낙 성화라서 말이야.』

　"아, 그건 괜찮은데…… 한쪽 팔과 한쪽 다리가 떨어져나 갈 뻔 했다니……."

『엘리엇.』

『알았네. 알았으니 잡아당기지 말게, 카렌.』

　우드먼의 모습이 화면에서 사라지고 통신이 끊겼다. 코토 리는 어깨를 으쓱하면서 단말을 호주머니에 집어넣었다.

　"―보다시피 어찌어찌 탈출에는 성공한 것 같아."

　"그, 그런 것 같네. ……엄청 불온한 말이 들리기는 했지 만 말이야."

　"뭐, 나도 엄청 신경 쓰이지만…… 얼버무리기만 하면서 무슨 일이 있었는지 가르쳐주지 않아."

　코토리는 휴우 하고 한숨을 내쉰 후, 마음을 다잡으려는 것처럼 팔짱을 꼈다.

　"뭐, 아무튼 시도는 쉬고 있어. 무쿠로는 우리 쪽에서 찾 아볼게. 그녀를 찾아냈을 때, 시도가 꼼짝도 못하는 상황이 면 곤란하잖아."

　"응. 알았어. ……그런데 무쿠로는 대체 어디로 간 걸까?"

　"그걸 알면 고생 안 하겠지. 그녀는 〈미카엘〉로 어디든지 갈 수 있잖아. 또 아무도 없는 우주로 도망친 걸지도 모르고, 어쩌면 의외로 가까운 곳에 있을지도—."

바로 그때, 코토리가 갑자기 말을 멈췄다.

아연실색한 표정으로 눈을 동그랗게 뜬 그녀는 시도 쪽을 응시했다.

"어? 코, 코토리, 왜 그래? 무슨 일…… 윽?!"

시도는 영문을 모르겠다는 듯이 고개를 갸웃거리며 말을 이으려다— 몇 초 전의 코토리와 마찬가지로 말을 멈췄다. 아니, 정확하게 말하자면 경악한 나머지 말문이 막히고 말았다.

갑자기 뒤편에서 손 두 개가 쑥 뻗어 나오더니, 시도의 어깨를 꼭 끌어안았기 때문이다.

놀란 나머지 몸이 딱딱하게 굳어버린 시도가 겨우겨우 뒤쪽으로 고개를 돌렸다.

"어……?"

그리고 시도는 그곳에 있는 소녀의 얼굴을 보고 눈을 크게 떴다.

"—흐음, 드디어 정신을 차린 게냐."

소녀는 그렇게 말하면서 입가에 미소를 머금었다. 긴 금발 사이로 보이는 황금색 빛을 머금은 두 눈에는 즐거움이 어려 있었다.

시도의 뇌는 한순간 혼란에 빠졌다.

하지만 느닷없이 소녀가 나타났기 때문은 아니었다. 이 소녀가 즐거워 보이는 표정을 짓고 있다는 사실이, 시도는 믿기지 않았다.

하지만 틀림없다. 지금 눈앞에 있는 이는—.

"무, 무쿠로⋯⋯?!"

그렇다. 시도가 우주에서 싸웠던 정령, 호시미야 무쿠로가 어느새 허공에 생긴 『문』을 통해 몸을 내밀더니 시도의 어깨를 끌어안은 것이다.

"앗⋯⋯?!"

"어, 어째서 무쿠로가 여기 있는 거지⋯⋯?!"

"당황. 어떻게 된 거죠?"

시도의 뒤를 이어 정령들이 경악했다. 무쿠로는 「흐음?」 하고 낮은 목소리를 내며 다른 이들을 둘러보더니, 곧 시도의 볼을 손가락으로 꾹꾹 누르면서 말했다.

"무쿠를 기다리게 하다니, 정말 밉살맞은 사내구나. 뭐, 좋다. 용서해주겠노라. 지금은 기분이 좋으니까 말이지."

"뭐⋯⋯, 어⋯⋯, 응⋯⋯?"

"마치 여우에게라도 홀린 듯한 얼굴이구나. 후후, 귀여운 녀석."

"⋯⋯윽?!"

무쿠로는 달콤한 목소리로 그렇게 말하면서 시도의 코를 손가락으로 톡톡 두드렸다. 그러자 시도는 당황하고 말았다.

그러는 것도 무리는 아니었다. 상대는 시도를 향해 수많은 운석을 날려댄 정령인 것이다. 태도가 부드러워……진 정도가 아니었다. 똑같은 얼굴을 지닌 다른 사람이라는 편이 설득력이 있을 것 같았다. 토카와 코토리를 비롯한 다른 정령들도 딴 사람이 된 듯한 무쿠로를 보며 아연실색하고 있었다.

"아—."

하지만 그 순간, 시도의 눈썹이 흔들렸다. 이 변화의 원인이 짐작되었기 때문이다.

"설마, 잠겨있던 마음이 열렸기 때문에……?"

"아……!"

시도가 그렇게 말하자, 정령들이 눈을 치켜떴다.

그렇다. 우주에서 싸웠던 무쿠로와 지금의 무쿠로 사이에는 차이점이 하나 있었다. 그것은 바로 시도가 무쿠로의 마음을 잠그고 있던 자물쇠를 열었다는 점이다.

다양한 표정을 짓는 눈앞의 소녀는 시도가 기억하는 무쿠로와는 완전히 딴판이었다. 마음을 잠그기 전의 무쿠로는 이런 성격이었던 걸까.

……아니, 설령 그렇다고 해도 시도를 너무 따르는 것 같은 느낌이 들었다. 시도는 땀을 삐질삐질 흘리면서 물었다.

"무, 무쿠로……? 너, 왜 이렇게 상냥해진 거야? 그리고 어째서 나를 따르는 건데? 아, 딱히 그러면 안 되는 건 아니고, 도리어 고맙기는 하지만……."

"흐음?"

무쿠로는 잠시 동안 영문을 모르겠다는 듯이 눈을 동그랗게 뜬 다음, 대답했다.

"무쿠의 잠겨있던 마음을 열기 위해 애쓰는 나리를 연모하는 게 그렇게 이상한 일인 게냐? 그러고 보니 처음 만난 무쿠에게 다짜고짜 무쿠를 구원하겠다는 둥, 행복하게 해주겠다는 둥 그런 소리를 해댄 불손한 남자를 한 명 안다만……."

"윽……"

확실히 듣고 보니 그랬다.

시도도 정령을 구하겠다는 결의를 하기 전에는 많은 갈등과 고뇌를 했다. 하지만 무쿠로의 입장에서 보자면 시도는 느닷없이 나타나 「I love you!」라고 외쳐대는 헌팅남이나 다름없으리라.

"미안하구나. 나리가 너무 사랑스러워서 좀 놀려봤느니라."

시도가 난처한 표정을 짓자, 무쿠로는 아하하 하고 유쾌하게 웃었다.

"방금 말한 이유는 사실이니라. 잠겨 있던 마음이 열린 순간, 지금까지 나리가 무쿠에게 건넨 말, 그리고 행동들이 고맙게 느껴졌지. 이선 사실이니라. ……하지만 나리를 연모하게 된 직접적인 이유는, 글쎄―."

무쿠로는 생각에 잠기듯 손가락을 빙글빙글 돌리다가, 이내 손가락을 쫑긋 세우며 말했다.

"—그냥, 일게다."

"……어이어이."

시도는 무쿠로의 말을 듣고 한숨을 내쉬었다. 하지만 무쿠로는 딱히 농담을 한 게 아닌지 말을 이었다.

"누군가를 좋아하고 싫어하는 것은 결국 그런 것이니라. 그냥— 나리가 무쿠와 비슷한 것 같은 느낌이 들었지."

"비슷하다고……?"

시도는 그 불가사의한 표현을 듣고 고개를 갸웃거렸다. 뭐, 자신과 감각이나 취향이 비슷한 사람을 좋아하게 되는 것은 결코 이상한 일이 아니지만, 무쿠로는 시도의 어떤 면에 친근감을 느낀 걸까.

시도가 그런 생각을 하고 있을 때, 무쿠로는 순진무구한 웃음을 흘리며 말을 이었다.

"뭐, 좋다. 그것보다 나리, 약속을 지켜줄 게지?"

"약속?"

"음. 나리가 말했지 않느냐. 무쿠를 행복하게 해주겠다고 말이다. 무쿠에게 자신의 노리개가 되라고도 했었지? …… 노리개가 되라는 게 무슨 뜻인지는 모르겠으니, 가르쳐주지 않겠느냐?"

무쿠로가 순진무구한 표정으로 그렇게 말했다. 정령들은 그 말을 듣더니 미간을 찌푸렸다.

"뭐……?!"

"시도, 정말이야?"

"저, 저기……."

"우와…… 심하네……."

"아, 아냐! 오해……는 아니지만, 다 이유가 있어서……."

"잠깐만. 무쿠로, 나 좀 볼래?"

시도가 말을 이으려던 순간, 코토리가 앞으로 나서면서 그렇게 말했다. 그러자 무쿠로는 의아한 표정을 지으며 코토리를 쳐다보았다.

"……흐음? 그대는 누구지?"

"만나서 반가워. 시도의 여동생인 코토리라고 해."

"호오……? 그런데 나리의 여동생이 무쿠에게 무슨 볼일이지?"

"시도는 아직 몸이 좋지 않아. 당신을 안고 지구로 추락하면서 받은 대미지가 남아 있거든. ─물론 시도는 당신에게 거짓말을 하지 않았어. ……노리개 운운은 제쳐두기로 하고, 시도는 분명 당신을 구해줄 거라고 생각해. 하지만 잠시만…… 그래, 내일까지 기다려줬으면 해."

"흐음."

코토리가 그렇게 말하자, 무쿠로는 낮은 신음을 흘렸다.

그리고 턱을 매만지면서 입가에 옅은 미소를 머금었다.

"그래. 그런 게냐. 무쿠를 구하다 다치고 만 게로구나. 어쩔 수 없지. 기다려주겠노라. 내일까지만 기다리면 되는 게지?"

"그, 그래! 고마워. 괜찮다면 그때까지 당신도 여기서 쉬지—."

"그럴 필요는 없느니라."

무쿠로는 코토리의 말을 막듯 손바닥을 펼쳤다.

그리고 시도의 어깨에서 손을 떼더니, 앞으로 숙이고 있던 상체를 천천히 일으켰다.

"—사정이 그러하다면 어쩔 수 없지. 나리, 내일을 고대하고 있겠노라."

무쿠로는 그렇게 말하며 미소를 짓더니, 허공에 존재하는 『문』 안쪽으로 들어갔다. 그 순간, 의무실의 벽에 존재하던 『문』이 소용돌이치듯 수축되더니 이윽고 사라졌다.

""".............""""

그 후로 한동안 의무실에는 침묵만이 흘렀지만, 니아가더는 그 긴박감을 견디지 못하겠다는 듯이 「푸핫~!」하고 숨을 내쉬었다.

"깜짝 놀랐네~! 방금 걔가 그 소문 자자한 무쿠찡이야? 이야기로 들었던 것과는 성격이 꽤나 다른데~?!"

니아가 새된 목소리로 그렇게 외쳤다. 그러자 다른 정령들도 긴장의 끈이 풀린 것처럼 한숨을 내쉬었다.

"경악. 니아의 말이 맞아요. 좀 더 퉁명한 정령일 거라고 생각했어요. 그런데 시도. 노리개가 무슨 소리죠?"

"시도 씨가 잠겨 있던 마음을 열었기 때문……인가요? 저기, 신경……쓰여요."

"으음, 그래도 귀엽네요. 몸집은 작지만 나올 곳은 나오고 들어갈 곳은 들어갔다고나 할까요~. 므흐흐, 달링도 꽤 밝힌다니까요~."

"……미쿠, 기분 나빠. 참고로 시도는 더 기분 나빠."

"아, 그러니까 그런 선택지가……."

정령들은 다양한 의미가 담긴 시선을 시도를 향해 보냈다. 그런 그녀들의 시선을 받은 시도는 힘없이 한숨을 내쉬더니, 무쿠로의 체온이 희미하게 남아있는 어깨를 만지면서 코토리를 쳐다보았다.

"―코토리."

"응. 미안하지만 우리 쪽에서 멋대로 일정을 짜둘게. 그리고 〈프락시너스〉를 개조하면서 의료용 포드 이외에도 새로운 설비를 만들었으니까, 오늘은 거기서 푹 쉬어."

"새로운 설비? 어떤 건데?"

"그건 직접 확인해. 뭐, 효과 하나는 보장할게. 내일까지 컨디션을 완전히 회복해줘."

코토리가 팔짱을 끼면서 그렇게 말하자, 시도는 고개를 끄덕였다.

"응. 알았어. ―고마워, 코토리."

"뭐? 뜨, 뜬금없이 무슨 소리를 하는 거야?"

"응? 그야 나를 생각해서 무쿠로에게 하루만 기다려달라고 말한 거잖아?"

"뭐……!"

시도가 그렇게 말하자, 코토리의 얼굴은 순식간에 홍당무처럼 달아올랐다.

"무, 무슨 소리를 하는 거야? 아직 시도를 서포트할 태세가 갖춰지지 않았기 때문에 그런 것뿐이야!"

코토리는 허둥지둥 고개를 세차게 저었다. 그런 코토리를 본 카구야와 니아가 히죽거리기 시작했다.

"호오~"

"여전히 여동생 양은 츤데레의 정석을 달리고 있네~"

"아, 아무튼! 결전의 날은 내일이야! 완벽한 컨디션으로 임하도록 해!"

코토리는 시도를 손가락으로 가리키며 그렇게 외치더니, 그대로 의무실을 나갔다.

시도는 그런 코토리의 뒷모습을 쳐다보면서 쓴웃음을 흘렸다.

"하하……. 뭐, 아무튼 새로 만들었다는 의료 설비를 이용해보도록 할까. ……아, 그런데 어디에 있는지도 말해주지 않고 갔네."

시도가 볼을 긁적이며 그렇게 말하자, 미쿠는 가볍게 손뼉을 치며 입을 열었다.

"아~. 저희는 그 시설을 이용해 봤으니까 안내해줄 수 있어요~."

"으음, 그렇구나. 그럼 부탁할게."

"예, 맡겨만 주세요~. 우후후……."

"……응?"

미쿠가 의미심장한 웃음을 흘리자, 시도는 영문을 모르겠다는 듯이 고개를 갸웃거렸다.

"……후우~."

약 30분 후.

시도는 넓은 욕조를 가득 채운 따뜻한 물에 몸을 담그고 있었다.

그렇다. 미쿠를 비롯한 정령들이 시도를 안내한 곳은 바로 거대한 목욕탕이었다.

이곳의 물은 리얼라이저로 발생시킨 마력을 띠고 있기에 이 물로 목욕만 해도 몸이 치료되며, 찰과상 및 타박상, 피로 등을 비롯해 각종 육체적 문제에 효능이 있는 것 같았다. 롤플레잉 게임을 하다보면 몸을 담그기만 해도 HP가 회복되는 샘이 던전 같은 곳에서 나오는데, 그것과 기의 동일한 형태였다.

확실히 의료용 포드에 들어가 있는 것보다 훨씬 기분이

좋았다. 시도는 우윳빛 물에 몸을 담근 채 또 한 번 한숨을 크게 내쉬었다.

"으음…… 정말 좋네. 코토리가 자랑할 만도 해."

시도는 작게 웃으면서 기지개를 펴더니, 자욱한 김 너머에 있는 천장을 올려다보았다.

"내일……이구나."

그리고 그는 작은 목소리로 혼잣말을 중얼거렸다.

몇 번이나 경험하기는 했지만, 역시 정령과 데이트를 하기 전에는 여전히 긴장이 되었다. 어떤 위험이 도사리고 있을지 모르기에 느끼는 우려와— 어떻게 하면 상대의 마음을 열 수 있을지 모르기에 느끼는 불안함이 엄습하는 것이다.

확실히 마음의 자물쇠가 열린 무쿠로는 상냥했지만, 그렇다고 해서 순순히 봉인을 받아들일 거라고 단정할 수는 없다. 만약 그녀가 솔직하고, 남을 잘 따를 뿐만 아니라, 아무런 문제도 안고 있지 않은 여자애라면, 애초에 천사로 자신의 마음을 잠그지 않았을 것이다.

"……뭐, 지금 그런 걸 신경써봤자 아무 소용없겠지."

시도는 굳어있던 표정을 풀듯 양손으로 뜬 물로 얼굴을 씻었다.

이미지 트레이닝이 무의미하다고는 생각하지 않지만, 지금 시도가 해야 하는 것은 코토리가 말한 것처럼 내일에 대비해 최상의 컨디션을 만드는 것이다. 몸은 다 나았지만 스트레스와 긴장 때문에 잠을 자지 못해 컨디션이 나쁩니다, 같은 상황을 초래할 수는 없으니까 말이다.

아무튼 지금은 쓸데없는 생각하지 말고, 효능이 끝내준다는 이 목욕이나 즐기자. 그렇게 결심한 시도는 조금이라도 회복 효율을 높이기 위해 입 언저리까지 욕조에 잠긴 채, 보글보글~ 하고 수면에 거품을 만들었다.

―바로 그때였다.

"……응?"

시도는 미간을 찌푸렸다. 자신이 만든 게 아닌 거품이 수면에 생겨나고 있다는 사실을 눈치챘기 때문이다.

……유심히 보니 우윳빛 물 안에 무언가의 실루엣이 희미하게 보였다. 그것은 사냥감을 노리며 물속에 숨어있는 악어를 연상케 했다.

"……."

시도가 의아한 표정을 지은 순간, 그 실루엣이 첨벙 하고 물을 가르며 모습을 드러냈다.

"―시도."

"우왓?!"

깜짝 놀란 시도는 욕조 가장자리에 머리를 부딪쳤다. 그러자 실루엣의 주인이 무표정한 얼굴로 시도를 향해 손을 뻗었다.

"시도, 괜찮아?"

"……오리가미."

시도는 소녀의 이름을 입에 담으면서 두 손으로 눈가를 가렸다.

이유는 단순했다. 오리가미가 물방울 이외에는 아무 것도 몸에 걸치지 않았기 때문이다.

"……일단 묻겠는데, 뭐하고 있는 거야?"

"시도의 등을 씻겨주려고 왔어."

"내 등을 씻겨주려고, 물속에 숨어있었던 거야?"

"그래."

"알몸으로?"

"목욕탕 매너를 지켰을 뿐이야."

"……그러고 보니 내가 이 욕조에 들어오고 10분은 지났는데……."

"시도가 욕조에 들어온 후부터 이 물에 발생한 시도소 (素) 덕분이야."

"시도소?!"

오리가미가 처음 듣는 원소명을 입에 담자, 시도는 새된 목소리로 그렇게 외쳤다. 그러자 오리가미는 물을 가르면서 시도에게 다가갔다.

"시도. 부상을 입은 상태에서는 몸을 씻는 것도 힘들 거야. 내가 도와줄게."

"괘, 괜찮아! 진짜로 괜찮다고! 그리고 욕조에 들어오기

전에 이미 씻었어!"

"아직 부족해. 몸에 이렇게 체취가 남아 있잖아."

"그걸 맡을 수 있는 건 너와 토카, 그리고 군용견뿐일 거야!"

시도가 비명에 가까운 목소리로 그렇게 외쳤지만, 오리가미는 깔끔하게 무시했다. 그리고 시도가 자신의 눈가를 가리고 있는 손을 움켜잡았다.

"윽……!"

한순간 오리가미의 새하얀 피부가 보이자, 시도는 허둥지둥 눈을 감았다.

시도 또한 신체 건강한 남자 고등학생이다. 오리가미처럼 아름다운 소녀의 알몸을 보고 싶지 않다면 거짓말일 것이다. 하지만 그것은 지뢰밭이랄까, 식충식물이랄까…… 아무튼, 욕망에 휩쓸려 넘어선 안 될 선을 넘었다간 무시무시한 일이 벌어질 것만 같은 생각이 마구 들었다.

하지만 오리가미는 시도의 우려를 개의치 않는다는 듯이 손에 힘을 줬다.

"나한테 맡겨. 구석구석까지 핥아…… 씻겨줄게."

"방금 핥는다고 말한 것 같은데?!"

"아무튼 나한테 맡겨."

"꺄아――?!"

오리가미가 시도의 두 손을 잡아당겨서 벌리더니, 흡혈귀처럼 그의 목덜미를 핥았다. 시도는 무심코 비명에 가까운 고함을 질렀다.

하지만 다음 순간—.

"달리이이잉! 등 씻겨드리러 왔어요오오오오옷!"

목욕탕의 문이 힘차게 열리더니, 알몸인 미쿠가 힘차게 욕조에 뛰어들었다.

"……윽."

"푸웁! 미, 미쿠?!"

시도의 외침에 미쿠는 샴푸 광고의 한 장면처럼 젖은 머리카락을 쓸어 올렸다. 물기를 머금은 머리카락이 찰랑거리는 가운데, 폭력적이기까지 한 몸매를 아낌없이 드러낸 미쿠가 미소 지었다.

"예~, 오래 기다리셨어요! 당신의 미쿠가 왔어요~! 어, 아아아앗! 오리가미 양도 계셨군요! 정말 서비스 정신이 넘친다니까요~!"

오리가미를 발견한 미쿠는 몸을 배배 꼬면서 시도에게 다가갔다. 그러자 오리가미는 아쉽다는 듯이 미간을 찌푸렸다.

바로 그때, 미쿠의 뒤를 잇듯 목욕탕에 다른 손님이 들어왔다. —그렇다. 다른 정령들이었다.

다들 자신만의 입욕 스타일을 추구하며 즐겁게, 혹은 부끄러워하며 욕조 안에 있는 시도에게 다가갔다.

"시도! 몸은 괜찮으냐?! 씻는 걸 도와주러 왔다!"

"크큭, 치유의 샘을 즐기고 있느냐? 어디, 이 몸도 같이 즐겨보도록 할까."

"번역. 미쿠가 시도의 등을 씻겨주러 간다고 하기에, 카구야도 부끄러움을 참아가며 이렇게 목욕탕에 왔어요."

"그런 소리 한 적 없거든?! 그리고 전에 같이 목욕한 적 있지 않아?!"

토카, 카구야, 유즈루는 목욕수건 한 장만 걸치고 있었다. 평소 옷으로 가리고 있던 몸매가 강조되고 있었기에 시도는 눈 둘 곳이 없었다.

왠지 평소보다 카구야와 유즈루를 쉽게 판별할 수 있을 것 같았지만, 그 말을 입에 담았다간 자신에게 위기가 닥칠 것 같은 느낌이 들었기에 시도는 말하지 않았다. 이게 언령(言靈)이라는 걸까.

"정말…… 시끄럽네. 시도를 회복시키는 게 최우선인 걸 잊지 마."

"……그런데 왜 나까지 끌고 온 거야? 이렇게 많은 인원이 필요하지는 않잖아."

"아하하……. 하지만 다 같이 목욕하면, 분명 즐거울 거예요."

『맞아~. 뭣하면 요시노와 나츠미는 서로의 등을 씻겨주면 되겠네~.』

"뭐……?! 화, 황송하기 그지없사옵니다……."

그 뒤를 이어 각양각색의 수영복을 입은 코토리, 나츠미,

요시노, 그리고 퍼핏 인형인 『요시농』이 들어왔다. 코토리는 붉은색 비키니를 입었고, 요시노와 『요시농』은 파란색 원피스를, 그리고 나츠미는 죄수가 입을 것 같은 줄무늬 수영복을 입고 있었다.

"이야, 이렇게 많은 미소녀가 모여 있으니 장관이네~. 에헤헤, 정말 끝내주는걸~."

그리고 마지막으로 들어온 이는 전혀 부끄럽지 않다는 듯이 알몸을 훤히 드러낸 니아였다. 참고로 그녀의 언동은 소녀보다 아저씨에 약간 더 가까워 보였다.

"영차."

니아는 들고 수건으로 엉덩이를 찰싹! 소리가 나게 때렸다. 아저씨 포인트가 급상승했다.

"너, 너희가 왜 목욕탕에……."

시도가 경악한 나머지 눈을 크게 뜨며 그렇게 말한 순간, 옆에서 손이 뻗어왔다. 그리고 그의 등에 크고 부드러운 무언가가 닿았다.

"우왓?!"

"우후후~. 아까 말했잖아요. 저희는 달링의 등을 씻겨드리려고 온 거예요~."

미쿠는 시도의 귀에 입을 대며 요염한 목소리로 그렇게 속삭였다. 그러자 시도의 볼을 타고 땀이 흘러내렸다.

"아, 아니, 그런 건 혼자서도……."

"꺄아, 달링은 깍·쟁·이~. 제가 미쿠 스펀지로 깨끗~하게 씻겨드릴게요~!"

"아……, 잠깐……!"

미쿠가 씨이이익…… 웃으면서 시도에게 다가왔다. 그러자 미쿠를 막으려는 것처럼 다른 정령들도 시도에게 접근했다.

"미, 미쿠, 뭐하는 거야?!"

"시도! 괜찮으냐?! 내가 씻겨줄 테니 걱정마라!"

"짜잔~! 혼죠 니아, 참전!!"

"잠깐, 너희까지…… 끄, 끄아아아아아아앗?!"

―시도는 당시의 일이 잘 생각나지 않았지만, 그 후로 한동안 세탁기 안에서 돌아가고 있는 세탁물을 볼 때마다 손발이 미친 듯이 떨리는 불가사의한 현상을 겪게 되었다.

◇

"―아이크는 어디 있죠?!"

DEM인더스트리 본사에 들어선 엘렌이 남들의 시선에 개의치 않으며 고함을 질렀다.

"메, 메이저스 집행부장님……?! 무, 무슨 일 있으셨습니까? 어쩌다 이렇게 다치셨―."

로비에 있던 안내 데스크 직원이 눈을 동그랗게 뜨면서 그렇게 물었다. 엘렌은 언짢다는 듯이 혀를 차면서 직원의 넥타이를 움켜잡았다.

"제가 언제 제 안위를 걱정하라고 했죠? 질문에나 대답하세요. 아이크는 어디 있죠?"

"히익……, 웨, 웨스트코트 님은 방금 돌아오셨습니다. ……아마 지금은 의무실에……."

"그런가요."

엘렌은 흥 하고 코웃음을 치더니, 그대로 로비를 가로질렀다.

방금 그 고함 소리를 들은 직원 몇 명이 영문을 모르겠다는 눈길로 쳐다봤다가…… 그 목소리의 주인이 제2집행부 부부장인 엘렌 메이저스라는 사실을 알고 바로 고개를 돌렸다.

하지만 엘렌은 현재 그런 사소한 일을 신경 쓸 여유가 없었다.

우주에서 전투를 치르다 허를 찔려 반파된 〈게티아〉로 지상에 내려온 게 약 세 시간 전의 일이다. 그런 엘렌의 마음은 현재 다양한 감정들로 인해 엉망진창으로 흐트러져 있었다.

〈게티아〉를 탄 자신을 격추한 〈프락시너스〉를 향한 적의와 살의, 방심한 자신을 향한 후회, 그리고―.

"저 몰래 〈라타토스크〉를 습격하다니…… 대체 무슨 속셈인 거죠― 아이크!"

―동지인 아이작 웨스트코트를 향한 분노.

그런 것들로 머릿속이 가득 찬 엘렌은 반쯤 자기 자신을 잊은 상태에 이르렀다. 상처도 치료하지 않은 채, 테리터리로 출혈과 고통만 억누르며 DEM 본사로 서둘러 왔을 정도로 말이다.

"엘렌!"

엘렌이 분노에 휩싸인 채 복도를 걷고 있을 때, 뒤편에서 여성의 목소리가 들려왔다.

DEM에서 엘렌을 이름으로 부를 수 있는 사람은 몇 안 된다. 엘렌은 뒤돌아보지 않은 채 그 목소리의 주인을 향해 말했다.

"……아르테미시아."

"겨우 찾았네. 격납고에 가봤더니 네가 본사로 향했다고 해서 깜짝 놀랐어. 몸은 괜찮아?"

금발벽안의 소녀가 빠른 발걸음으로 엘렌에게 다가왔다. 엘렌은 그녀를 힐끔 쳐다본 후, 언짢다는 듯이 눈썹을 찌푸렸다.

"신경 쓰지 마세요. 아니면 뭐죠? 혹시 저를 비웃으러 온 건가요?"

"또 그런 소리를 하는 거야? ……아, 역시 다쳤구나. 자, 보여줘."

"……큭."

짜증을 내듯 아르테미시아의 손을 거칠게 뿌리친 엘렌은

더욱 빠르게 걷더니, 그대로 의무실의 문을 열어젖혔다.

"아이크!"

그리고 의무실에 들어가자마자 그렇게 외쳤다. 그러자 안에 있던 의료 스태프가 화들짝 놀라면서 엘렌을 쳐다보았다.

그곳에는—.

"—어라, 엘렌. 빨리 돌아왔는걸. 아르테미시아도 수고했어. 두 사람 다 꽤 고전을 했다면서?"

평소처럼 가벼운 어조로 그렇게 말하며 손을 흔드는 아이작 웨스트코트가 있었다.

"……윽, 그건 제 실수입니다. 저에게 책임을 묻고 싶다면 얼마든지 그래도 됩니다. 하지만 아이크, 제가 납득할 수 있도록 설명을 해주셔야겠어요. 대체 왜 저 몰래 엘리엇이 있는 곳에—."

엘렌은 따지듯이 그렇게 말하면서 웨스트코트에게 다가갔지만, 이내 입과 발이 동시에 굳어버리고 말았다.

이유는 단순했다. 웨스트코트가 흔들고 있던 팔이 중간쯤에서 깨끗하게 잘려나간 상태였기 때문이다.

"아니…… 아이크, 어쩌다……."

"응? 아."

웨스트코트는 엘렌의 말을 듣고서야 눈치챘다는 듯이, 근육과 뼈의 단면이 보이는 팔을 쳐다보았다.

"멋지게 당했어. 뭐, 다행히 잘린 팔도 회수했고, 절단면도 깨끗해. 의료용 리얼라이저를 이용하면 내일쯤 깨끗하게 붙겠지."

"웨, 웨스트코트 님……!"

웨스트코트를 치료하던 의료 스태프가 허둥지둥 그렇게 외쳤다. 뭐, 그러는 것도 무리는 아닐 것이다. 치료를 받고 있는 환자가 절단된 팔을 느닷없이 움직였으니까 말이다. 당황하지 말라는 게 무리이리라.

"아, 미안하군."

하지만 웨스트코트는 전혀 고통을 느끼지 못한다는 듯한 어조로 그렇게 말하며 들어 올렸던 팔을 다시 의료 스태프 쪽으로 내밀었다.

"바로 재생 치료를 시작할까 합니다만, 그래도 괜찮겠습니까?"

"부탁해. 엘렌, 미안하지만 이야기는 나중에 해도 될까? 보아하니 자네도 다친 것 같군. 치료를 받도록 해."

"앗! 아, 아이크……!"

엘렌이 그를 불렀지만, 웨스트코트는 걸음을 멈추지 않고 치료실 안으로 들어갔다.

웨스트코트의 등이 새하얀 자동문 너머로 사라졌다. 눈을 동그랗게 뜬 채 잠시 멍하니 있던 엘렌은 곧 표정을 분노로 물들이며 앞으로 내민 손을 말아 쥐었다.

"저, 저기, 메이저스 집행부장님……? 괜찮으시다면, 다치신 곳을—."

자리에 남아있던 의료 스태프 중 한 명이 머뭇거리면서 그녀에게 말을 걸었다.

딱히 그 말에 다른 뜻이 있지는 않으리라. 웨스트코트의 지시를 수행하려 했거나, 순수하게 엘렌의 안위를 걱정한 것이 틀림없다.

하지만 현재 엘렌의 마음은 표면장력 덕분에 아슬아슬하게 흘러넘치지 않고 있는 수면, 혹은 깃털이 닿기만 해도 폭발하는 삼요오드화질소나 다름없었다. 미세한 자극에 뚜껑이 열린 엘렌은 감정에 휩쓸려 벽을 향해 주먹을 있는 힘껏 내질렀다.

"……하앗!"

쾅! 하는 격렬한 소리가 울려 퍼진 후, 의무실은 침묵에 휩싸였다.

……그 침묵을 깬 것이 몇 초 후 주먹을 감싸 쥐며 몸을 웅크린 엘렌의 입에서 흘러나온 고통에 찬 신음이었다는 사실은 언급할 필요도 없으리라.

—자신이 지금의 집에 입양된 후…….

어느 정도의 기간이었는지는 생각나지 않지만, 한동안 자신의 마음속 감정을 어떤 식으로 정리하면 좋을지 몰라 힘들어했던 것은 기억하고 있다.

낳아준 어머니에게서 버림받았다는 사실은 자신이 무가치하다고 생각하게 하기에 충분한 일이었으며, 거기서 비롯된 체념이야말로 자신의 마음을 겨우겨우 지켜주는 방파제이기도 했다.

자신은 가치가 없으니 어쩔 수 없다.

아무도 자신을 필요로 하지 않으니 어쩔 수 없다.

그렇게 생각함으로써 타인을 향한 선망과 질투를 얼버무렸던 것이다.

하지만 어느 날 갑자기 나타난 새로운 아버지와 어머니, 그리고 여동생은 그런 자신을 필요하다고 말해줬다.

그렇기 때문에 놀랐고, 당황했다.

그럴 만도 했다. 아무런 가치도 없는 줄 알았던 자신을, 남들이 필요로 해줬으니까 말이다.

처음에는 의심했다. 말은 저러지만 어차피 저 사람들도 결국 자신을 버릴 거라고 생각했다.

하지만 시간이 지나면서, 자신만 그런 생각을 하고 있다는 사실을 깨달았다.

하지만 그 점을 이해했을 즈음에는 가족과 자신 사이에 미묘한 거리감이랄까, 어색한 관계성 같은 것이 생겨버린 듯한 느낌이 들었다.

구체적으로 말하자면…… 아버지를 「아버지」, 어머니를 「어머니」라고 부를 타이밍을 놓치고 만 것이다.

—5월. 어머니의 날에 있었던 일이다.

쓸데가 없었던 용돈을 들고 혼자서 역 앞에 있는 꽃가게에 간 자신은 카네이션을 샀다.

그리고 그날 밤, 저녁 식사를 마친 후, 자신은 어머니에게 꽃을 건네면서 머뭇머뭇 「항상 고마워요, 어머니」라고 말했다.

어머니는 잠시 동안 어안이 벙벙한 듯한 표정을 짓더니, 곧 눈물을 흘리면서 자신을 다정하게 안아줬다.

그 감촉이 너무나도 부드럽고, 따뜻하며, 상냥했기에…….

어느새 자신 또한 엉엉 울고 말았다.

그 모습을 본 아버지는 빙긋 웃으면서 머리를 쓰다듬어줬다.

그리고 자신과 어머니가 울고 있는 모습을 목격한 여동생이 「엄마, 오빠, 울면 안 돼애애애애!」 하고 외치며 안겨들었다. 이게 기쁜 일인지 웃긴 일인지 감이 오지 않았기에— 볼에 눈물자국을 남긴 채 웃음을 터뜨렸다.

"—자, 시도. 준비됐지?"

"……."

"시도? 내 말 듣고 있어?"

"……아! 으, 응. 물론이지."

다음날. 〈프락시너스〉의 함교에 있는 코토리에게 불려간 시도는 고개를 퍼뜩 들었다.

코토리는 한숨을 내쉬면서 도끼눈을 떴다.

"저기 말이야……. 정신 좀 바짝 차려. 오늘 우리의 상대가 누구인지 알고 있긴 한 거야?"

"으…… 미안해."

시도는 미안해하듯 고개를 숙였다. 그러자 코토리는 약간 불안한 것처럼 눈썹을 찌푸렸다.

"……혹시 아직 체력이 회복되지 않은 거야?"

"아, 그런 건 아냐. 몸은 회복됐어."

아무래도 걱정을 끼치고 만 것 같았다. 시도는 몸이 괜찮다는 걸 어필하려는 것처럼 팔을 힘차게 돌렸다.

확실히 여러모로 허둥댄 탓에 입욕 후의 기억이 애매하기는 하지만, 그 목욕의 효능은 확실히 뛰어난 것 같았다. 시도는 현재 평소보다 컨디션이 좋았다.

"하지만…… 좀 이상한 꿈을 꿨거든."

"꿈? 어떤 꿈인데?"

"으음…… 옛날 일 같으면서도, 꼭 그렇지도 않은 듯한……?"

"……그게 무슨 소리야?"

코토리는 당혹스럽다는 듯한 표정을 지었다. 뭐, 그럴 만도 했다. 말을 한 시도 또한 자기가 한 말이 이해되지 않았던 것이다.

"......뭐, 뭐어, 아무튼 몸에는 아무 문제없어. 준비는 완벽하게 됐다고."

시도는 그렇게 말하며 자신의 가슴을 두드렸다. 코토리는 약간 미심쩍은 눈빛을 머금었지만, 이윽고 고개를 내저으며 어깨를 으쓱했다.

"뭐, 좋아. ―상대는 호시미야 무쿠로. 잠겨있던 마음이 열리면서 태도가 부드러워지기는 했지만, 아직 미심쩍은 구석이 많은 정령이야. 절대 방심하지 마."

"응. ―알았어."

시도는 진지한 표정을 지으며 고개를 끄덕였다. 그럴 만도 했다. 시도는 몇 번이나 무쿠로에게 살해당할 뻔 했던 것이다. 그러니 그녀를 경계하고 조심하는 것이 당연했다.

하지만 현재 시도의 마음속에 존재하는 것은 불안과 두려움만이 아니었다.

그렇다. 시도는 드디어 마음이 잠겨 있지 않은 무쿠로와 이야기를 나눌 수 있게 되었다.

입체영상을 통해 처음으로 무쿠로와 만났을 때, 그녀는 시도의 도움을 거부했다. 봉인은 필요 없다. 친구는 필요 없다. 자신은 감정을 봉인한 채 그저 존재하기만 하면 된다, 라고 말했던 것이다.

그 무기질적인 말을 듣고, 시도는 한때 고민에 빠지기도 했다. 본인이 그것을 원한다면 시도가 괜히 참견해서는 안 되는 것은 아닐까 하고 생각하기도 했다.

하지만 마음이 잠겨있지 않은 진짜 무쿠로가 타인과의 교류를 원한다면—.

"나는, 반드시 무쿠로의 영력을 봉인하겠어."

그렇다. 그것이 시도의 소망이었다.

이제 시도에게는 망설임이 존재하지 않았다. 시도는 마음을 다잡듯 주먹을 말아 쥐었다.

그리고 그 말에 답하듯, 코토리와 칸나즈키, 그리고 〈프락시너스〉의 승무원들이 고개를 끄덕였다.

결의는 새롭게 다졌으며, 그 결의를 떠받쳐줄 지원 태세 또한 갖춰졌다. 그야말로 정령 공략에 있어 최적의 상황이 구축됐다고 할 수 있었다.

문제라고 할 만한 것은⋯⋯ 딱 하나 존재했다.

"⋯⋯그런데 코토리."

"응?"

"⋯⋯무쿠로를 만나려면 어디로 가면 될까?"

"⋯⋯."

시도의 물음에 코토리는 미간을 찌푸리며 입을 다물었다.

하지만 그것도 무리는 아니었다. 무쿠로는 어제 시도와 약속을 한 후, 허공으로 사라졌다. 하지만 약속 시간이나 장소 같은 것은 정하지 않았던 것이다.

「내일 데이트하자!」라는 이야기만 나눈 후, 전혀 연락이 없다. 시도는 표정을 굳히며 손으로 이마를 짚었다. 이래서는 결의를 아무리 굳혀봐야 아무 소용없다.

"서, 설마, 대충 둘러대고 내뺀…… 건 아니겠죠?"

함교 하단부에 있던 승무원, 〈짚인형〉시이자키가 볼을 긁적이면서 그렇게 말했다. 그러자 해석관인 무라사메 레이네가 졸린 듯한 두 눈을 감으면서 그 말을 부정하듯 천천히 고개를 저었다.

"……그렇다면 어제 신 일행 앞에 모습을 드러낼 필요도 없었을 거야. 어떤 식으로든 우리에게 접촉을 할 거라고 생각하는 편이 좋겠지. 예를 들면 또 신의 등 뒤에『문』을―."

바로 그때였다.

레이네가 그렇게 말한 순간, 시도의 등 뒤의 공간이 소용돌이치듯 일그러지더니, 검은색『문』이 입을 벌렸다.

"어?!"

"이, 이건……!"

갑작스러운 사태 때문에 당황한 코토리와 승무원들이 눈을 치켜뜨며 고함을 질렀다.

하지만 시도는 경악하지 않았다. 아니― 정확하게 말하자면『문』이 생긴 곳이 자신의 등 뒤이기 때문에 이 사태를 눈치채는 게 한 발 늦었다.

"어—."

그리고 시도가 어떤 반응을 보이기도 전에 『문』에서 뻗어나온 손이 그의 어깨를 잡더니 그대로 그를 안으로 끌어당겼다.

"우, 우와아아앗?!"

"시도?!"

코토리의 목소리가 들려오는 가운데, 시도의 시야는 어둠에 휩싸였다.

다음 순간, 시도의 눈앞에 펼쳐진 것은 빠져들 것처럼 푸른 하늘과—.

"—흐흠. 시간이 됐느니라, 나리."

시도의 옆에서 몸을 웅크린 채, 그를 내려다보고 있는 호시미야 무쿠로의 모습이었다.

"무, 무쿠로……?"

시도는 눈을 크게 뜬 채 그 이름을 입에 담았다. 그러자 무쿠로는 빙긋 미소 지었다.

"음. 왜 그러느냐? 나리."

"아, 여기는……?"

시도는 그렇게 말하면서 몸을 일으키고 주위를 살피듯 고개를 두리번거렸다.

"……앗."

그리고 다음 순간, 그는 숨을 삼켰다.

시도가 방금까지 드러누워 있었던 곳은 아스팔트로 포장된 도로 위였으며—.

"……어. 저 애들은 뭐야……."

"어…… 코스프레한 건가?"

"그것보다. 방금 저쪽에 구멍 같은 게 생기지 않았어?"

"엄마~. 저 사람은 왜 길에 누워있는 거야~?"

—이런 말들이 들려오는 인도 한복판이었던 것이다.

눈에 익은 풍경이었다. 텐구 시의 한 편인 이곳은 시도도 때때로 들리는 곳이었다.

"……윽! 큰일 났다……!"

시도는 숨을 삼켰다. 정령은 비밀스러운 존재이며, 그녀들의 힘이 일반시민들에게 알려지는 것은 좋지 않다. 게다가 너무 눈에 띄는 행동을 취했다간 육상자위대 AST나 DEM 인더스트리가 눈치채고 나타날지도 모른다. 허둥지둥 몸을 일으킨 시도는 무쿠로의 손을 잡았다.

"큭! 무, 무쿠로, 가자!"

"어디에 가려는 것이냐?"

"아, 아무튼 인적이 없는 곳으로 가자고!"

"흐음."

무쿠로는 시도의 말에 대답하듯 살며시 고개를 끄덕이더니, 손에 쥐고 있던 〈미카엘〉을 치켜들려고 했다.

"스, 스톱! 뭘 하려는 거야?!"

"음? 인적이 드문 곳으로 가자면서? 그렇다면 〈미카엘〉로……."

"안 돼! 아, 아무튼 따라와!"

"호오, 오늘은 꽤나 적극적이구나."

시도가 무쿠로의 손을 잡아끌면서 뒷골목으로 들어갔다. 한편, 무쿠로는 즐거운 듯이 웃음을 흘리며 순순히 시도를 따라갔다.

주위에 있던 통행인들은 한동안 신기하다는 듯이 시도와 무쿠로를 쳐다보았지만, 곧 관심이 없다는 듯이 가던 길을 계속 갔다. 이상한 광경을 보면 흥미가 일지만, 깊이 관여하고 싶지는 않은 것이리라. 시도는 도시 사람들이 타인에게 무관심하다는 사실에 진심으로 감사했다.

"휴우……. 여기까지 왔으니 이제 괜찮겠지."

인적이 없는 뒷골목에 도착한 시도는 안도의 한숨을 내쉬었다.

그와 동시에 오른쪽 귀에서 치직 하는 노이즈가 들리더니, 〈프락시너스〉에 있는 코토리의 목소리가 들렸다.

『아, 연결됐어……! 시도, 무사해?!』

"윽! 으, 응…… 일단은 말이야."

시도는 무쿠로에게 들리지 않도록 낮은 목소리로 그렇게 말했다. 시도는 언제 무쿠로가 나타나도 괜찮도록 통신용 인터컴을 착용하고 있었다.

『설마 느닷없이 나타나서 시도를 끌고 갈 줄은 몰랐어……. 완전 허를 찔렀네. 그래도 인터컴을 끼고 있어서 정말 다행이야. 이동한 곳도 근처라서 살았어. 만약 지구 반대편으로 끌려갔다면 자율형 카메라를 보내는 것도 어려웠을 거야.』

코토리는 안도한 목소리로 그렇게 말했다. 시도는 그 말을 들으며 힘없이 쓴웃음을 지었다. ……확실히 무쿠로가 변덕을 부렸다면 시도는 말도 안 되는 장소로 끌려갔을지도 모른다. 좀 놀라기는 했지만, 자신이 사는 마을 안이니 그나마 다행이었다.

『게다가 좋은 소식이 있어. 무쿠로의 호감도를 조사해봤는데— 제로 상태에서 미동도 하지 않았던 지난번과 달리 변동하고 있다는 게 확인됐어.』

"뭐?! 그럼……."

『응. 역시 시도는 무쿠로의 잠겨있던 마음을 여는 데 성공한 거야. 이제 일이 순조롭게 풀린다면 영력을 봉인할 수 있을 거야.』

"그래—. 다행이야."

시도가 코토리와 대화를 나누고 있을 때, 무쿠로가 이상하다는 듯이 그의 얼굴을 들여다보았다.

"—아까부터 무슨 혼잣말을 그렇게 하는 것이냐?"

"우왓! 아…… 미안해."

시도는 화들짝 놀라면서 무쿠로를 향해 돌아섰다. 그러자 무쿠로는 만족한 것처럼 고개를 끄덕이며 말을 이었다.

"그런데 나리는 뭘 어떻게 해서 무쿠를 행복하게 해줄 것이지?"

"으음…… 그게, 여러 가지가 있는데……."

"그럼 전부 다 해보거라. 자, 빨리 가자꾸나."

무쿠로는 그렇게 말하면서 앞장을 서듯 걸음을 옮기려 했다.

하지만 자신의 긴 머리카락에 발이 걸려 넘어질 뻔 했다.

"음……?"

"아, 괜찮아?"

"오랜만에 지상에 온 거라 그런지 걷는 게 영 서툴구나. 으음…… 좀 더러워졌는걸."

무쿠로는 그렇게 말하면서 머리카락을 들어 올리더니, 상냥한 손길로 머리카락에 묻은 먼지를 털어냈다.

확실히 무쿠로가 오랫동안 지냈던 우주공간과는 달리, 이곳은 지구다. 중력이 존재하는 지상의 세계인 것이다. 머리카락을 동그랗게 말기는 했지만, 저렇게 길어서야 걷기 불편하리라.

"어디로 가든 일단 머리카락을 어떻게 해야 할 것 같네. ─저기, 무쿠로. 그 머리카락을 좀 잘라서 산뜻하게─"

"─싫다."

시도가 그렇게 말하자, 무쿠로는 날카로운 시선을 띠면서 딱 잘라 말했다.

"머리카락을 자르는 건 싫다. 나리의 뜻일지라도 절대 따를 수 없느니라."

"……윽?!"

시도는 그 반응을 보고 어깨를 부르르 떨었다. 방금까지만 해도 밝던 무쿠로의 분위기가 순식간에 험악해졌다.

그 뒤를 이어 인터컴에서 알람이 흘러나왔다. 귀에 익은 경고음이었다. 이것은─ 정령의 기분이 나빠졌을 때 울리는 알람이다.

『시, 시도! 달래봐!』

코토리는 당황한 목소리로 그렇게 말했다.

그 말을 들은 시도가 무쿠로를 어떻게 달랠지 잠시 고민하고 있을 때, 무쿠로는 자신이 어조가 험악해졌다는 걸 깨달았는지 화들짝 놀라며 말을 이었다.

"……미안하다. 이유는 생각나지 않지만…… 머리카락을 자르는 건 싫어서 말이지."

그와 동시에 인터컴에서 흘러나오던 알람이 멎자, 시도는 휴우 하고 한숨을 내쉬었다.

"그, 그렇구나. 나야말로 미안해."

시도는 그렇게 말하면서 무쿠로의 머리카락을 쳐다보았다. 약간 웨이브가 진 멋진 금발이었다. 무쿠로가 소중히 여기는 것도 당연했다. 머리카락은 여성의 목숨이라고 하니,

아까 전에 한 발언은 좀 경솔했을지도 모른다.

하지만 이대로 돌아다니다간 무쿠로의 머리카락이 더러워질 것이다. 시도는 무쿠로의 반응을 살피며 머뭇머뭇 이런 제안을 했다.

"그래도 이대로는 걷기 힘들잖아? 저, 저기…… 머리카락을 묶는 것도 싫어?"

"흐음……."

무쿠로는 머리카락을 쓰다듬으면서 천천히 고개를 저었다.

"……자르지만 않는다면 괜찮으니라. 어떻게 하면 좋을 것 같으냐?"

"으음, 그럼—."

시도가 말을 이으려던 순간, 오른쪽 귀에 꽂은 인터컴에서 코토리의 목소리가 흘러나왔다.

『—시도, 선택지가 나왔어.』

〈프락시너스〉 함교의 메인 모니터에 선택지 세 개가 표시되었다.

①미용실에 데려가서 프로에게 맡긴다.

②시도가 예쁘게 묶어준다.

③무쿠로의 뒤편에서 걸으며 웨딩드레스의 끝자락을 들어주듯 들고 있다가, 때때로 사랑스럽다는 듯이 머리카락에

볼을 비빈다. 때로는 핥기도 한다.

"—전원, 선택!"

코토리가 지시를 내리자, 함교 하단부에 있던 승무원들이 일제히 눈앞에 있는 콘솔을 조작해 선택지를 골랐다. 그리고 곧 집계결과가 표시됐다.

"②가 우세하고, 그 다음은 ①이네. ③을 선택한 건……."

"예! 접니다!"

코토리가 그렇게 말한 순간, 함장석 옆에 서있던 칸나즈키가 힘차게 손을 들며 대답했다.

"나는 솔직한 부하를 좋아해. 상으로 30분 동안 투명 의자를 하도록 해."

"예?! 그래도 되나요?!"

코토리의 말에 칸나즈키는 기뻐죽겠다는 표정을 지으며 그대로 자세를 낮추더니, 무릎의 각도를 90도로 만들었다. 승무원들은 그 광경을 허탈한 웃음을 흘리며 쳐다보았다.

"정말, 무슨 생각을 하는 거야. —그것보다 마리아."

『예. 코토리, 무슨 일이죠?』

코토리의 부름에 서브 모니터에 『MARIA』라는 글자가 표시되더니, 스피커에서 〈프락시너스〉 AI, 『마리아』의 목소리가 흘러나왔다.

"네가 이 선택지를 고안한 거야?"

『AI의 인격과 사고방식을 어떤 식으로 정의하느냐에 따라

달라지겠지만, 선택지는 정령의 수치와 지금까지의 데이터를 통해 자동적으로 도출되니 제가 이 선택지를 만들었다고 할 수는 없어요. —선택지의 의도를 저 나름대로 추측 및 설명하는 건 가능하지만 말이죠.』

"……흐음, 그래? 전부터 신경이 쓰였는데, 매번 하나씩은 위험부담이 있다고나 할까, 좀 과감하지 않아?"

『그렇죠. 지금까지의 패턴으로 볼 때, 선택지는 정령의 감정치에 기초해 「유력」, 「대항마」, 「요행」으로 구성되는 걸로 보여요.』

"요행이라니……."

갑자기 도박을 연상케 하는 말이 튀어나왔다. 인간미가 넘치는 표현이었기에, 코토리는 무심코 쓴웃음을 짓고 말았다.

『예. 경향이 비슷하다면, 선택지를 제시할 이유가 없죠.』

"뭐, 확실히 이해는 되고, 도박 같은 선택지를 골라서 득을 본 적도 있기는 하지만…… 그래도 이건 너무 지나치지 않아?"

『괜찮아요. 한 번 실패하더라도 곱절로 계속 걸다보면, 딱 한 번만 이겨도 본전을 찾을 수 있으니까요.』

"누가 마리아의 연산기능을 이용해서 경마 예상 같은 걸 한 건 아니겠지?!"

왠지 마리아가 쓸데없는 것까지 학습한 것 같은 느낌이 든 코토리가 그렇게 외쳤다.

승무원 중 몇 명의 어깨가 부르르 떨린 게 신경 쓰였지만, 그것만으로는 코토리의 말을 듣고 놀란 건지, 아니면 짚이는 구석이 있는 것인지 알 수가 없었다. ……코토리는 나중에 관리 로그를 체크해봐야겠다고 마음속으로 결심했다.

그러는 사이, 스피커에서 인터컴을 두드리는 소리가 흘러나왔다. 아무래도 시도가 답을 원하고 있는 것 같았다.

"아, 미안해. ②야, 시도. 프로에게 맡기는 것도 나쁘지 않지만, 상대가 미봉인 상태의 정령이라는 점을 고려하면 시도가 하는 게 가장 나을 거야."

코토리가 그렇게 말하자, 모니터 너머의 시도가 알았다는 듯이 고개를 끄덕였다.

"—그럼 무쿠로, 우리 집에 가지 않을래? 빗과 머리핀이 집에 있거든."

"나리의 집에 가자는 게냐?"

시도가 〈프락시너스〉의 지시에 따라 그렇게 말하자, 무쿠로는 뜻밖이라는 듯이 눈을 동그랗게 떴다.

"흠. 재미있을 것 같구나. 좋다. 나리에게 맡길 터이니 하고 싶은 대로 하거라."

"하하…… 성은이 망극하옵니다."

시도는 어깨를 으쓱한 후, 공손히 예를 표했다. 왠지 고풍스러운 말투를 쓰는 무쿠로와 이야기를 하다 보니, 마치 자신이 그녀의 시종이나 신하가 된 것 같은 느낌이 들었다.

"하하하, 나리는 재미있는 소리를 하는구나."

"……그, 그래?"

무쿠로가 유쾌하다는 듯이 웃음을 흘리면서 그렇게 말하자, 시도는 볼을 긁적이며 쓴웃음을 흘렸다.

"자…… 우선 우리 집에 어떻게 갈 건지가 문제네."

시도는 건물 사이로 보이는 대로를 쳐다보며 작은 목소리로 말했다. 이곳은 텐구 시 안이니까, 20분 정도 걸으면 시도의 집에 도착할 수 있으리라. 하지만 이렇게 눈에 띄는 소녀를 데리고 걸어가야 한다는 점이 난이도를 몇 배로 껑충 뛰게 만들었다.

시도가 고민에 잠기자, 무쿠로는 영문을 모르겠다는 듯이 고개를 갸웃거렸다.

"뭘 그렇게 고민하는 게냐. 자신의 집에 돌아가는 것뿐이지 않느냐."

"으음, 그건 그런데……."

시도가 말을 이으려던 순간, 무쿠로가 시도의 어깨에 손을 얹었다. 그리고 다른 한 손에 쥔 석장을 허공에 찔러 넣더니 그대로 비틀었다.

"〈미카엘〉―【라타이브】."

그 순간, 사람 한 명이 지나갈 수 있을 정도의 『문』이 허공에 생겨났다.

"어……."

시도가 아연실색하자, 무쿠로는 한 치의 주저도 없이 그 안으로 몸을 날렸다. 그리고 손을 『문』 밖으로 내밀고 시도를 부르듯 손짓을 했다.

"어, 어이!"

『시도, 일단은 쫓아가! 자율형 카메라도 너를 따라가게 할 게!』

인터컴 너머에 있는 코토리가 그렇게 말했다. 시도는 머리를 거칠게 긁적인 후, 각오를 다지며 『문』 안으로 몸을 집어넣었다.

시야가 한순간 어두워지더니, 곧 눈에 익은 집안 풍경과 흥미롭다는 듯이 주위를 둘러보고 있는 무쿠로의 모습이 눈에 들어왔다. 시도가 통과한 순간, 『문』은 수축되더니 이윽고 안개처럼 사라졌다.

"흐음, 여기가 나리의 집인 게냐. 좋은 곳이구나."

"무쿠로……."

"음? 왜 그러느냐?"

"……아무 것도 아냐. 도와줘서 고마워. 하지만 앞으로는 남들 앞에서 천사를 사용하지 말아줄래?"

시도가 그렇게 말하자, 무쿠로는 잠시 동안 이해가 안 된다는 듯이 시도를 쳐다보았다. 하지만 이윽고 「뭐, 좋다」라고 말하며 고개를 끄덕이더니 〈미카엘〉을 허공에 집어넣듯 없앴다.

"자, 나리, 이제부터 뭘 할 것이냐?"

"아, 이쪽으로 와봐."

시도는 무쿠로는 거울 앞으로 불렀다.

"무쿠로. 여기에 앉아."

"음."

무쿠로가 순순히 원형 의자에 앉았다. 시도는 동그랗게 말려 있던 무쿠로의 머리카락을 푼 후, 빗으로 그녀의 금발을 정성들여 빗었다.

"……흐음."

무쿠로가 몸을 배배 꼬자 시도는 빗질을 멈췄다.

"아, 미안해. 아팠어?"

"간지러웠을 뿐이니라. 개의치 말고 계속 하거라."

시도의 물음에 무쿠로는 더 해달라는 듯이 가볍게 머리를 가로저었다. 왠지 그런 무쿠로가 귀엽다고 느낀 시도는 쓴 웃음을 지으며 그녀의 머리카락을 계속 빗겨줬다.

"자…… 어떤 식으로 할까? 올려 묶는 것도 좋겠고, 트윈 테일도 어울릴지도 모르겠네. 혹시 원하는 스타일이 있으면 말해줘."

"흐음……. 그럼 흐트러지지 않도록 하나로 묶어줬으면 좋 겠구나."

시도는 미간을 찌푸리면서 한숨을 내쉰 후, 무쿠로의 머리카락을 다시 아까처럼 동그랗게 말았다. 왠지 이 헤어스타일이 무쿠로의 트레이드마크인 것 같은 느낌이 들었던 것이다.

그리고 남은 머리카락을 하나로 모아서 땋았다.

약간 복잡한 작업이기는 하지만, 시도는 옛날에 코토리가 머리카락을 묶는 걸 자주 도왔기 때문에 이런 일에 익숙했다. 얼마 지나지 않아 무쿠로의 긴 금발이 예쁘게 한 다발로 땋아졌다.

"호오! 재주가 좋구나!"

"과분한 칭찬인지라 황송할 따름이옵니다."

시도는 공손히 예를 표한 후, 「하지만」 하고 이어 말했다.

"이래서는 머리카락의 길이 자체는 크게 다르지 않으니까 걷기 힘들 것 같은데?"

"문제없느니라. 에잇."

무쿠로는 짤막하게 대답한 후, 상모를 돌리듯 머리를 크게 돌렸다. 그러자 긴 머리카락이 그 움직임에 맞춰 회전하더니 그대로 무쿠로의 목덜미를 감쌌다. 확실히 저렇게 하면 머리카락이 길더라도 크게 신경 쓰이지는 않을 것이다.

바로 그때, 오른쪽 귀에 꽂은 인터컴에서 경쾌한 알람 소리가 흘러나왔다.

『─잘했어, 시도. 예전의 무쿠로와 동일인물이 아닌 것처럼 느껴질 정도로 순조롭게 호감도가 상승하고 있어. 얕은 수를 쓸 필요는 없겠네. 정공법으로 가자. 기왕 머리카락도 정리해줬으니, 같이 외출하는 건 어때?』

"알았어……."

시도는 그렇게 대답하면서 무쿠로를 쳐다보았다. 그녀는 별 문양이 새겨진 영장을 걸치고 있었다. 옅은 빛을 뿜는 옷을 입은 그녀를 데리고 밖을 돌아다니는 건 너무 눈에 띌 것 같았다.

"아…… 그래. ―코토리, 옷 좀 빌릴게."

『뭐? 아, 무슨 말인지 알겠어. 그렇게 해.』

코토리는 시도의 생각을 눈치채고 그렇게 말했다. 시도는 코토리의 방에서 옷을 고른 후, 무쿠로의 곁으로 돌아왔다.

"무쿠로, 이제부터 외출할 건데 영장은 너무 눈에 띄니까 이 옷을 입자."

"오오, 그러하냐."

무쿠로는 시도의 말에 답하며 고개를 들더니, 원형 의자에서 일어서며 손뼉을 쳤다.

그러자 무쿠로가 걸친 영장이 빛의 입자가 되어 공기에 녹아들며 사라지더니, 그녀의 새하얀 나신이 아낌없이 드러났다. 영장에 의해 압박되고 있던 가슴이 물풍선처럼 출렁거렸다.

"어…… 무, 무쿠로?!"

"왜 그렇게 당황하는 것이냐. 옷을 갈아입으라면서? 빨리 옷을 내놓거라."

무쿠로는 알몸을 훤히 드러내고 있는데도 딱히 부끄럽지 않다는 듯이 가슴을 쫙 펴며 시도가 들고 있던 코토리의 옷을 가로채듯 가져갔다. 그리고 옷의 구조를 확인하듯 꼼꼼히 살펴본 후, 소매에 손을 집어넣었다.

하지만……

"……흐음?"

블라우스의 단추를 잠그려던 무쿠로는 미간을 찌푸렸다. 아무래도 사이즈가 맞지 않는 것 같았다.

"나리, 이건 너무 작구나. 가슴이 너무 조여서 숨을 못 쉴 것 같으니라."

『……..』

무쿠로가 난처하다는 듯한 목소리로 그렇게 말하자, 오른쪽 귀에 꽂은 인터컴에서 침묵이 들렸다. ……『침묵이 들렸다』는 표현이 이상하다는 건 알지만, 실제로 그런 느낌이 들었으니 어쩔 수 없다. 뭐랄까, 코토리가 말로 형용할 수 없는 감정을 필사적으로 억누르고 있는 듯한 느낌이 들었다.

"아니, 그러니까…… 그걸 입으라는 게 아니라, 정령이라면 한 번 본 옷을 영력으로 재현할 수 있잖아?"

"오오, 그런 뜻이었던 게냐."

시도가 고개를 돌리며 그렇게 말하자, 무쿠로는 옷을 벗

으며 또 손뼉을 쳤다.

그러자 무쿠로의 몸이 옅게 빛나더니, 그 빛이 의복 모양으로 변했다. 방금 입으려 했던 코토리의 옷과 같은 디자인이자— 무쿠로의 몸에 딱 맞는 사이즈로 말이다.

"음. 이제 편하구나."

만족스러운 표정을 지은 무쿠로가 그렇게 말하며 빙긋 웃었다. 바로 그때, 인터컴에서 납득이 안 된다는 듯한 어조의 목소리가 흘러나왔다.

『……뭐야. 처음부터 저랬으면 되잖아. 왜 굳이 입어본 거야? 응?』

"아, 아하하……. 아, 아무튼, 가자. 무쿠로."

"음. 그러자꾸나."

시도가 딱딱하게 굳은 미소를 흘리며 그렇게 말하자, 무쿠로는 순순히 고개를 끄덕였다.

그녀는 「음」 하며 마치 에스코트를 원하는 상류층 아가씨처럼 손을 내밀었다.

"으음, 이럴 때는……."

시도는 한순간 생각에 잠긴 다음, 집사처럼 예를 표하며 그 손을 잡았다.

"아가씨, 가시죠."

"음. 흐흥♪"

그러자 무쿠로는 기분이 좋은지 미소를 지었다.

무쿠로가 이렇게 좋아하니 시도도 기분이 나쁘지는 않았다. 무쿠로의 손을 잡아끌며 집을 나선 시도는 거리를 향해 걸음을 옮겼다.

—약 여섯 시간 동안, 시도는 〈라타토스크〉의 지원을 받으며 무쿠로를 데리고 텐구 시를 돌아다녔다.

데이트 코스 자체는 전형적이었다. 마을을 산책하고, 눈길을 끄는 가게에 들렀으며, 식사를 하고, 무쿠로가 관심을 가진 미술관에도 들어가 봤다. —그런 식으로 데이트를 했다.

무쿠로는 시끌벅적한 곳보다 조용한 곳을, 그리고 양식보다는 일식을 좋아했으며, 장식품 또한 고풍스러운 것을 선호한다는 사실을 알았다. 액세서리 가게에서 가지고 싶은 게 없는지 물어봤을 때, 무쿠로가 맞은편 잡화점에서 파는 전통공예 방식으로 만든 부채를 가리키자 시도는 깜짝 놀랐다. 외모는 앳되지만, 취향은 꽤나 어른스러웠다.

그러다 보니 어느새 오후 일곱 시가 되었다. 성질 급한 겨울의 태양은 이미 모습을 감췄으며, 하늘에는 어둠의 커튼이 드리워져 있었다.

데이트 코스를 얼추 즐긴 시도와 무쿠로는 인적 없는 공원에서 단둘이 벤치에 앉아있었다. 무쿠로는 아까 샀던 부채를 부치면서 기분 좋은 듯이 콧노래를 부르고 있었다.

『─분위기가 괜찮네. 오늘 하루 만에 무쿠로는 시도에게 충분히 마음을 열었어. 조금만 더 하면 봉인도 가능할 것 같아. 예전에 고생했던 거에 비해 너무 손쉬워서 허탈할 정도네. ─그래도 긴장을 풀지 말고 이대로 밀어붙이자.』

"그, 그래……."

시도는 즐거워하고 있는 무쿠로를 곁눈질하면서 머뭇머뭇 고개를 끄덕였다.

그러자 코토리가 시도가 좀 이상하다는 걸 눈치챈 것 같았다. 그녀는 영문을 모르겠다는 어조로 물었다.

『시도, 왜 그래?』

"아, 그게 말이야……. 무쿠로는 엄청 즐거워 보이고, 호감도가 상승한 것도 잘 된 일이기는 하지만…… 좀 신경이 쓰여."

『뭐가 말이야?』

"으음…… 무쿠로가 왜 마음을 잠그고 우주에 홀로 있었던 건지가 말이야……."

그렇다. 시도가 마음에 걸려하는 것은 바로 그 점이었다.

확실히 현재 무쿠로는 매우 즐거워 보이며, 코토리의 말에 따르면 호감도 또한 순조롭게 상승하고 있는 것 같았다. 실제로 오늘 하루 동안 무쿠로와 같이 다녀보니, 별다른 문제는 없어 보였다. 정령 중에서는 꽤 솔직한 편에 속하는 것 같았다.

하지만, 아니, 그렇기 때문에…….

이런 무쿠로가 마음에 자물쇠를 채워버린 이유가 상상조차 되지 않았다.

아무 것도 느끼지 않고, 아무 것도 생각하지 않고…….

세상과 단절된 채, 그저 돌멩이처럼 떠다니기로 마음먹은 사연…….

무쿠로에게는 시도가 아직 보지 못한 면이 있는 것 같았다.

『확실히…… 맞는 말이야. 하지만 중요한 건 과거의 무쿠로가 아니라 지금의 무쿠로잖아? 영력을 봉인할 기회를 놓칠 수는 없어.』

"응…… 알아."

"—후후후."

시도가 코토리와 이야기를 나누고 있을 때, 옆에서 무쿠로의 웃음소리가 들려왔다.

"오호라. 나리가 일전에 그렇게 자신만만했던 이유가 있구나. 정말 즐거운 하루였느니라."

"하하……. 마음에 들었다니 다행이야."

"흠. 예를 표하마. 무쿠가 그대로 하늘에 있었다면 이 즐거움을 평생 맛보지 못했을 테지. 하지만 무쿠에게 이렇게까지 하는 걸 보면, 나리는—."

무쿠로는 말을 멈추더니, 눈을 가늘게 떴다. 시도는 무쿠로가 자신의 고민을 눈치챘나 싶어 도망치듯 몸을 뒤쪽으로 젖혔다.

"어? 왜, 왜 그래?"

"—무쿠로를 좋아하는 게지?"

무쿠로가 장난기 섞인 미소를 지으면서 한 말은 시도의 예상을 완전히 벗어난 것이었다. 시도는 아하하 하고 쓴웃음을 지으면서 대답했다.

"······응. 무쿠로를 좋아해. 그리고 지켜주고 싶어."

"흠흠, 그러하냐. 무쿠를 좋아하는 게냐. 흠흠."

시도의 대답에 무쿠로는 부채로 입가를 가리면서 발을 앞뒤로 흔들며, 즐겁다는 듯이 웃음을 흘렸다.

그리고 몸을 앞으로 숙이며 시도의 얼굴을 들여다보더니, 벚꽃잎 같은 입술을 움직였다.

"—무쿠도 나리가 마음에 들었느니라. 시도, 그대를 연모하노라."

"······아! 그, 그렇구나······."

시도는 그 말을 듣자 가슴이 뛰며 숨이 막혔다. ······무쿠로는 조그마한 몸집에 걸맞지 않은 요염한 표정을 지었다.

"이 상황에서 할 말은 그게 아니지 않느냐. ······다시 말해 보거라."

"뭐? 아— 조, 좋아해, 무쿠로."

시도가 무쿠로의 말을 듣고 그렇게 대답하자, 그녀는 만족스럽다는 듯이 미소를 지었다.

"우후후. 이런 말을 들었으니 어쩔 수 없지. —좋다. 나리가 우주해서 했던 말을 고려해주도록 하마."

"아! 정말이야?"

"음. 뭐, 영력을 잃는 건 마음에 좀 걸리지만…… 그 대신 나리가 무쿠를 지켜준다면 나쁘지 않을 듯 하구나."

무쿠로는 손가락 끝을 빙글빙글 돌리면서 그렇게 말했다. 시도는 팽팽하던 긴장의 끈이 약간 느슨해진 듯한 느낌을 받았다.

확실히 무쿠의 과거는 신경 쓰인다. 하지만 코토리의 말대로 중요한 것은 지금의 무쿠로다. 무쿠로가 납득을 하며 봉인에 응해준다면, 그것이 최선인 것이다.

하지만 시도가 한숨을 내쉬려던 순간, 무쿠로는 밝은 목소리로 이렇게 말했다.

"—하지만 말이다. 무쿠와 연을 맺었으니, 어제 그 방에 있던 계집들과는 평생 만나지 않겠다고 맹세하거라."

"응. 알았— 뭐?"

무쿠로의 어조가 너무나도 자연스러웠기에 무심코 고개를 끄덕이려고 한 시도는…… 도중에 고개를 갸웃거렸다.

"어? 이, 이유가 뭐야?"

"왜 영문을 모르겠다는 표정을 짓는 게냐. 당연하지 않느냐. 나리는 무쿠를 좋아한다면서? 무쿠도 나리를 좋아하느니라. 그러니 나리가 무쿠에게 무슨 짓을 하든 괜찮다. 하지만, 다른 계집이 나리와 무쿠 사이에 끼어드는 건 이상하지 않느냐."

무쿠로는 지극히 당연한 소리를 하듯 그렇게 말했다.

아니, 그녀는 그게 당연하다고 생각하고 있을 것이다. 실제로 시도 또한 그녀의 말이 이해되지 않는 것은 아니다.

하지만 그 사고방식은 혼인관계에 가까운 것이며— 정령이 나타날 때마다 그녀들의 힘을 봉인했던 시도에게 있어서는 치명적인 타격이 될 수 있는 일격이었다.

"음? 무쿠가 이상한 소리를 한 게냐?"

"……아니, 저기, 으음……."

무쿠로가 맑디맑은 눈으로 쳐다보자, 시도는 무심코 고개를 돌렸다. ……정령의 힘을 봉인할 수 있는 사람이 시도뿐이니 어쩔 수 없기는 하지만, 무쿠로의 말을 들으니 왠지 자신이 정령들에게 나쁜 짓을 한 듯한 기분이 들었다.

『시도, 논파당하면 어떻게 해.』

"미, 미안……. 양심의 가책을 느껴서……."

『그런 건 나중에 느껴. —아무튼 그건 승낙할 수 없어. 지금 거짓말을 해서 봉인을 하더라도, 나중에 들킨다면 반동이 엄청날 테니……. 어쩔 수 없네. 봉인과 혼인이 다르다는 걸 설명해서 설득하는 방향으로 갈 수밖에 없겠어.』

"……그래."

시도는 고개를 끄덕인 후 숨을 가다듬으면서 무쿠로를 쳐다보았다.

"저기, 무쿠로. 내 말 좀 들어봐. 실은 그럴 수가 없어."

"음? 나리는 바람둥이인 게냐?"

"……"

『무쿠로의 한 마디 한 마디에 상처 좀 받지 마.』

코토리는 질렸다는 듯한 말투로 그렇게 말했다. 시도는 마음을 다잡듯 어험 하고 헛기침을 한 후, 말을 이었다.

"전에도 말했다시피, 나는 모든 정령을 구하고 싶어. 그러니…… 앞으로도 너 같은 정령이 나타나면 정령의 힘을 봉인해야만 해. 게다가― 나는, 지금까지 봉인한 정령들도 무쿠로, 너만큼 좋아해. 무쿠로도 다른 애들과 사이좋게 지내줬으면 좋겠어."

"……흐음."

시도가 그렇게 말하자, 무쿠로는 어리둥절한 표정을 지으며 입을 다물었다.

그리고 몇 초 후, 뭔가가 생각난 것처럼 손뼉을 쳤다.

"그래, 그래. 그렇게 된 게냐. 나리는 상냥하구나."

"뭐?"

무쿠로의 반응을 이해하지 못한 시도가 눈을 동그랗게 떴다. 하지만 무쿠로는 납득한 것처럼 고개를 연신 끄덕였다.

"알았으니 더는 말할 필요가 없느니라. 전부 무쿠에게 맡기거라."

무쿠로는 그렇게 말하고 벤치에서 일어서며 아름답게 장

식된 부채를 접어서 입가에 댔다.

"—그럼 오늘은 이만 헤어지자꾸나. 가까운 시일 내에 또 보자, 나리."

무쿠로는 그 말을 남긴 후, 가벼운 발걸음으로 어둑어둑한 길을 달려갔다.

"잠깐만, 무쿠로?!"

시도는 허둥지둥 무쿠로를 쫓아갔다. 하지만 도중에 〈미카엘〉을 사용했는지 무쿠로의 조그마한 그림자는 보이지 않았다.

"대체…… 뭘 하려는 거야……?"

흐릿한 가로등 불빛이 비추는 길에 멍하니 선 채— 시도는 무쿠로가 남긴 이해 못할 말을 떠올리며 당혹스러운 표정을 지었다.

제8장 잠겨버린 기억

"—흥, 흥, 흐흥, 흥♪"

한밤중. 아니— 정확하게 말하자면 별이 가득한 공간.

호시미야 무쿠로는 머리카락을 휘날리며 그곳에 떠있었다.

머리 위에는 무한하게 펼쳐진 검은 하늘이 존재했고, 아래쪽에는 거대한 푸른 별이 있었다.

그렇다. 무쿠로는 시도와 헤어진 후, 〈미카엘〉로 공간에 『문』을 만들어서 다시 이 죽음의 공간으로 돌아온 것이다.

하지만 딱히 시도나 지상이 마음에 들지 않는 건 아니다. 시도가 데려가준 마을은 정말 멋진 장소였지만— 역시 혼자서 생각에 잠기기에는 그 어떤 잡음도 존재하지 않는 이곳이 좋다고 판단한 것이다.

"하지만—."

무쿠로가 작게 혼잣말을 중얼거리더니, 눈을 깜빡이면서

지구를 내려다보았다.

"아름답구나. 이 광경을 항상 보면서도 아무런 감정도 느끼지 않았다니— 무쿠로도 아까운 짓을 했는걸."

무쿠로는 일전에 시도가 가짜 〈미카엘〉을 꽂았던 가슴 언저리를 매만졌다.

"후후, 시도에게는 감사해야겠구나."

무쿠로는 그렇게 말하면서 몸을 젖히듯 손발을 쭉 뻗었다.

몸을 움직이니 기분이 좋았다. 아니, 그것만이 아니었다. 풍경이, 숨결이, 햇빛이, 요리의 맛이— 오래간만에 느낀 모든 외부의 자극이 쾌감을 자아냈다.

그야말로—.

"……흐음?"

그 순간, 무쿠로는 고개를 갸웃거렸다.

이 세계는 이렇게 멋진 곳인데, 왜 자신은 마음을 잠그고만 것일까, 하는 생각이 문득 든 것이다.

"으으음……?"

팔짱을 낀 무쿠로는 그 자리에서 천천히 회전하며 고민해 봤지만, 생각이 나지 않았다. 무쿠로는 이윽고 체념하듯 한숨을 내쉬었다.

"뭐, 됐다."

그렇다. 지금은 그것보다 우선해야만 하는 일이 있는 것이다.

시도. 이츠카 시도. 무쿠로의 마음을 잠근 자물쇠를 열고, 무쿠로에게 무지갯빛 세계를 준 남자.

무엇보다— 무쿠로를 진심으로 사랑해주는 연인.

"음, 흠, 즐겁구나. 누군가를 사랑하고, 누군가에게 사랑받는다는 것이 이렇게 즐거운 것이었느냐."

시도를 떠올리기만 해도 마음이 포근해지며 행복한 기분이 들었다. 확실히 시도가 말한 대로 마음이 행복해졌다.

하지만 조그마한 문제가 있었다.

무쿠로가 사랑하는 사람은 너무나도 상냥했다.

"무쿠가 손을 써야겠구나."

무쿠로는 빙긋 웃더니, 허공에서 거대한 열쇠, 〈미카엘〉을 꺼냈다.

—하루하루가 너무나도 즐거웠다.

아침에 눈을 뜨면 아버지와 어머니, 그리고 **언니**가 「좋은 아침」 하고 인사했다.

눈을 떴을 때, 자신의 가족이 곁에 있다는 게 이렇게 멋진 일인 줄 몰랐다.

그리고 가족들이 한 자리에 모여 아침식사를 했다.

하지만 그 전에 즐거운 일이 하나 있었다.

언니가 머리카락을 묶어주는 것이다.

「—의 머리카락은 정말 예쁘네.」

언니는 빗으로 머리카락을 빗겨주면서 그렇게 말했다.

자신은 사랑하는 언니에게 칭찬을 듣는 게 기쁘고, 자랑스러워서, 매일 아침 찾아오는 그 시간이 정말 좋았다.

언니는 손가락으로 머리카락을 동그랗게 말았다. 겨우 몇 분 만에 머리카락이 헝클어진 잠꾸러기가 귀여운 여자애로 변신했다. 처음 그걸 체험했을 때, 언니가 마법사라는 생각이 들었다.

흥분한 채 그렇게 말하자, 언니는 깜짝 놀란 얼굴로 미소를 짓더니— 또 상냥하게 머리를 쓰다듬어줬다.

그 후 어머니가 만들어준 맛있는 아침을 먹은 후, 「다녀오겠습니다」, 「다녀오렴」 같은 인사를 나누며 학교로 향했다.

그리고 학교에서 돌아오면, 어머니가 「어서 오렴」 하고 자신을 맞이해줬다.

밥을 먹고 나면, 별을 좋아하는 언니와 함께 집 옥상에서 천체관측을 하는 게 일과였다.

더운 여름에는 비닐시트를 깔고 둘이서 드러누워 밤하늘을 올려다보았다.

언니는 반짝이는 별들을 하나하나 손가락으로 가리키며 별들의 이름과 별자리의 유래 등을 이야기해줬다.

어린 자신은 그것을 전부 이해하지는 못했지만, 열심히 이야기하는 언니의 모습을 보는 게 좋아서 매일같이 옥상에 갔다.

이윽고 졸음이 몰려오며 꾸벅꾸벅 졸기 시작했을 때, 언니는 「이야기가 너무 길었나 보네」 하며 쓴웃음을 짓더니 상냥한 손길로 머리카락을 쓰다듬어줬다.

그 감촉에 감싸이듯, 천천히 잠에 빠져드는 게 좋았다.

그리고 또 눈을 뜨면— 하루가 시작된다.

그런 당연한 생활이 너무나도 행복했다.

새롭게 생긴 아버지가, 어머니가, 언니가, 너무나도 사랑스러웠다.

자신만의 가족. 자신만의 공간. 자신을 사랑해주는 사람들. 자신이 사랑해도 되는 사람들.

그런 행복한 시간이 영원히 계속될 거라고, 어린 자신은 믿고 말았다.

하지만 그런 세상의 끝은 생각보다 허무하게 찾아왔다.

딱히 대단한 일이 일어난 것은 아니었다. 사고로 가족들이 세상을 떠난 것도 아니거니와, 부모님이 이혼을 하면서 가족이 뿔뿔이 흩어진 것도 아니었다. 피가 이어진 친부모가 나타나 친권을 주장한 것도 아니었다.

—그 날.

자신은 그 날을 고대하고 있었다. 왜냐하면 언니가 텐구 타워에 데려가주기로 약속했던 것이다.

하지만 그 날, 언니는 학교 친구들을 같이 데리고 갔다.

그렇다. 그게 전부다.

딱히 특이할 게 없는 평범한 일상의 한 페이지였다.

하지만 자신은 그것을 도저히 용납할 수 없었다.

왜냐하면, 언니는 자신만의 언니였다.

그 약속은, 자신만의 것이었다.

언니를 사랑해도 될 사람은 자신뿐이다. 언니 또한 자신만을 사랑해야 한다.

그런 언니가 자신이 모르는 사이에, 자신이 모르는 친구들과 놀고 있었다. 그리고 그 친구들이 자신과 언니의 영역을 침범했다.

그런 생각을 하기만 해도 마음이 옥죄어드는 느낌이 들면서, 너무나도 괴로웠다.

자신은 꾹 참으며 다 같이 그 날을 즐기기 위해 최선을 다했다.

하지만 전망대에서 마을 풍경을 쳐다보고 있을 때, 언니의 친구가 자신을 향해 이렇게 말했다.

「저기, ─양. 머리카락이 긴데 좀 자르는 편이 좋지 않아? ─도 그렇게 생각하지?」

언니는 그 말을 듣더니 잠시 생각해보고 이렇게 말했다.

「으음…… 맞아. 좀 긴 것 같네. 다음에 잘라줄까?」

―딱히 두 사람한테 악의가 있었던 것은 아니리라.

오히려 언니와 언니의 친구는 지나치게 긴 머리카락을 휘날리며 걷는 자신을 생각해서 그런 말을 해줬을 뿐이었다.

하지만 자신은 그 말을 듣고 심장이 으스러지는 듯한 충격을 받은 나머지, 혼자서 타워를 뛰쳐나왔다.

―너무 슬퍼서 참을 수가 없었다.

언니가, 예쁘다고 말해줬는데…….

언니가, 좋아한다고 말해줬는데…….

친구의 별것 아닌 한 마디에, 언니는 자신이 한 말을 부정했다.

즉, 언니는 자신보다 그 친구가 더 소중한 것이다. 만약 자신과 친구 중에서 한 명을 선택해야만 하는 상황이 벌어진다면, 언니는 친구를 선택할 것이다.

그런 생각을 하다 보니, 불안함이 새하얀 천에 묻은 먹물처럼 점점 온몸으로 퍼져나갔다.

아버지도, 어머니도, 언니도, 자신을 가장 사랑한다고 아무런 근거도 없으면서 생각했다.

하지만 세 사람은 자신을 가족으로 맞이하기 전부터 이 세상에서 살아왔으며― 자신이 모르는 인간관계를 지니고 있는 것이다.

그리고 아버지도, 어머니도, 언니도, 자신이 모르는 장소에서, 자신이 모르는 누군가와, 대화를 나누며, 웃고 있다…….

「으…… 아, 아…….」

그 사실을 인식했을 뿐인데, 구역질이 치밀어 올랐다.

사랑하는 것을, 그리고 사랑받는 것을 안 자신의 마음은 그 감정이 「슬픔」이라는 것을 그제야 인정했다.

그러자, 바로 그때—.

◇

"……윽."

무쿠로와 데이트를 한 다음날.

시도는 평소보다 조금 일찍 잠에서 깼다.

딱히 특별한 볼일이 있는 것도, 알람을 맞춰둔 것도 아니다. 어젯밤에 무쿠로가 사라지면서 했던 말이 신경 쓰여서 잠을 거의 못 잤다.

그리고 좋지 않은 꿈을 꾼 탓이기도 했다.

일전에 우주에서 지상을 향해 추락하며 꿨던 것과 비슷한, 그런 슬픈 꿈이었다.

마치 자신에게 일어났던 일을 다시 되풀이하고 있는 듯한, 그런 생생한 악몽이었다.

……뭐, 시도에게 생긴 것은 언니가 아니라 귀여운 여동생

이었지만 말이다.

"……으음~."

졸린 탓에 몸 상태가 좋지 않지만, 그렇다고 해서 한숨 더 자는 것은 무리일 것 같았다.

어차피 잠이 오지 않는다면 좀 이르지만 아침 식사 준비를 해야겠다고 생각한 시도는 시계를 힐끔 쳐다보며 몇 시인지 확인한 후, 크게 하품을 하면서 침대에서 기어 나왔다.

느릿느릿한 걸음으로 1층으로 내려간 시도는 세수를 한 다음, 옷을 갈아입었다. 그리고 남자의 전투복인 앞치마를 장착한 후, 익숙한 손놀림으로 요리를 시작했다.

그리고 어느 정도의 시간이 흘렀을까. 구운 생선이 맛있는 향기를 내기 시작했을 즈음, 2층에서 발소리가 들렸다.

아무래도 코토리도 깬 것 같았다. 그녀는 무쿠로 탐색과 관측 데이터 처리 때문에 어제 밤늦게까지 〈프락시너스〉에 남아서 일을 했다. 아마 코토리는 시도보다 더 피곤할 것이다.

코토리는 눈을 비비면서 좀비 같은 움직임으로 계단을 내려왔다. 그런 코토리를 본 시도는 쓴웃음을 머금은 채 한 손을 가볍게 들어 올리며 인사를 건넸다.

"좋은 아침이야, 코토리."

"으음…… 좋은 아……."

바로 그때였다.

코토리는 말을 갑자기 멈추더니, 갑자기 뭔가를 깨달은 것처럼 눈을 크게 뜨며―.

"꺄아아아아아아아아아아앗?!"

―하고 크게 비명을 질렀다.

"……윽?! 왜, 왜 그래……?"

시도는 반사적으로 귀를 막고 당혹스러운 표정을 지으며 코토리를 쳐다보았다.

"코토리, 왜 그러는 건데? 무슨 일 있는 거야?"

하지만 코토리는 시도의 질문에 대답하지 않고 날카로운 시선으로 시도를 노려보았다.

그리고 경계심이 어린 목소리로 외쳤다.

"당신은 누구야? 왜 우리 집에 있는 건데?!"

그런 뜻밖의 말을 말이다.

"…………뭐?"

눈이 콩알만 해진 시도는 얼빠진 목소리로 그렇게 반응할 수밖에 없었다.

하지만 그러는 것도 당연했다. 자신이 누구인지 코토리가 모를 리가 없는데다, 왜 자신이 이 집에 있는 건지 물어도 뭐라고 대답해야 좋을지 감이 오지 않았다. 왜냐하면 시도는 10년 넘게 이 집에서 살았던 데다, 피가 이어져있지는 않더라도 두 사람은 남매 사이인 것이다.

"……으음, 코토리? 무슨 소리를 하는 거야?"

시도가 볼을 긁적이면서 코토리에게 한 걸음 다가가자, 그녀는 주저 없이 비명에 가까운 고함을 질렀다.

"다가오지 마! 경찰을 부를 거야!"

"으, 으음……."

시도는 당혹스러워하면서 이마에 맺힌 식은땀을 닦았다.

대체 코토리는 어떻게 된 것일까. 농담하는 것 치고는 표정이 너무 진지했다. 그렇다면—.

그렇게 시도가 생각에 잠겨 있을 때, 코토리가 근처에 있던 장식품을 쥐었다.

"이익…… 왜 멀뚱히 서있는 거야?! 빨리 나가란 말이……야!"

"우왓?!"

코토리는 들고 있던 장식품을 힘껏 집어던졌다. 시도는 허둥지둥 몸을 젖히며 그것을 피했다.

"어, 어이, 위험하잖—."

"시끄러워! 빨리 나가!"

코토리는 히스테릭한 절규를 토하며 다른 투척무기를 쥐었다.

코토리에게 무슨 일이 일어난 건지는 모르겠지만, 아무튼 말이 통하지 않는다는 것만은 이해했다. 시도는 가방과 교복 상의를 들고 허둥지둥 도망쳤다.

"히, 히이익!"

"앗! 거기 서!"

방금까지만 해도 나가라고 외쳤던 코토리가 이번에는 서라고 말했다. 하지만 느긋하게 그런 걸 지적할 상황도 아니었기에, 시도는 현관에 놓여있던 신발을 들고 맨발로 집을 뛰쳐나갔다.

"하아……, 하아……, 하아……."

잠시 동안 내달린 시도는 코토리가 쫓아오지 않는다는 걸 확인하고 한숨을 내쉬었다. 그리고 숨을 고른 다음, 앞치마를 벗고 가까스로 들고 나온 등교 세트를 장착하기 시작했다.

"정말…… 아무리 수면이 부족해도 그렇지 잠꼬대가 너무 심하잖아. 이 오빠, 확 울어버린다?"

시도는 머리를 긁적이면서 혼잣말을 중얼거린 후, 방금 달려왔던 길을 쳐다보았다.

지금은 1월이다. 솔직히 말해 교복만 입고 돌아다니기에는 너무 추웠다. 가능하면 일단 집으로 돌아가서 방한도구를 챙겨오고 싶었다.

하지만 코토리가 여전히 잠이 덜 깬 상태일 가능성이 있기에, 집에 돌아가는 것은 좋은 생각이 아니었다. 경찰을 부르지는 않겠지만, 고함이라도 질러댔다간 또 이웃사촌들 사이에서 이상한 소문이 돌지도 모른다.

남의 말도 석 달, 이라는 속담이 있지만 시도의 주변에서는 요즘 들어 석 달이 지나기 전에 새로운 소문이 투하되는 악순환이 반복되고 있었다. 되도록 나쁜 소문이 퍼지는 것을 피하고 싶었다.

"어쩔 수 없지…… 학교에나 가자."

시도는 체념한 듯한 목소리로 그렇게 중얼거린 후, 차가운 손을 비비면서 통학로를 따라 걸었다.

그리고 몇 번이나 재채기를 하면서 수십 분을 걸은 끝에, 도립 라이젠 고등학교에 도착했다.

시도는 실내화로 갈아 신고 교실로 향했다. 그리고 책상에 가방을 둔 후, 의자에 앉았다.

"……어?"

따뜻한 교실 안에서 한숨 돌리던 시도는 묘한 위화감을 느꼈다.

실수로 다른 교실에 들어간 듯한 느낌……이라고나 할까. 교실에 있던 클래스메이트들이 때때로 이상하다는 듯이 시도를 쳐다보며 소곤거리고 있었다.

"왜 그러지……?"

시도는 고개를 갸웃거리면서 자신의 몸을 쳐다보았다. 혹시 집에서 쫓겨나는 바람에 잠옷 바지를 입고 학교에 오거나, 양말을 뒤집어서 신은 줄 알았다.

하지만 딱히 이상한 곳은 없었다. 혹시나 싶어 머리카락도 만져봤지만, 개성적일 정도로 형클어져 있지는 않았다.

"으음……."

어쩌면 시도가 이 추운 날씨에 코트도 걸치지 않고 벌벌 떨면서 등교했기 때문에 저렇게 쳐다보는 걸지도 모른다. 시도는 그런 결론을 내리며 필기도구와 공책을 가방에서 꺼내 책상 위에 올려놓았다.

"훙~ 호홍~, 호호홍~ 콜록콜록콜록."

그때, 기묘한 콧노래를 부르면서(중간부터 기침을 했지만) 머리카락을 왁스로 세운 소년이 교실에 들어왔다. ―시도의 악우인 토노마치 히로토였다.

"여어, 토노마치."

"응? 아, 좋은 아침~."

시도가 자리에서 일어나며 이름을 부르자, 토노마치 또한 가벼운 어조로 대답했다.

하지만…….

"오랜만이지? 얼마나 오랜만이더라? ……잠깐, 으음……. 미안한데, 반사적으로 인사를 해버렸네. 죄송한데 누구시죠?"

말을 하던 중간부터 점점 불안한 표정을 짓나 싶더니, 토노마치가 미안해하듯 고개를 숙였다. 그러자 시도는 아연실색하면서 눈을 크게 떴다.

"뭐?"

"아, 진짜 미안해. ……혹시 일전에 노래방에 같이 갔었나? 그때는 인원이 많아서 같이 간 사람을 전부 기억하지 못하거든~."

"……잠깐만. 무슨 소리를 하는 거야? 토노마치. 나야, 이츠카 시도라고. 항상 같은 반이었잖아."

시도가 미간을 찌푸리며 그렇게 말하자, 이번에는 토노마치가 「뭐?」 하고 영문을 모르겠다는 표정을 지었다.

"같은 반……? 그랬어?"

"토노마치……?"

시도는 토노마치의 반응을 보고 미간을 찌푸렸다. 토노마치는 때때로 의도를 알 수 없는 미묘한 농담을 하지만, 지금 그가 짓고 있는 표정은 농담을 할 때와 달라 보였다. 마치 진짜로 시도를 모르는 것만 같았다.

시도가 모르는 사이에 토노마치의 연기력이 늘어난 게 아니라면, 이건…….

시도는 주위를 둘러보고 교실에 있던 다른 클래스메이트에게 말을 걸었다.

"저기, 야마부키, 하자쿠라, 후지바카마."

"응?"

"어?"

"잉?"

시도의 목소리에 반응하듯, 근처에서 이야기를 나누던 세 소녀가 그를 쳐다보았다. 교복을 대충 입은 키가 큰 소녀와 특징이 없는 게 특징인 듯한 평범한 체구의 소녀, 그리고 안경을 쓴 아담한 체구의 소녀, 2학년 4반의 명물 트리오인 아이, 마이, 미이였다.

"토노마치가 또 헛소리를 하는데…… 너희는 나를 기억하지?"

시도가 그렇게 묻자, 세 사람은 어리둥절한 표정을 지으며 서로를 쳐다보았다.

"……으음, 누구야?"

"우와, 혹시 헌팅 하는 거야? 고전적이네~."

"진짜? 드디어 봄날이 찾아온 건가~. 그런데 누구를 노리는 거야? 응?"

아이, 마이, 미이는 새된 목소리로 그렇게 말하며 흥분하기 시작했다.

하지만 시도는 온몸에서 핏기가 사라지는 듯한 느낌을 받았다.

"나를…… 모르는 거야……?"

시도가 메마른 목소리로 그렇게 말하며 주위를 둘러보았다. 누구 한 명 토노마치나 아이, 마이, 미이의 말을 부정하지 않았다. 그 뿐만 아니라 시도를 쳐다보며 고개를 갸웃거리고 있는 학생도 있었다.

비정상적인 사태가 발생한 게 틀림없었다. 시도가 아직도 꿈속에 있거나, 클래스메이트 전원이 결탁해서 시도에게 장난을 치고 있는 게 아니라면…… 있을 수 없는 일이다. 클래스메이트들로 가득한 이 교실이 마치 자신이 모르는 공간처럼 느껴졌다.

바로 그때—.

"음! 다들 좋은 아침이다!"

"좋은 아침."

시도가 당혹스러워하고 있을 때, 교실에 두 소녀가 들어왔다. —토카와 오리가미였다.

"……아!"

시도는 그녀들을 보자마자 지푸라기라도 잡는 심정으로 두 사람을 향해 뛰어갔다.

"저, 저기! 토카, 오리가미!"

"오옷?! 대, 대체 무슨 일이냐. 깜짝 놀랐지 않느냐."

"……."

토카는 과장스럽게 놀랐고, 오리가미는 무표정한 얼굴로 시도를 쳐다보았다.

"아…… 미, 미안해. 하지만 내 말 좀 들어봐. 클래스메이트들이 이상해. 아니…… 그들만이 아냐. 어쩌면 코토리도 잠이 덜 깬 게 아니라—."

"음……?"

하지만 시도가 그렇게 말한 순간, 토카는 당혹스럽다는 듯이 눈썹을 찌푸렸다.

그녀의 반응을 본 시도는 심장이 옥죄어드는 듯한 착각을 느꼈다.

가슴이 미친 듯이 뛰기 시작하더니 온몸에서 땀이 났다. 강렬한 현기증이 온몸을 덮치며 금방이라도 이 자리에서 쓰러져버릴 것만 같았다. 무시무시하면서도 불길한 예감이 시도의 폐부를 가득 채웠다.

하지만 토카와 오리가미는 시도가 그런 상태라는 걸 눈치채지 못했는지, 무자비하기 그지없는 말을 입에 담았다.

"미안하다만, 대체 무슨 소리를 하는 것이냐……?"

"너는 대체 누구야?"

"—윽!"

두 사람이 그렇게 말하자…….

시도는 그저 멍하니 그 자리에 우뚝 서있을 수밖에 없었다.

◇

오후 한 시. 하늘 높이 떠오른 태양은 두꺼운 구름 탓에 자신의 온기를 지상에 전하지 못했다.

때때로 부는 지독하게 차가운 바람이 시도의 체온을 조금씩 빼앗아갔다. 그는 재채기를 크게 하고 코를 훌쩍이면서 어깨를 매만졌다.

현재 시도는 라이젠 고등학교의 교실이 아니라 자신의 집

바로 옆에 있는 맨션 앞— 정확하게 말하면 그곳의 정면 입구가 잘 보이는 맞은 편 도로에 있었다. 그는 전봇대 뒤편에 숨은 채, 맨션 쪽을 주시하고 있었다.

"……아!"

그렇게 한참을 기다렸을 즈음, 맨션 입구가 열리더니 아담한 체구의 두 소녀가 밖으로 나왔다. 한 사람은 귀여운 모자와 폭신해 보이는 코트를 걸쳤으며, 왼손에 토끼 모양 퍼핏 인형을 낀 상냥한 인상의 소녀였다. 그리고 다른 한 명은 수수한 코트를 걸쳤으며, 머플러를 목에 두른 언짢아 보이는 눈매의 소녀였다. —맨션에서 사는 정령, 요시노와 나츠미였다.

"……우와, 추워. 입김이 새하얗잖아."

"후후…… 정말이네요. 하아~."

『우햐~! 화이트 브레~스!』

요시노가 나츠미의 말을 듣고 새하얀 입김을 토하자, 토끼 모양 퍼핏 인형『요시농』이 몸을 배배 꼬았다. 그러자 요시노는 즐거워하듯 웃음을 흘렸다.

하지만 요시노와 달리 나츠미는 난처……하달까, 미안해하는 것처럼 눈썹을 찌푸렸다.

"……저기, 요시노? 나와 일부러 같이 갈 필요 없거든? 그렇게 중요한 볼일도 아닌데다, 요시노가 감기에 걸리기라도 하면……."

"괜찮아요. 추운 걸 좋아하거든요. 게다가—."

요시노는 그렇게 말하며 나츠미의 손을 잡아 자신의 코트 호주머니에 집어넣었다.

"우햣?!"

요시노의 행동에 놀란 듯한 나츠미가 새된 목소리로 그렇게 외쳤다.

요시노는 볼을 약간 붉히면서 장난기 섞인 미소를 지었다.

"에헤헤……. 이러면 따뜻하죠?"

"으, 응……. 따, 따뜻해……."

나츠미는 요시노보다 한 백 배 정도 볼을 붉히더니, 딱딱한 목소리로 그렇게 말했다. 그리고 몸에서 땀이 나는지 다른 한 손으로 머플러를 풀고 목덜미를 향해 손부채질을 했다.

"……하하."

시도는 보고 있기만 해도 가슴 따뜻해지는 광경을 보며 무심코 미소를 지었다.

하지만 이내 입가에서 미소를 지웠다. 그렇다. 지금은 이러고 있을 때가 아닌 것이다.

시도는 마음을 다잡듯 볼을 찰싹 소리가 나게 때린 후, 전봇대 뒤편에서 뛰쳐나가 그 두 사람 앞에 섰다.

그리고 마음속에서 소용돌이치는 불안감을 억누르며 고함을 질렀다.

"요시노, 나츠미! 그리고 요시농!"

"어……?"

"뭐, 뭐야……."

『우왓~! 깜짝 놀랐네~!』

시도가 느닷없이 나타나자, 두 사람과 인형은 깜짝 놀란 듯한 표정을 지었다. 시도는 마른 침을 삼키며 말을 이었다.

"저기, 너희는 나를 기억하지?"

시도는 주먹을 말아 쥐며 기도하는 듯한 심정으로 그렇게 말했다. 하지만―.

"으, 으음…… 죄송하지만, 모르겠어요."

"……무슨 소리를 하는 건지 모르겠네. 가자. 요시노, 요시농."

『아하하~. 형씨, 미안하지만 헌팅은 딴 데 가서 해~.』

결과는 이전과 똑같았다. 요시노와 나츠미는 미심쩍은 표정을 짓더니, 빠른 걸음으로 시도의 옆을 지나갔다.

"아……."

시도는 그런 두 사람을 향해 손을 뻗었지만…… 걸음을 내딛지 못한 채 그 자리에서 무릎을 꿇었다.

"거짓말……. 대체 뭐가 어떻게 된 거야……."

망연자실한 목소리가 입술 사이에서 흘러나왔다.

토카와 오리가미가 자신을 기억하지 못하자, 시도는 정체 불명의 공포와 터무니없는 초조함을 느꼈다. 그리고 다른 정령들을 찾아가서 자신을 기억하지 못하는지 물어보고 다녔다.

옆 반인 3반에 있던 카구야와 유즈루는 토카, 오리가미와 마찬가지로 미심쩍은 표정을 지었다. 시내에 있는 고층 맨션에 사는 니아는 시도를 무례한 팬으로 여기며 쫓아냈으며— 미쿠에게 전화를 걸자, 그녀는 「꺄아아아아앗?! 모르는 남자한테서 전화가 왔어요오오오오오오?!」라고 외치더니 그 후로는 연락이 되지 않았다.

그리고 마지막 희망인 요시노와 나츠미를 맨션 앞에서 기다리고 있었지만…… 결과는 마찬가지였다.

시도는 힘없이 고개를 푹 숙이고 머리카락을 쥐어뜯었다.

어제와 뭔가가 달라진 것도 아니다. 마을은 평소와 다름없다. 사람들 또한 평소와 다름없었다. 눈에 보이는 풍경은 시도의 기억 속에 존재하는 풍경과 똑같았다.

하지만 단 하나— 정령들과 시도의 지인들 모두가 그를 기억하지 못했다. 시도는 마치 자신이 존재하지 않는 평행세계에 온 것만 같은 위화감과 불안감을 느꼈다.

"젠장……. 영문을 모르겠네. 뭐가 어떻게 된 거야? 나를 아는 사람은 없는 거야……?"

시도는 이마에 손을 댄 채 생각에 잠겼다. 하지만 남은 인물이라고는 어디에 있는지도 모르는 『최악의 정령』 토키사키 쿠루미, 시도와 적대관계인 DEM의 웨스트코트와 엘렌, 그리고 시도 앞에서 모습을 감춘 후로 행방을 알 수 없는—

"———."

그 순간, 시도는 작게 숨을 삼켰다.

머릿속에 떠오른 이름을, 떨리는 입술 사이로 토해냈다.

"무, 쿠로……"

그렇다. 무쿠로. 호시미야 무쿠로. 열쇠의 천사〈미카엘〉을 지녔으며, 만물을『잠글』수 있는 정령.

그 힘은 눈에 보이지 않는 물질에도 효과를 발휘했다. 실제로 무쿠로는 그 힘으로 자신의 마음을『잠갔던』것이다.

시도는 무쿠로가 마음에 걸렸다. 하지만 그녀라면 시도를 기억하고 있을지도 모른다는 희망을 품었기 때문이 아니다.

「알았으니 더는 말할 필요가 없느니라. 전부 무쿠에게 맡기거라.」

어제 무쿠로가 시도와 헤어지기 직전에 했던 말이 그의 머릿속에 떠올랐다.

그때는 그 말이 무슨 뜻인지 이해하지 못했지만, 지금 시도에게 일어난 이상한 현상과 그 말이 머릿속에서 완벽하게 맞물렸다.

눈에 보이지 않는『마음』에 자물쇠를 채워, 대상자의 감정을 봉인하는 열쇠의 천사〈미카엘〉.

어쩌면 그 힘은 인간의『기억』에도 작용할지도 모른다는 생각이 든 것이다.

"설마 무쿠로, 네 짓이야……?!"

시도는 손으로 입을 막은 채 경악으로 얼굴을 물들였다.

물론 그것은 단순한 억측에 지나지 않았다. 증거도 없거니와, 근거 또한 없다. 아직 상상의 범주를 벗어나지 못하고 있었다.

하지만 이런 이상한 상황이 자연적으로 발생했을 리가 없으며, 이런 짓이 가능한 정령을 생각해본 순간, 무쿠로의 이름이 머릿속에 떠오른 것 또한 사실이었다.

"……."

시도는 아무 말 없이 얼굴을 들었다. 그리고 담장을 손으로 짚으면서 몸을 일으킨 후 가늘게 숨을 내쉬었다.

확실히 나른 세계에 온 것만 같은 기묘한 사태가 벌어졌다. 상의를 할 상대마저도 전부 시도를 잊고 만, 그야말로 최악의 상황이다. 그렇기에 시도는 지금까지 어찌할 바를 몰랐다.

그러나 머릿속에 떠오른 하나의 가설이 시도에게 다시 일어설 힘을 줬다.

무쿠로의 힘은 확실히 강대하다. 하지만 뭐가 어떻게 된 건지 전혀 알 수 없는 상황에 홀로 처한 것과, 이 사태를 일으킨 범인이 짐작된다는 것은 하늘과 땅 만큼 차이가 났다.

만약 진짜로 무쿠로가 〈미카엘〉의 힘으로 다른 이들의 기억을 잠근 것이라면—.

"—〈하니엘〉."

시도는 주위를 둘러보며 사람이 없다는 걸 확인한 후, 눈을 감으며 천사의 이름을 입에 담았다.

그러자 그 말에 호응하듯, 시도의 손안에 빗자루 형태를 지닌 천사가 나타났다. 시도는 숨을 들이마시며 의식을 집중한 후, 다시 입을 열었다.

"〔칼리도스쿠페〕……!"

시도의 말에 호응하듯 〈하니엘〉이 은색 빛을 뿜더니, 점토처럼 형태가 변하기 시작했다.

몇 초 후, 시도는 거대한 열쇠 모양을 한 석장을 한 손에 쥐고 있었다.

그렇다. 시도는 〈미카엘〉을 복제해, 〈미카엘〉로『잠긴』무쿠로의 마음을 열었다.

천사는 소유자의 마음에 답한다. 만약 그녀들이 〈미카엘〉의 힘에 의해 시도를 잊은 것이라면, 같은 방법으로『기억』에 채워진 자물쇠를 열 수도 있을 거라고 시도는 생각한 것이다.

하지만―.

"어……?"

시도는 가짜 〈미카엘〉을 쥔 채 그 자리에 딱딱하게 굳어 버렸다.

시도가 쥔 가짜 〈미카엘〉의 바로 옆 공간에 조그마한『문』이 생기더니, 거기서 거대한 열쇠의 끝부분이 나타나 가짜 〈

미카엘〉에 꽂혔기 때문이다.

"이, 이건―."

"―【폐(閉)】."
세그바

시도가 경악을 금치 못하며 눈을 치켜뜬 순간, 어딘가에서 그런 목소리가 들려오더니 철컥 하는 소리를 내며 열쇠가 돌아갔다.

그러자 시도가 쥔 가짜 〈미카엘〉이 옅은 빛을 뿜으면서 〈하니엘〉의 모습으로 되돌아간 후, 빛의 입자가 되어 대기에 녹듯 사라졌다.

"아―."

시도는 눈을 크게 뜨면서 아무 것도 없는 자신의 손바닥을 지그시 쳐다보았다.

그리고 여전히 허공에 떠있는 열쇠의 끝부분을 쳐다보며, 떨리는 목소리로 입을 열었다.

"미, 〈미카엘〉……."

그러자 그 말에 답하듯 공간에 생긴 『문』이 점점 커지더니 ― 이윽고 그 안에서 한 소녀가 쏙 튀어나왔다.

단정하게 땋은 금발을 목덜미에 두르고 코토리의 옷과 같은 디자인의 옷을 입은 아담한 체구의 소녀였다.

―호시미야 무쿠로가 나타났다.

"무쿠로……."

"흠흠, 무쿠의 자물쇠를 연 나리라면 눈치챌 거라고 생각했노라. 역시 무쿠로의 기대를 저버리지 않았구나."

무쿠로는 그렇게 말하면서 씨익 웃었다. 시도는 그 말을 듣고 경악했다.

즉, 무쿠로는 시도가 〈하니엘〉을 〈미카엘〉로 변화시켜 다른 이들의 잠긴 기억을 열려고 하는 타이밍을 기다리고 있었던 것이다.

그리고 그 순간, 진짜 〈미카엘〉로 가짜 〈미카엘〉의 힘을 『잠근』 것이다.

이유는 뻔했다. 시도가 가짜 〈미카엘〉을 사용하지 못하게 해서, 정령들의 잠긴 기억을 열 수 없게 한 것이다.

그리고 그녀의 언동은 시도의 가설이 옳다는 것을 완벽하게 입증하고 있었다.

"무쿠로…… 역시 네가 그들의 기억을……!"

"음, 그러하니라. 대단하지?"

무쿠로는 잘난 척하듯 허리에 손을 대고 가슴을 폈다. 시도는 미간을 한껏 찌푸린 채 고함을 질렀다.

"이유가 뭐야?! 대체 왜 이런 짓을 한 건데?!"

"이유? 흠, 이상한 걸 묻는구나."

무쿠로는 영문을 모르겠다는 표정을 짓더니 구김 없는 미소를 지었다.

"이러면 무쿠와 나리가 단둘이 있을 수 있지 않느냐. 이제 아무 걱정도 할 필요가 없느니라. 마음껏 무쿠를 사랑하거라."

"뭐……?!"

시도는 경악을 금치 못하며 숨을 삼켰다.

눈앞에 있는 소녀가 한 말과 저 사랑스러운 표정의 차이 때문에 머릿속이 혼란스러웠다.

시도 또한 여러 정령을 봉인해온 남자다. 지금까지 몇 번이나 위기와 죽을 고비를 경험했으며, 강대한 적이나 무시무시한 악의에 직면한 적도 있었다.

하지만— 다르다.

눈앞에 있는 소녀는 그들과는 이질적인 존재였다.

『최악의 정령』 토키사키 쿠루미는 무시무시했다. 그녀의 살의와 광기를 느낀 순간, 시도는 한 발자국도 움직일 수 없었다.

DEM의 웨스트코트나 엘렌과 대치했을 때에도 시도는 강렬한 공포를 느꼈다. 시도는 인간을 인간이라고 생각하지 않는 자의 압도적인 악의에 압도당할 수밖에 없었다.

하지만 무쿠로에게는 살의도, 악의도 없다.

그녀의 얼굴에 어려 있는 것은— 순수한 선의(善意), 그리고 애정뿐이었다.

"자, 나리."

무쿠로는 온화한 미소를 지으며 입을 열었다.

"나리는 무쿠를 좋아하지?"

너무나도 귀엽고, 너무나도 순진무구한 그 말에……

시도는— 대답을 할 수가 없었다.

◇

"아앙~! 여러분, 오랜만이에요오오오! 떨어져 있는 동안에도 여러분을 단 한 시도 잊지 않았답니다아아아앗!"

휴일 낮. 급한 발소리가 복도에서 들려오나 싶더니, 미쿠가 그런 소리를 외치면서 코토리가 사는 집의 거실에 뛰어들어왔다.

"히익—!"

그녀를 보고 어깨를 부르르 떤 나츠미는 앉아있던 소파에서 굴러 떨어지듯 내려와 그대로 거실 구석에 숨었다.

하지만 그런 나츠미를 본 미쿠는 쥐를 발견한 고양이처럼 그녀에게 달려들었다.

"냐앙~!"

"끄아~!"

미쿠에게 정열적인 포옹(어디까지나 아름다운 말로 포장하자면)을 당한 나츠미가 발을 버둥거리며 괴로워했다.

이 집의 주인인 코토리는 그 광경을 보면서 한숨을 내쉬었다.

"정말, 조용히 있을 줄을 모른다니깐. 그리고 이틀 전에도 만났었잖아."

"흐흠, 쩌는 그 이뜨리 여언쩌럼 느껴쪘따꼬오~."

"……무슨 소리를 하는 건지 모르겠으니까, 나츠미의 배에서 얼굴을 좀 떼지 그래?"

코토리가 도끼눈을 뜨면서 그렇게 말하자, 미쿠는 「푸하앗!」 하고 외치며 만족스럽다는 듯이 고개를 들었다.

"보급 완료했어요~! 이걸로 오늘 피로도 싹 가셨어요~!"

왠지 아까보다 미쿠의 피부에 윤기가 넘치는 듯한 느낌이 들었다. 그에 비해 배에 커다란 키스 마크가 생긴 나츠미는 온몸이 퍼석퍼석해진 것 같았다. 충격! 텐구 시 주택가에 흡혈귀가 나타나다!

코토리는 고개를 저으며 어깨를 으쓱하더니, 거실 쪽을 쳐다보았다.

이 집의 거실에는 정령들이 전부 모여 있었다. 소파에 앉아있는 토카와 오리가미, 텔레비전 게임을 열심히 하고 있는 야마이 자매, 미쿠에게 기를 빨린 나츠미를 간호하는 요시노, 그리고 테이블 앞에 앉아 새하얀 노트를 쳐다보며 머리를 긁적이고 있는 니아가 있었다. 아무래도 니아는 만화의 네임 작업이 난항을 빚고 있는 것 같았다.

딱히 초대를 한 것도 아니지만, 이 집이 좋은지 다들 휴일이 되면 자연스럽게 이곳에 모였다.

그때, 텔레비전에서 화려한 소리가 흘러나왔다. 게임으로 대결을 하던 야마이 자매의 승패가 갈린 것 같았다. 카구야는 머리를 감싸 쥐었고, 유즈루는 잘난 척을 하듯 가슴을 폈다.

"아~! 정말 아깝네! 다 이겼는데~! 아아~!"

"승리. 아슬아슬하기는 했지만 유즈루가 이겼어요. 오늘 점심의 반찬 트레이드권은 제 것이에요."

"으으으으으윽!"

아무래도 내기를 한 것 같았다. 카구야는 분하다는 듯이 바닥을 내려쳤다. 코토리는 하아, 하고 한숨을 내쉬면서 입을 열었다.

"참견할 생각은 없지만, 그래도 영양 균형을 생각하며 식사를 하시지 않으면 건강이 나빠질 거야."

코토리는 그렇게 말하면서 시계를 힐끔 쳐다보았다. 열두 시, 마침 점심때였다.

"······응?"

그 순간, 코토리는 고개를 갸웃거렸다. 평소 이 시간이 되면 식탁에 요리가 차려졌는데······ 오늘은 아직 점심 준비가 되지 않았다.

"어? 이상하네. 내가 아직 아무 것도······ 그것보다 내가 항상 요리를 했었나?"

왠지 불가사의한 느낌을 받은 코토리가 미간을 찌푸렸다. 그러자 요시노가 나츠미의 등을 쓰다듬으면서 걱정스러운 눈길로 코토리를 쳐다보았다.

"코토리 씨, 왜 그러세요?"

"응? 아…… 아무 것도 아냐. 슬슬 배도 고프니까, 오늘은 피자라도 시켜먹을까?"

코토리가 얼버무리듯이 그렇게 말하자, 야마이 자매는 환성을 질렀다.

"정말?! 그럼 이 몸은 불사조의 광기어린 연회를 소망하겠노라!"

"해설. 카구야는 데리야키 치킨 피자가 먹고 싶나 봐요."

"바로 그거야! 후훗~ 그리고 피자는 반찬이 아니니까 트레이드권을 써먹을 수 없어~! 아쉽게 됐네, 유즈루!"

"부정. 트레이드권은 여전히 유효해요. 카구야의 피자 토핑과 유즈루의 피자 끄트머리를 교환하죠."

"끄트머리?!"

"자비. 불쌍한 카구야에게 온정을 베풀어주죠. 먹을 데가 적은 크리스피 생지가 아니라, 두툼한 빵 생지 피자를 주문하겠어요."

유즈루는 상냥하기 그지없는 목소리로 그렇게 말했다. 카구야는 「유즈루는 사람도 아냐~!」라고 외쳤다. 이에 유즈루는 「당연. 정령이니까요」라고 대답했다.

뭐, 유즈루는 분통을 터뜨리는 카구야를 실컷 관찰한 다음, 그녀에게 토핑이 얹어져 있는 피자를 먹게 해줄 것이다. 코토리는 그렇게 생각하며 어깨를 으쓱한 후, 주문을 하기 위해 핸드폰을 꺼냈다.

"……응?"

바로 그때, 위화감을 느낀 코토리가 소파에 앉아있는 토카를 쳐다보았다.

토카가 딱히 이상한 짓을 하고 있는 건 아니었다. 그저 표정을 굳힌 채 팔짱을 끼고 있을 뿐이었다.

하지만 그것이야말로 이상했다. —그렇다. 피자를 시키기로 했는데, 토카가 메뉴 선정은 고사하고 환성조차 지르지 않은 것이다.

"토, 토카. 왜 그래? 몸이 안 좋으면 좀 눕는 게 어때?"

"……음?"

토카는 코토리가 그렇게 묻고 몇 초가 지나서야 눈썹을 찌푸리며 반응을 보였다.

"아…… 미안하다. 좀 생각에 잠겨 있었다."

"생각……? 토카가? 이 상황에서 피자 말고 딴 생각을 한 거야? ……아, 별 뜻 없이 한 말이니까 오해하지 마."

무의식적으로 무례한 소리를 한 코토리는 허둥지둥 그렇게 말했다.

하지만 토카는 개의치 않으며— 아니, 더 신경 쓰이는 일이 있다는 듯이 으음 하고 신음을 흘렸다.

"무슨 일이 있는 거야? 토카가 이렇게 생각에 잠기다니, 별일도 다 있네."

"음…… 별일은 아니다만, 어제 학교에서 묘한 남자를 만났다."

"묘한 남자?"

"음. 모르는 남자가 우리 교실에 있었는데, 나와 오리가미를 이름으로 불렀다. 하지만 나와 오리가미가 그를 모른다고 말하자, 왠지 슬픈 표정을 지으며 교실에서 나가버렸지……."

"뭐야, 너희 팬이야? 확실히 이상한 이야기지만, 그렇게 신경 쓸 일은……."

그 순간, 코토리가 갑자기 말을 멈추더니 「아」 하며 눈썹을 찌푸렸다. ─토카가 말한 남자가 누구인지 짐작이 되었던 것이다.

"왜 그러세요~?"

코토리의 반응을 본 미쿠가 영문을 모르겠다는 듯한 목소리로 그렇게 물었다. 코토리는 턱을 짚고서 입을 열었다.

"……그러고 보니 나도 어제 비슷한 남자를 만났어. 아침에 일어나니 모르는 남자가 부엌에서 아침 식사를 준비하고 있었어."

"예엣?! 그게 무슨 소리예요~?! 완전 공포영화네요~! 코, 코토리 씨, 별일 없었죠?!"

"응, 바로 쫓아냈거든. 〈프락시너스〉에 경비 강화를 요청해뒀으니까 걱정할 필요는 없을 거라고 생각하지만……."

코토리가 거기까지 말한 순간, 이번에는 미쿠가 「아앗!」 하고 외치며 손뼉을 쳤다.

"미, 미쿠, 왜 그래?"

"그러고 보니, 어제 느닷없이 저한테 전화가 걸려왔어요~! 그래서 전화를 받았더니 모르는 남자의 목소리가 들리기에 화들짝 놀라서 끊어버렸어요~! 게다가 착신 화면을 보니 『달링』이라고 적혀 있지 뭐예요! 저는 모르는 사람의 전화번호를 『달링』으로 등록한 적이 없거든요?! 정말 무서웠어요~!"

그 말을 들은 정령들이 짐작 가는 구석이 있다는 것처럼 표정을 굳혔다.

"저기, 유즈루. 혹시 그 녀석 아닐까?"

"회상. 유즈루와 카구야도 그를 만났어요. 조례 전에 갑자기 교실에 들어와서 『나를 기억하지?!』라고 물으며 열렬히 자신을 어필했었죠."

"……아~. 그러고 보니 나한테도 찾아왔던 것 같아. 밤새도록 작업하고 지쳐있는데, 초인종을 마구 눌러대지 뭐야. 열 받아서 바로 쫓아냈어."

"아! 그, 그러고 보니 제가 나츠미 양과 어제 외출했을 때, 모르는 남자 분이 저희에게 말을 걸었어요……."

"……아~. 응, 맞아. 그런 녀석이 있었어. 그리고 우리를 쫓아오려고도 했었잖아. 그 녀석, 대체 뭘까? 표정이 꽤 심각해보이던데……."

요시노에게 간호를 받고 겨우 말할 수 있을 만큼 회복된 나츠미가 눈을 가늘게 뜨며 투덜대듯 그렇게 말했다.

　코토리는 그녀들의 이야기를 듣고 눈썹을 찌푸렸다.

　"우리 모두가 그 남자와 만났던 거야……? 아직 동일인물인지는 알 수 없지만…… 전혀 관계가 없다고 보는 건 지나치게 낙관적인 생각이겠지."

　물론 단순한 변태일 가능성도 있지만, 어쩌면 DEM의 공작원일지도 모른다.

　그 남자의 목적이 무엇인지는 아직 모르지만, 이곳에 있는 이들은 하나같이 재해 레벨의 힘을 지닌 정령들이다. 조심하는 편이 좋으리라.

　"한동안 우리 전원의 경비를 강화해달라고 요청해둘게. 뭔가 이상한 일이 있으면 바로 알려줘."

　"아, 알았어요……."

　"라져예요~! 언제 어느 때나 연락할게요~!"

　"……아, 경비도 좋지만 검사검사 어시스턴트도 붙여주면 안 될까? 이번에는 진짜 힘들어 죽겠어~. 구체적으로 말하자면 유능하고 몸집도 조그마하며, 이름이 『나』로 시작하는 애가 좋아."

　"……저기, 코토리. 나 개명하고 싶은데, 어떻게 하면 돼?"

　정령들이 고개를 끄덕였다. ……몇 명이 이상한 용건을 말하기도 했지만, 코토리는 일단 개의치 않기로 했다.

하지만 유일하게 아무 말도 하지 않는 소녀가 있었다. ─ 바로 오리가미였다.

오리가미는 아까부터 침묵을 지키며 바닥만 쳐다보고 있었다. 그녀는 원래 말수가 적었지만, 왠지 평소와 분위기가 다른 것 같았다. 코토리는 그런 오리가미의 얼굴을 쳐다보며 입을 열었다.

"오리가미, 괜찮아?"

"……별일 아냐. 머리가 좀 아픈 것뿐이야."

"뭐가 별일이 아니라는 거야. ……무리하지 마. 많이 힘들면 집까지 바래다줄게."

"……부탁할게."

오리가미는 평소와 달리 약간 기운 없는 목소리로 그렇게 말했다. 그런 오리가미가 걱정이 된 코토리는 그녀의 곁으로 다가가 부축을 해주기 위해 손을 잡았다.

"자, 일어설 수 있겠어?"

"……괜찮─."

오리가미는 코토리의 어깨에 손을 얹으며 몸을 일으키려 했다. 하지만 그 순간, 오리가미의 몸에서 힘이 빠져나가더니 그대로 풀썩 쓰러지고 말았다.

"오리가미?!"

"어……!"

"괘, 괜찮나요?!"

오리가미가 갑작스럽게 쓰러지자, 거실에 모여 있던 정령들이 경악했다. 당연했다. 다른 사람이라면 몰라도, 철의 여인 오리가미가 쓰러지고 말았으니 말이다.

"큭—."

코토리는 숨을 삼킨 후 〈프락시너스〉에 연락하기 위해 핸드폰을 향해 손을 뻗었다. 오리가미가 어떤 상태인지는 알 수 없지만, 배의 의무실로 그녀를 옮기는 편이 응급차를 부르는 것보다 훨씬 나을 것이다.

하지만 코토리의 손가락은 통화 버튼을 누르기 직전에 움직임을 멈췄다.

"……."

이유는 단순했다.

방금 쓰러졌던 오리가미가 아무 일도 없었다는 듯이 몸을 일으켰기 때문이다.

"오리가미……? 억지로 몸을 일으키면 안 돼! 잘못되기라도 하면 어쩌려고 그래!"

코토리는 허둥지둥 오리가미에게 말을 걸었다. 하지만 아까만 해도 몸이 안 좋아보이던 오리가미는 고개를 힘차게 내저었다.

그리고 코토리의 눈을 지그시 쳐다보며 입을 열었다.

"이제 괜찮아요. 걱정을 끼쳐서 죄송해요."

아까와는 명백하게 다른 말투로 말이다.

"……."

그 말을 들은 순간, 코토리의 볼을 타고 땀방울이 흘러내렸다.

"오, 오리가미?"

"예. 왜 그러세요?"

"저기 말이야. 너, 오리가미 맞지?"

"예? 물론이죠. 무슨 소리를 하는 거예요?"

오리가미는 그렇게 말하면서 쓴웃음을 지었다. 생기가 넘치는 그녀의 표정을 본 정령들이 온몸을 부르르 떨었다.

"히, 히익……!"

"전율. 열이 나는 건가요? 설마 마스터 오리가미의 뇌가 이미……."

"누, 누가~! 오리가미 양을~! 오리가미 양을 구해 주세요 오오오오!"

"여러분이 저를 어떻게 생각하는지 알 것 같네요……."

그녀들이 과장스러운 리액션을 선보이자, 오리가미는 쓴웃음을 지었다.

하지만 이내 표정을 굳히고 다른 이들을 둘러보면서 입을 열었다.

"뭐…… 좋아요. 그것보다 여러분, 방금 한 말은 진짜인가요? 정말 아무도—『그』를 기억하지 못하는 건가요?"

"어······?"

오리가미의 물음에 코토리가 미간을 찌푸렸다.

"『그』라니······ 혹시 우리 앞에 나타났던 그 정체불명의 남자 말이야?"

오리가미가 『그』라고 말할 사람이라면 방금 정령들이 언급했던 그 남자뿐이다. 코토리는 턱에 손을 대면서 그렇게 말했다.

그러자 오리가미는 힘차게 고개를 끄덕였다.

"보아하니 정말 모르는 것 같군요. 그럼 역시 무쿠로 양이······."

"무쿠로?"

오리가미가 그 이름을 입에 담자, 코토리는 고개를 갸웃거렸다. 처음 듣는 이름이었기 때문이다.

하지만 오리가미는 코토리의 그런 반응을 보고 놀랐는지 눈을 동그랗게 떴다.

"설마 무쿠로 양도 잊은 건가요? 우주에 있었던 정령이에요! 그때, 다 같이 힘을 합쳐 싸웠잖아요!"

"오, 오리가미? 무슨 소리를 하는 거야······?"

코토리가 영문을 모르겠다는 투로 그렇게 말하자, 오리가미는 뭐가 어떻게 된 건지 이해했다는 듯이 쓰디쓴 표정을 지었다.

"……과연, 용의주도하네요.『그』뿐만 아니라, 자신에 관한 기억도『잠근』건가요. 확실히 이러면 자신이 추적당하는 일도 없겠죠……."

오리가미는 잠시 동안 굳은 표정을 지으며 입을 다물더니, 갑자기 나츠미를 향해 고개를 돌렸다.

"저기, 나츠미 양. 물어볼 게 있는데…… 나츠미 양의 〈하니엘〉로 〈미카엘〉을 복제하는 건 가능한가요?"

"뭐……? 저기, 〈미카엘〉이 뭐야? 천사야?"

"예. 만물의 기능을 열고 잠글 수 있는 열쇠의 천사예요."

오리가미가 나츠미를 바라보며 그렇게 말했다. 그러자 나츠미는 그 뜨거운 시선을 피하듯 고개를 돌리며 대답했다.

"……마, 말도 안 되는 소리 하지 마. 나는 그런 거 몰라. 실물이 어떤 건지 알지도 못하는데 복제품을 만들 수 있을 리가 없잖아."

"그렇……군요."

오리가미는 인상을 찡그리고 입가에 손을 댄 채 중얼거렸다.

"……〈하니엘〉까지 봉쇄되고 만 건가요. 대체…… 어떻게 해야……."

"저, 저기, 잠깐만. 무슨 소리를 하는 건지 모르겠거든? 오리가미, 너 대체 무슨 소리를 하는 거야? 무쿠로가 누구야? 그리고『그』라니…… 너, 그 남자를 아는 거야?"

코토리가 당혹스러운 표정을 지으며 물었다. 그러자 오리가미는 코토리의 눈을 지그시 쳐다보며 고개를 끄덕였다.

"예. 여러분도 분명 알고 있을 거예요. 여러분은, 아니, 저희 모두는 그에게— 이츠카 시도 군에게, 구원받았으니까요."

"시도……"

오리가미에게 그 이름을 들은 순간, 코토리는 희미하게 미간을 찌푸렸다. ……들은 적이 있는 듯하면서도 없는 듯한, 그런 묘한 느낌이 들었다. 다른 정령들도 코토리와 비슷한 반응을 보였다.

하지만—

"으……윽……?!"

그 중 딱 한 정령이 아까 전의 오리가미처럼 머리를 감싸쥐며 그 자리에서 몸을 웅크렸다.

"흠흠, 정말 즐겁구나. 나리도 즐거우냐?"

"……그래. 즐거워, 무쿠로."

"후후, 그러하냐."

시도의 대답에 무쿠로는 진심으로 기쁘다는 듯이 미소를 지으며, 움켜쥔 시도의 손을 앞뒤로 흔들었다.

"저기, 나리. 나리는 무쿠를 좋아하느냐?"

"물론이지. 좋아해."

"무쿠로도 마찬가지이니라. 후후…… 행복하구나."

무쿠로는 볼을 희미하게 붉히면서 더욱 진한 미소를 지었다.

"……."

그 구김 없는 표정을 본 시도는 이를 악물었다.

시도는 현재 무쿠로와 손을 잡고 텐구 시 안을 천천히 걷고 있었다. 아무래도 일전의 데이트가 매우 마음에 들었는지 무쿠로는 또 단둘이서 마을을 걷고 싶다고 말한 것이다.

"저기, 저것은 무엇이냐?"

무쿠로는 눈에 들어오는 게 전부 신기한지 몇 걸음 걸을 때마다 눈을 반짝이며 시도에게 말을 걸었다. 시도는 그때마다 무쿠로에게 상냥한 목소리로 말을 건넸다.

─하지만 시도 또한 아무 생각 없이 무쿠로의 뜻에 따르고 있는 것은 아니었다.

몇 시간 전, 〈하니엘〉이 무력화된 시도는 필사적으로 무쿠로를 설득하려 했다.

확실히 시도는 무쿠로를 좋아하지만, 다른 이들 또한 소중히 생각하고 있다. 그러니 다른 이들을 원래대로 되돌려 달라고 말한 것이다.

하지만 무쿠로는 시도의 말에 따르지 않았다. 게다가 그녀는 악의를 가지고 있는 게 아니었다. 시도가 무쿠로를 좋아한다면 다른 여자는 필요 없을 것이다. 그리고 시도가 솔직해지지 못하는 것은 다른 여자애들이 존재하기 때문이다. 무쿠로는 그런 말도 안 되는 가치관을 가지고 있었다.

그렇다. 무쿠로는 순진무구하기 그지없었다.

그저 그녀의 의지가 시도가 원치 않는 방향으로 향하고 있을 뿐이었다.

"……"

하지만 그렇다고 해서 시도 또한 체념한 것은 아니었다.

확실히 상황은 좋지 않았다. 실질적으로 시도에게는 현재 아군이 한 명도 없으며, 이 상황을 타파할 수 있는 〈하니엘〉 또한 무쿠로에 의해 『잠기고』 말았다.

그러나 시도에게는 이 상황을 뒤집을 수단이 딱 하나 남아있었다. 시도는 아무 말 없이 자신의 입술을 매만졌다.

―입맞춤을 통한 영력의 봉인.

시도만이 지닌 정체불명의 특수능력이자, 시도 일행의 목적이었다.

무쿠로의 마음을 열어서 자신에게 반하게 만든 후, 키스를 한다. 그럼 무쿠로의 힘이 봉인되면서 〈미카엘〉에 의해 『잠긴』 기억 또한 되돌아올 것이다.

하지만 그렇다고 해서 이 방법에 아무런 문제도 없는 것은 아니다.

첫 번째 문제는 무쿠로의 호감도를 알 수 없다는 점이다. 보아하니 무쿠로는 시도를 따르고 있다. 하지만 시도는 〈라타토스크〉의 지원을 받을 수 없기에 무쿠로의 호감도를 봉인이 가능할 수준만큼 높였는지 알 수가 없었다.

그렇다면 함부로 행동할 수는 없다. 왜냐면 무쿠로에게는 〈미카엘〉이 있는 것이다. 시도가 무엇을 노리는지 알게 된다면, 〈하니엘〉의 힘을 『잠근』 것처럼 영력을 봉인하는 시도의 힘마저도 『잠글지도』 모르는 것이다.

만물을 『잠글 수 있는』 천사와 영력을 봉인하는 힘. 어느 쪽이 더 뛰어난지는 알 수 없지만, 만약 영력이 『잠긴다면』 시도에게는 그 어떤 방법도 남아있지 않게 된다. 그러니 함부로 시도할 수가 없는 것이다.

게다가―.

"……무쿠로. 너는, 왜……."

무쿠로가 병적일 정도로 시도를 독점하려 하는 이유, 그리고 자신의 마음을 잠근 채 아무도 없는 우주를 떠돌아다닌 이유. 그것을 알지 못하는 이상, 설령 영력의 봉인을 성공하더라도 근본적인 문제는 해결되지 않을 것 같은 느낌이 들었다.

"음?"

무쿠로는 시도가 반쯤 무의식적으로 한 말을 듣고 고개를 갸웃거렸다.

"너는 왜 이렇게까지 하는 거야? ……내가 너와 『비슷』하다고 했었지? 그게 대체 무슨 뜻이야?"

"왠지 그렇게 느껴졌을 뿐이니라. ……뭐, 굳이 따지자
면……."

무쿠로는 손가락을 턱에 대면서 말을 이었다.

"나리가 무쿠를 안은 채 지상으로 추락한 후부터 묘한 꿈
을 꾸게 되었지. 그래서 나리가 묘하게 신경 쓰였느니라."

"꿈?"

"음. ……그 꿈에 나리가 나온 것은 아니니라. 그건 그저
안타까운 꿈이었지. 철이 들었을 때부터 외톨이였던 어린애
가 가족을 얻게 되는 꿈이었느니라. ……그리고 그 꿈을 꾸
며 느낀 슬픔을 마음에 품은 채 잠에서 깨어난 순간…… 어
찌된 영문인지 무쿠는 나리가 보고 싶다고 생각했느니라."

"뭐—."

시도는 무쿠로의 말을 듣고 미간을 찌푸렸다.

그럴 만도 했다. 왜냐면 그 꿈은—.

"이츠카 군……!"

바로 그 순간, 마치 시도의 생각을 방해하려는 것처럼 등
뒤에서 그의 이름을 부르는 목소리가 들려왔다.

"……어?!"

시도는 경악하여 눈을 치켜뜨며 뒤돌아보았다.

그가 경악한 이유는 두 가지였다. 하나는 단순히 시도가
어제부터 무쿠로 이외의 누군가에게 이름으로 불린 적이 없
기 때문이다. 시도의 지인들은 하나같이 무쿠로에 의해 기

억이 『잠겼으니』, 자신을 기억하는 사람이 없을 거라고 생각했다.

그리고 또 하나의 이유는— 그 목소리가 귀에 익었던 것이다.

"오, 오리가미?!"

등 뒤를 돌아본 시도는 그곳에 있는 소녀의 모습을 보고 무심코 그렇게 외쳤다. 그렇다. 시도의 이름을 말한 사람은 그의 클래스메이트이자 정령인 토비이치 오리가미였던 것이다.

하지만 오리가미는 어제 교실에서 시도를 보고도 그를 기억하지 못한다고 말했다. 대체 어떻게 〈미카엘〉의 힘에서 벗어난 것일까—.

"—어, 잠깐만……."

그 순간, 시도는 깨달았다.

오리가미가 시도를 「시도」가 아니라 「이츠카 군」이라고 불렀다는 사실을 말이다.

그리고 지금 시도의 눈앞에 있는 소녀가 몸에 두른 분위기는 토비이치 오리가미라고 하기에는 온화할 뿐만 아니라, 지나치게 부드러웠다.

"호, 혹시……『이 세계』의……?!"

시도는 눈을 동그랗게 뜨면서 그렇게 외쳤다.

"으, 응……. 오래간만이야— 라고 말하는 것도 좀 이상하려나?『나』는 쭉 이츠카 군과 만나고 있었잖아."

오리가미는 쓴웃음을 흘리면서 그렇게 말했다.

오리가미답지 않은 그 미소를 본 순간, 시도는 확신했다.

—지금 눈앞에 있는 이는 오리가미지만, 오리가미가 아니다.

과거에 시도는 천사의 힘을 빌려 시간을 거슬러 올라간 후, 역사를 바꿨다.

오리가미의 안에는 『원래 세계를 살아온 오리가미』와 『새로운 세계를 살아온 오리가미』, 이렇게 두 오리가미가 존재하는 것이다.

하지만 인격이 깔끔하게 나눠졌다기보다, 두 오리가미가 뒤섞여 새로운 오리가미가 탄생한 듯한 느낌이었는데⋯⋯ 지금 눈앞에 있는 이는 역사가 바뀐 후에 만났던 오리가미였다.

하지만 지금은 그런 것보다 신경 쓰이는 점이 있었다. 시도는 흥분을 억누르면서 물었다.

"오리가미⋯⋯ 너, 나를 기억하는 거야?"

"물론이지. —겉의 『내』 기억에는 자물쇠가 채워졌지만 말이야. 아, 정확하게는 기억을 끄집어내는 채널이 잠긴 것에 가까울 거야."

"⋯⋯윽!"

시도는 오리가미의 말을 듣고 숨을 삼켰다.

하지만 확실히 다행이기는 했다. 고립무원이나 다름없는 상황이었던 시도의 앞에 자신을 아는 사람이 나타났다. 그 사실이 불안감에 짓눌려 그대로 으스러질 것만 같던 시도의 마음을 북돋아줬다.

하지만— 사태는 그렇게 간단히 호전되지 않았다.

"……흐음?"

시도의 옆에 서있던 무쿠로가 의아한 표정을 지으면서 오리가미를 올려다보았다.

"그대는…… 시도와 함께 있던 여자이지 않느냐. 이상하구나. 그대의 기억도 분명 잠갔을 텐데……."

무쿠로는 언짢은 듯이 한숨을 내쉰 후, 오른손을 앞으로 내밀었다.

"—뭐, 좋다. 어떻게 〈미카엘〉로 잠갔던 기억을 연 것인지 모르겠다만, 다시 한 번 『잠그면』 될 테니까 말이야."

그리고 찬란히 빛나는 열쇠를 허공에 현현시켰다.

"……윽! 무쿠로!"

시도는 무심코 고함을 질렀다. 그럴 만도 했다. 겨우 자신을 기억하는 이와 만났는데, 무쿠로가 또 기억을 『잠그게』 둘 수는 없다.

하지만—.

"안 돼요!"

오리가미는 시도와는 다른 의도를 지닌 고함을 질렀다.

"이런 곳에서 천사를 현현시켰다간— **그 사람**에게 발각되고 말 거예요……!"

"뭐?"

"그 사람……?"

오리가미가 그렇게 말하자, 무쿠로와 시도는 동시에 고개를 갸웃거렸다.

그리고 다음 순간…….

"─흥."

뒤쪽에서 발소리가 들리더니, 누군가의 목소리가 시도의 귓속으로 스며들었다.

시도는 그 소리에 이끌리듯 뒤쪽을 돌아보며 고개를 들어올렸다.

그러자 팔짱을 낀 채 가로등 위에 서있는 한 소녀의 모습이 눈에 들어왔다.

바람에 흩날리는 긴 머리카락은 깊디깊은 밤과 같은 색깔을 띠고 있었다. 수정처럼 몽환적인 빛을 띤 두 눈은 조용히 시도 일행을 내려다보고 있었다. 그런 그녀가 몸에 두른 것은 어둠을 응축한 듯한 칠흑빛 영장이었다. 해가 진다면 그녀는 밤하늘에 그대로 녹아들리라.

"어─."

찬란히 빛나는 태양을 등지고 당당하게 서있는 그 소녀의 모습을 본 순간, 시도는 눈을 크게 떴다.

하지만 시도는 소녀의 기묘한 모습을 보고 놀란 것이 아니었다.

—소녀의 모습이 눈에 익었기에, 시도는 이렇게 놀란 것이다.

"여기 있었느냐, 여자. ……음? 희한한 자들과 같이 있구나. 정령에— 흥, **그때** 그 남자인가. 마침 잘 됐다. 한꺼번에 잿더미로 만들어주마."

얼음처럼 차가운 눈빛을 띤 토카가 사형선고를 내리듯 그렇게 말했다.

제9장 망각의 저편에서

　—반전이라는 현상에 대해서는 밝혀지지 않은 부분이 많다.

　예전에 처음으로 반전체를 본 시도에게, 코토리는 반전에 대해 이렇게 설명했다.

　정령이 절망한 순간 발생하는 세피라의 속성 변화. 영력치가 마이너스를 가리키며 전혀 다른 종류의 힘으로 변모하는 현상.

　시도는 이 현상을 일으킨 정령을 세 명 봤다.

　한 명은 오리가미. 어릴 시절, 반드시 복수하겠다며 맹세했던 부모님의 원수가 시간 역행을 통해 과거로 거슬러 올라간 자기 자신이라는 사실을 안 그녀는 깊은 절망에 빠지며 반전하고 말았다.

　다른 한 명은 니아. 오랫동안 DEM에서 싱상을 초월하는 고문을 받았던 그녀는 당시의 기억이 되살아난 순간, 반전하고 말았다.

그리고— 마지막 한 명.

그 한 명이 지금, 시도의 눈앞에 서 있었다.

"토, 카……."

시도는 소녀의 이름을 입에 담았다. 하지만 그 행동에 어느 정도의 의미가 있는지는 알 수 없었다.

왜냐하면 그녀는 그 이름이 자신을 가리킨다는 사실을 인식하지 못했던 것이다.

작년 9월의 일이다. DEM인더스트리 일본지사에서 벌어진 전투에서 시도는 위저드인 엘렌 메이저스에게 치명상을 입었다.

시도는 치유의 불꽃 덕분에 목숨을 건졌지만, 그 광경을 본 토카는 절망에 빠지며 세피라를 반전시키고 말았다.

그때 나타난 이가 바로 지금 가로등 위에서 시도 일행을 내려다보고 있는 『검은 토카』였다.

토카와 같은 얼굴을 지녔고, 토카와 같은 목소리로 말하지만— 토카와는 별개의 『무언가』.

강대한 마왕의 힘을 휘두르는 반전 정령이 지금 이 자리에 있었다.

"어, 어째서 토카가 반전을 한 거지……?"

긴장과 당황이 머릿속에서 소용돌이를 치고 있는 가운데, 시도는 겨우 목소리를 쥐어짜냈다.

반전을 했다는 것은 토카가 깊은 절망을 맛봤다는 것을 뜻했다. 그야말로 시도가 죽었을 때와 버금갈 정도의 절망을 말이다. 대체 시도가 없는 사이, 그녀에게 무슨 일이 일어난 것일까—.

하지만 시도의 생각은 중단됐다.

이유는 지극히 단순명쾌했다. 가로등 위에 서있던 토카가 오른손을 옆으로 내밀자, 칠흑빛 입자가 모여들면서 검을 형성했기 때문이다.

"윽! 〈포학공(暴虐公)〉……?!"

나헤마

시도는 숨을 삼켰다. 마왕 〈나헤마〉. ……〈산달폰〉과 한 쌍을 이루며, 강력하기 그지없는 파괴력을 지닌 검이다.

저런 것을 마을 한가운데에서 휘둘렀다간, 엄청난 피해가 발생할지도 모른다. 시도는 비명에 가까운 고함을 질렀다.

"멈춰, 토카! 이런데서—."

"시끄럽다. 꺼져라."

토카는 들을 가치가 없다는 듯이 냉혹한 눈빛으로 시도 일행을 향해 〈나헤마〉를 휘둘렀다.

검은 빛이라고 표현할 수밖에 없는 초승달 모양의 일격이 시도 일행을 향해 날아왔다.

"우, 우와아앗?!"

느닷없이 벌어진 일에 시도는 무심코 몸을 웅크렸다.

하지만 다음 순간—.

"―【라타이브】!"

시도의 옆에 있던 무쿠로가 〈미카엘〉을 치켜들자, 허공에 생겨난 거대한 『문』이 시도 일행을 향해 날아오던 토카의 공격을 흡수했다. 하지만 『문』의 효과범위에서 벗어난 여파가 지면을 도려내며 아스팔트로 된 포장도로에 거대한 흉터를 남겼다.

"우왓?!"

"무, 무슨 일이야?!"

갑자기 폭발음이 주위에 울려 퍼지자, 주위를 걷고 있던 통행인들이 비명을 질렀다.

하지만 그런 어중이떠중이에게는 관심이 없는지 토기는 자신이 날린 공격을 무력화시킨 무쿠로를 날카로운 눈길로 쳐다보았다.

"네 녀석. 이 몸의 일격을 막아내다니, 각오는 되어 있겠지?"

"그건 무쿠가 할 말이니라. 뭘 하려고 무쿠의 앞에 나타난 게냐. 그대들의 기억은 〈미카엘〉로 『잠갔을』 터. 무쿠와 나리 사이를 방해하려 든다면 용서하지 않겠노라."

무쿠로는 언짢다는 듯이 표정을 일그러뜨렸다. 그러자 토카의 눈썹이 흔들렸다.

"―좋다. 방금 그 일격에 죽지 않은 것을 후회하게 만들어주마."

토카는 그렇게 말하더니, 가로등을 박차며 지면에 내려섰다. 그리고 〈나헤마〉를 천천히 들어 올리며 시도 일행을 향해 다가왔다.

"으음……."

무쿠로 또한 눈앞에 있는 반전 정령이 위협적인 존재라는 사실을 눈치챈 것 같았다. 토카에게서 눈을 떼지 않은 채자세를 낮추더니, 〈미카엘〉을 창처럼 치켜들었다.

그야말로 일촉즉발의 상황이었다. 두 사람 사이의 공간이가시 돋친 듯한 긴박감에 휩싸이자, 시도는 무심코 한 걸음물러섰다.

"큭……."

하지만 이대로 저 두 사람을 내버려둘 수는 없었다. 토카와 무쿠로가 전력을 다해 싸웠다간 이 마을이 순식간에 초토화될 것이다.

하지만 전투태세를 취한 두 정령을 휘감은 긴장감은 눈에보이지 않는 벽처럼 타인의 침입을 막고 있었다. 위저드의테리터리처럼 진짜로 벽이 형성된 것은 아니다. 하지만 두사람 사이에 끼어든 순간, 인간이라는 왜소한 존재는 순식간에 이 세상에서 지워지고 말 것이라는 본능적인 공포가시도의 두 발이 지면에서 떨어지는 것을 막았다.

평범한 인간은 저 두 사람의 격돌을 막는 것은 고사하고, 끼어드는 것도 불가능하리라.

하지만 그렇다고 해서 이대로 두고 볼 수만은 없었다. 시도는 각오를 다지면서 걸음을 내디뎠다.

하지만 바로 그때, 시도를 말리듯 누군가가 그의 어깨에 손을 얹었다. ─오리가미였다.

"이츠카 군. 나만 믿어. 나한테…… 좋은 생각이 있어."

"뭐……? 하, 하지만……."

시도는 말리려고 했지만, 오리가미는 이미 마음을 굳게 먹은 것 같았다. 그녀는 긴장한 표정으로 무쿠로와 토카 사이에 끼어들었다.

"─잠깐만요!"

"뭐하는 게냐."

"방해하려는 것이냐?"

"히, 히익……!"

방금까지 용감한 표정을 짓고 있던 오리가미는 무쿠로와 토카의 날카로운 시선을 동시에 받더니 울상을 지으며 어깨를 부르르 떨었다.

하지만 두 발에 힘을 주며 겨우 버텨낸 오리가미는 머뭇거리면서 가녀린 목소리로 말했다.

"저, 저기, 진정하고 제 말 좀 들어보세요. ─무쿠로 양."

"……흐음?"

무쿠로는 오리가미가 자신을 언급하자 미간을 찌푸렸다. 오리가미는 각오를 다진 것처럼 무쿠로의 눈을 똑바로 응시하며 말을 이었다.

"무, 무쿠로 양은 이츠카 군을 좋아하죠? 그래서 이츠카 군을 빼앗으러 온 토카 양을 용서할 수 없는 거죠?"

"……음. 뭐, 간단히 말하자면 그러하니라. 그 용서할 수 없는 대상에 그대 또한 포함되지만 말이다."

무쿠로는 그렇게 말하면서 철컥 하는 소리가 나게 〈미카엘〉을 고쳐 쥐었다. 그러자 오리가미는 허둥지둥 무쿠로를 말렸다.

"그러면 안 돼요! 이츠카 군은 난폭한 짓을 싫어해요! 게, 게다가, 이츠카 군의 사랑을 쟁취할 다른 방법이 있다고요……!"

"……흐음?"

무쿠로는 미심쩍은 표정을 지으며 고개를 갸웃거렸다. 바로 그때, 인내심이 바닥났는지 토카가 걸음을 내디뎠다. 그러자 오리가미는 숨을 삼키며 토카를 향해 고개를 돌렸다.

"토, 토카 양도 진정하세요! 토카 양의 목적은 뭐죠……?"

"토카— 그게 내 이름인 것이냐? ……뭐, 좋다. 내 목적이야 뻔하지 않으냐. 나는 일전에 저 남자 때문에 쓴맛을 톡톡히 봤다. 그걸 설욕하지 않으면 분이 풀리지 않을 것이다. 네 녀석과 열쇠의 정령 따위는 안중에도 없지만, 나를 방해하려 한다면 용서치 않겠다."

토카가 살의가 듬뿍 담긴 말을 입에 담자, 오리가미의 이마에 땀방울이 맺혔다. 하지만 그 발언에서 신경 쓰이는 점이 있는지, 머뭇거리면서 말을 이었다.

"이츠카 군 때문에 쓴맛을…… 혹시 DEM 일본지사에서 당신이 현현했을 때 말인가요……."

"장소는 모른다. 하지만 참기 힘든 굴욕을 맛본 것은 똑똑히 기억하고 있지."

"……저도 당시에 있었던 일을 들어서 알고 있어요. 확실히 당신은 그때 이츠카 군에게 겼을지도 모르—"

오리가미가 말을 끝까지 잇기도 전에 토카가 〈나헤마〉를 휘둘렀다. 칠흑빛 칼날이 오리가미의 볼을 스치고 지나가더니 그대로 지면에 상처를 냈다.

"히익!"

"말조심해라. 누가, 누구에게, 겼다고?"

"죄, 죄송해요. 표현에 문제가 있었네요……! 일전에 토카 양이 이츠카 군과 대치했을 때, 어디까지나 불가항력으로 우연히 불쾌한 일을 경험했을지도 모르지만……."

"……흥."

토카는 언짢다는 듯한 표정을 지으며 코웃음을 쳤다. 하지만 방금 그 표현은 세이프인 것 같았기에 오리가미는 약간 안도하면서 말을 이었다.

"잘 생각해 보세요. 당시에 이츠카 군이 당신을 향해 검을 휘둘렀나요? 당신은 그의 힘에 굴복했나요?"

"헛소리하지 마라. 그런 일이 일어날 리가 없지 않느냐."

토카의 표정이 약간 험악해졌다. 오리가미는 그런 토카를 달래듯 두 손을 펼치면서 말을 이었다.

"그, 그래요! 바로 그 점이라고요!"

"……뭐?"

"단순하게 힘만으로 본다면 이츠카 군은 토카 양의 상대가 못돼요! 하지만 결과적으로 보자면 이츠카 군은 지지 않았죠……! 그러니 지금 이츠카 군을 힘으로 쓰러뜨리더라도, 진짜로 이츠카 군에게 이겼다고 할 수 있을까요……?! 오히려 이 상황에서 악수를 둔다면 설욕을 할 기회를 잃어버리지 않을까요?!"

"……."

오리가미가 그렇게 말하자, 토카는 잠시 동안 생각에 잠기듯 눈을 가늘게 떴다.

"그렇다면 어떻게 해야 이 남자에게 굴욕을 안겨줄 수 있는 것이냐."

"그건…… 마, 마음이에요! 마음을 굴복시키는 것이야말로 진정한 승리라고 할 수 있을 거예요!"

"……어, 어이~, 오리가미~?"

오리가미는 저 두 사람을 설득하려는 것 같지만, 왠지 점점 그 방향성이 이상해지고 있는 것 같았다. 결국 걱정이 된 시도가 그녀에게 말을 걸었다.

하지만 전투태세를 취한 두 정령 사이에 끼인 오리가미에게는 시도를 신경 쓸 여유가 없었다. 얼굴이 진땀으로 범벅이 된 오리가미는 당황한 목소리로 두 사람의 반응을 살폈다.

그때, 무쿠로와 토카가 거의 동시에 고개를 갸웃거리며 오리가미에게 질문을 던졌다.

"그럼 어찌하면 이 오만불손한 여자에게서 나리의 사랑을 쟁취할 수 있는 게냐?"

"대답해라. 이 남자의 마음을 굴복시키려면 어떻게 하면 되지?"

"여, 여러분이 목적을 달성할 수 있을 뿐만 아니라, 승패의 판가름도 확실하게 낼 방법이 있어요……!"

"흐음?"

"호오."

두 사람은 흥미롭다는 반응을 보였다.

오리가미는 과장스럽게 한 손을 들어 올리더니, 그 손으로 시도를 가리키며 말했다.

"이츠카 군의 입술을 빼앗은 사람의 승리……인 걸로 하면 어떨까요?"

오리가미가 절박한 목소리로 그렇게 말하자…….

"…………뭐어?!"

몇 초 후, 시도는 새된 목소리로 그렇게 외쳤다.

물론 시도만 그런 것은 아니었다. 토카 또한 미심쩍은 눈빛으로 오리가미를 쳐다보았다.

"무슨 소리를 하는 것이냐. 나를 놀리는 것이냐?"

"그, 그럴 리가 없잖아요. ……혹시 겁먹은 건가요? 정령 이나 되시는 분께서어어엇?!"

오리가미의 목소리가 갑자기 잦아들었다.

이유는 지극히 단순했다. 토카가 휘두른 〈나헤마〉가 오리 가미의 코앞을 스치고 지나간 것이다.

"말조심하라고 내가 말했을 텐데?"

"죄, 죄송해요……."

오리가미는 다리를 부들부들 떨면서 대답했다.

하지만 토카는 〈나헤마〉를 쥔 손을 내리더니, 다른 한 손 을 턱에 대며 잠시 동안 생각에 잠겼다.

"흥. 하지만 일전에 이 세계에 나타났을 때, 저 남자는 나 에게 그런 짓을 했었지. ─확실히 그때는 제대로 한 방 먹었 다. ……그때 당했던 방법으로 앙갚음을 하는 것도 재미있 을 것 같구나."

"……뭐?"

토카가 그렇게 말하자, 시도의 눈이 콩알만 해졌다. 그러 자 무쿠로가 불만을 표시하듯 입술을 쭉 내밀었다.

"기다리거라. 멋대로 일을 벌이지 마라. 나리의 입술을…… 빼앗으라고? 무쿠가 그런 승부를 받아들일 것 같으냐?"

"괜찮아요. 토카 양은 어디까지나 이츠카 군의 마음을 굴 복시키는 게 목적이니까요. 무쿠로 양과 이츠카 군이 서로 를 진심으로 좋아한다면 아무런 문제가 없을 거예요. ……

혹시 이길 자신이 없는 건가요? 이츠카 군이 무쿠로 양이 아니라 토카 양을 선택할 거라고 생각하나요?"

"......흠?"

무쿠로는 〈미카엘〉의 끝부분을 오리가미의 배에 쑥 집어넣었다. 그러자 오리가미는 「히익!」 하고 비명을 질렀다.

"뭐, 뭐하는 거예요?! 아프지는 않지만, 뭔가! 뭔가......!"

"그 입을 다물지 않는다면 잠가버리겠노라. ......하지만 먼저 나리의 입술을 빼앗는다라....... 흠음, 이 여자에게 격의 차이를 알려주기 딱 좋은 수단일지도 모르겠구나."

무쿠로는 오리가미의 배에서 열쇠를 빼면서 그렇게 중얼거렸다.

"뭐, 뭐어?!"

두 사람이 뜻밖의 판단을 내리자, 시도의 얼굴이 경악으로 물들었다. 설마 이 두 사람이 오리가미의 말에 놀아날 거라고는 생각도 못했던 것이다.

시도는 「뭘 어쩌려는 거야......」 라는 의미가 담긴 시선을 오리가미에게 보냈다. 그러자 오리가미는 「이츠카 군, 해냈어!」라고 말하듯 엄지를 치켜들었다. 그리고 그 뒤를 이어 자신의 입술에 매만지면서 가슴을 가볍게 두드리는 듯한 제스처를 취했다.

"그게 무슨...... 잠깐만, 아......."

그 순간, 시도는 오리가미의 의도를 눈치챘다.

그렇다. 오리가미는 고육지책 삼아 별생각 없이 이런 제안을 한 것도, 시도를 희생양으로 삼으려고 한 것도 아니었다.

시도와 키스를 하게 한다— 즉, 무쿠로의 영력을 봉인하거나, 혹은 원래의 토카로 되돌려서 이 상황을 타파하려는 것이다. 오리가미가 엉뚱한 제안을 해서 놀라기는 했지만, 확실히 이 방법이라면—.

바로 그때였다.

"—윽?!"

다음 순간, 시도는 생각을 중단할 수밖에 없었다.

뒤늦게 뇌가 상황을 인식했다. 그리고 방금 본 광경을 머릿속으로 재생해봤다. 발을 내디디며 지면을 박찬 토카. 눈앞에 나타난 그녀의 그림자. 그리고— 눈앞에 펼쳐진 하늘.

그렇다. 토카는 순식간에 시도에게 다가가 멱살을 잡더니, 그대로 그를 쓰러뜨렸다.

"어?! 아?! 잠깐—."

"금방 끝나니 닥치고 있어라."

시도가 당황한 사이, 토카는 쿨하기 그지없는 대사를 입에 담으며 시도의 몸을 들어올렸다.

그리고 냉혹한 빛을 머금은 눈으로 시도를 내려다보며, 그를 향해 입술을 내밀었다. 너무 갑작스러운 일이었기에 시도는 아무 짓도 하지 못했다.

하지만— 시도와 토카의 입술은 닿지 않았다.

두 사람의 입술이 닿기 직전, 토카의 머리를 향해 거대한 열쇠의 끝부분이 날아왔던 것이다.

"그렇게는 안 되느니라!"

무쿠로는 날카로운 시선으로 토카를 노려보았다.

"—흥."

하지만 토카는 몸을 비틀어 그 공격을 피하고 무쿠로를 힐끔 쳐다본 후, 시도의 목을 움켜잡은 채 다른 한손으로 〈나헤마〉를 휘둘렀다.

검은 빛이 뿜어져 나오며 지면이 도려내졌다. 하지만 무쿠로도 가볍게 몸을 비틀어 그 공격을 피하더니, 또 토카를 향해 〈미카엘〉을 내질렀다.

영장조차도 일격에 찢는 〈나헤마〉, 그리고 닿기만 하면 상대의 힘을 봉인할 수 있는 〈미카엘〉. 필살의 위력을 지닌 마왕과 천사가 눈에 보이지 않는 속도로 격돌했다.

그렇다. 토카에게 목을 잡힌 시도의 코앞에서 말이다.

"힉, 히이이이이익?!"

시도의 코에서 몇 밀리미터 떨어진 공간을, 영력이 담긴 칼날과 석장이 연달아 가르고 지나갔다.

시도는 토카에게 목을 잡힌 탓에 도망칠 수가 없었다. 아니— 함부로 움직였다간 몸통과 분리된 머리가 넓디넓은 하늘을 날아다니게 될 가능성도 있었다.

"—하앗!"

"흐읍—!"

게다가 검과 지팡이가 폭풍우를 자아내는 와중에도, 토카와 무쿠로는 집요하게 시도의 입술을 노렸다. 필연적으로 시도의 몸은 목덜미를 기점으로 삼아 쿵푸 스타가 휘두르는 쌍절곤처럼 휘둘러졌다. 그러자 엄청난 중력이 몸에 가해지며 점점 의식이 멀어졌다.

"잠깐…… 스톱! 두 사람 다 멈추세요!"

시도가 기절하기 직전, 오리가미가 그렇게 외쳤다.

"이, 이러면 안 돼요! 목적이 키스더라도, 강제로 해서야 의미가 없단 말이에요!"

"……음?"

"……흐음."

오리가미의 말에 토카와 무쿠로는 당혹스럽다는 듯이 미간을 찌푸렸다. 그리고 두 사람이 느닷없이 전투를 멈추자, 시도의 몸은 철푸덕! 하는 소리를 내며 지면에 내동댕이쳐졌다.

"으윽!"

시도의 목에서 고통에 찬 신음이 흘러나왔다. 오리가미는 걱정 섞인 신음을, 그리고 무쿠로는 토카를 향한 적의가 어린 신음을 흘렸다.

하지만 시도의 목을 움켜쥔 토카는 전혀 개의치 않는다는 듯이 오리가미를 향해 고개를 돌렸다.

"그러면 뭘 어쩌면 되는 것이냐?"

그리고 오리가미를 똑바로 쳐다보며 물었다.

"……음."

무쿠로도 그게 신경이 쓰인 것 같았다. 그녀는 토카를 향하던 가시 돋친 시선으로 오리가미를 쳐다보았다.

오리가미는 두 정령에게 주목을 받자, 진땀을 줄줄 흘리면서 당황한 목소리로 말했다.

"예? 으음, 예…… 예를 들자면……."

―그리고 약 한 시간 후.

"아~ 를 해주지. 입을 벌려라. 안 벌리면 볼에 바람구멍을 내주마."

"나리, 저런 기괴한 여자의 말에 귀를 기울일 필요는 없느니라. 언동만 봐도 제정신이 아닌 건 명백하니까 말이다. 자, 저딴 여자 말고 무쿠 쪽을 쳐다보거라."

"네 녀석, 방금 뭐라고 했지?"

"못 들었느냐? 그럼 한 번 더 말해주겠노라."

"……으, 으음."

시도는 아까와는 다른 종류의 압박감을 느끼고 있었다.

그들은 아까 두 사람이 날뛰었던 장소에서 한참 떨어진

곳에 있는 카페에 있었다. 그런 소동을 일으켜놓고 근처에서 느긋하게 차를 마시는 건 무리니까 말이다.

아니…… 『느긋하게』라는 표현에도 어폐가 있을 것이다. 그도 그럴 것이, 현재 시도는 왼쪽에 앉은 토카, 오른쪽에 앉은 무쿠로 사이에 끼인 채 포크에 꽂힌 딸기를 먹으라는 강요를 두 사람에게서 집요하게 당하고 있었다.

일단 시도의 필사적인 설득 덕분에 토카는 영장 대신 평범한 옷을 걸치기는 했지만— 그렇다고 해서 위압감이 옅어지지는 않았다.

게다가…… 어찌된 영문인지, 오리가미가 안내한 이 카페는 평범한 카페와 분위기가 달랐다.

"어서 오세요, 주인님~!"

"다녀오세요, 주인님!"

프릴이 달린 앞치마를 착용한 귀여운 점원들이 손님들을 마중하거나 배웅하며 그렇게 말하고 있었다.

그렇다. 이곳은 메이드 옷차림의 여자아이들이 접객을 하는, 메이드 카페라는 곳이었다. ……시도도 피치 못할 사정 때문에 이런 가게에서 일을 해본 적이 있기 때문에 이곳의 운영 형태는 알고 있었다.

"……저기, 오리가미. 왜 이 가게를 고른 거야?"

"……미, 미안해. 여기라면 눈에 띄지 않을 것 같아서……."

시도가 작은 목소리로 묻자, 맞은편에 앉아있던 오리가미가 미안해하는 듯한 목소리로 그렇게 대답했다.

그렇다. 이 가게를 고른 사람은 오리가미…… 아니, 이 상황을 초래한 사람이 바로 오리가미였다.

이유는 단순하다. 아까 토카와 무쿠로의 시선을 동시에 받은 오리가미가 당혹스러워하면서 이렇게 말했던 것이다.

「키스를 할 거라면, 역시 데이트를 하며 친밀해져야 하지 않을까요…….」

「그러니까 그 구체적인 방법을 묻는 거다.」

「저, 저도 자세하게는 모르지만…… 저기, 먹을 것을 『아~』 같은 방법으로 먹여주는 건 어떨까요……?」

「흐음. 그러한 게냐. 그럼 그걸 해보도록 할까.」

그런 식으로 이야기가 진행되더니, 시도는 재해 레벨의 힘을 지닌 두 정령 사이에 끼이는 상황에 처하고 말았다.

하지만 뭐랄까…… 두 사람 다 여전히 우격다짐이라고나 할까. 오리가미의 말을 이해하지 못한 것 같았다.

게다가 시도는 아직 이 상황을 제대로 이해하지 못했다. 좌우에 있는 정령들이 딸기가 꽂힌 포크를 내밀고 있는 가운데, 시도는 맞은편에 앉아있는 평소와 인상이 다른 오리가미에게 말을 걸었다.

"……저기, 오리가미, 토카가 왜 반전한 거야……? 그리고 너도…….."

"으음…… 나는 무쿠로 양에게 기억의 채널이 잠긴 탓에,

접근권한이 남아있는 부분— 평소에 그다지 겉으로 드러나지 않는『나』를 표면으로 끄집어냈어. 그리고……."

오리가미는 말을 이으면서 토카 쪽을 힐끔 쳐다보았다.

"토카 양이 반전한 건…… 어디까지나 내 예상인데, 기억의 채널이 잠긴 바람에 이츠카 군을 잃었다는 상실감이 무의식적으로 축적된 게 아닐까? 적어도 그 외에는 토카 양이 절망할 만한 일은 일어나지 않았어."

"그, 그렇구나……."

토카가 절망할 만한 일— 코토리를 비롯한 다른 이들에게 무슨 일이 생긴 것은 아닌 듯 했다. 안심할 만한 상황이 아니라는 것은 알고 있지만, 그래도 시도는 안도의 한숨을 내쉬었다.

하지만 그런 시도를 보고 인내심이 바닥났는지 토카가 그의 머리를 움켜잡았다.

"아까부터 무슨 소리를 지껄이고 있는 것이냐. 잔말 말고 이쪽을 봐라."

"으윽!"

토카가 강제로 고개를 돌리자, 시도의 목에서 비명이 흘러나왔다.

하지만 토카는 그런 시도를 배려하는 것은 고사하고, 그의 입에 딸기가 꽂힌 포크를 억지로 집어넣으려 했다.

하지만 다음 순간, 시도의 입 앞에 조그마한『문』이 생기더니 토카의 포크가 그 안으로 쏙 들어갔다.

"아니……?"

"냐암."

그 뒤를 이어 무쿠로 쪽에서 그런 목소리가 들려왔다. 눈동자만 움직여서 소리가 들린 쪽을 쳐다보니, 무쿠로가 자신의 입 앞에 생긴 『문』에서 튀어나온 딸기를 먹고 있었다.

아무래도 시도의 입에 토카의 딸기가 들어가기 직전, 조그마한 『문』을 공간에 만들어서 그 딸기를 자신의 입가로 이동시킨 것 같았다.

무쿠로는 딸기를 씹어서 삼킨 후, 자신만만한 미소를 지으며 토카를 쳐다보았다.

"어찌된 게냐. 나리에게 『아~』를 해주나 싶더니, 무쿠에게 먹여주다니 말이다. 설마 무쿠의 입술이라도 노리는 게냐?"

"……."

토카는 불쾌하다는 듯이 눈썹을 찌푸렸다. 그리고 다음 순간, 눈에 보이지 않는 속도로 포크를 휘둘렀다.

킹! 하는 소리가 나더니, 무쿠로가 내민 딸기가 포크의 끝부분과 함께 떨어져나갔다.

"음?"

그리고 무쿠로 그 사실을 깨달은 순간, 토카는 입을 벌리더니 포물선을 그리며 떨어지는 딸기를 받아먹었다.

그리고 입을 오물거린 후, 포크의 끝부분을 바닥에 뱉었다. 스테인리스로 된 포크가 땡그랑 하는 소리를 냈다.

"그 말 그대로 돌려주마. 내 앞에서 과일을 무방비하게 내밀고 있는 건, 나에게 그걸 헌상하는 거나 마찬가지다."

"뭐라고⋯⋯?"

무쿠로는 무시무시한 눈빛으로 토카를 쳐다보았다.

바로 그때였다.

"아앙! 아가씨, 이러시면 안 돼요!"

구석자리에서 벌어지는 소동을 눈치챈 메이드 한 명이 시도 일행이 앉아있는 테이블로 왔다.

"⋯⋯네 녀석은 누구냐?"

"⋯⋯흐음. 기괴한 꼬락서니를 하고 있구나."

토카와 무쿠로는 미심쩍은 표정으로 메이드를 쳐다보았다. 메이드는 그 말을 듣고 표정을 희미하게 굳혔지만, 프로답게 영업용 스마일을 지으며 귀여운 동작을 취했다.

"이런 난폭한 짓을 하면 주인님께서 난처해하실 거예요. 더 귀엽게 먹여드리는 게 좋지 않을까요?"

"으음⋯⋯ 뭘 어쩌라는 것이냐."

무쿠로가 묻자, 메이드는 더욱 짙은 미소를 머금었다.

"주인님께서 케이크가 먹고 싶어지게 만드는 비밀의 주문을 가르쳐드릴게요. 이렇게 손을 하트 모양으로 만들고―"

"⋯⋯이렇게 말이냐?"

"흐음."

토카와 무쿠로는 그 메이드를 흉내 내며 손으로 하트 모양을 만들었다. 메이드가 힐끔 쳐다보자, 오리가미도 허둥지둥 따라했다.

"자, 준비됐죠? 자아, 맛있어져라~, 모에모에큥!"

"맛있어져라."

"모에모에큥."

토카는 무표정한 얼굴로, 무쿠로는 당혹스러워하며 메이드의 행동과 말을 따라했다. ……왠지 꽤나 무시무시한 광경이었다.

"예! 완성됐어요! 이걸로 주인님도 케이크가 먹고 싶어졌을 거예요!"

"어? 나, 나 말이야?"

"먹·고·싶·어·졌·죠?"

메이드가 느닷없이 자신을 언급한 탓에 시도가 당황하고 있자, 메이드는 그를 향해 얼굴을 쑥 내밀며 그렇게 말했다.

그녀의 얼굴에는 여전히 영업용 스마일이 어려 있지만, 왠지—「이제 난리 좀 그만 피우라고. 네 여자들이잖아? 목줄 좀 채우란 말이다」라고 말하고 있는 듯한 기묘한 박력이 느껴졌다.

"……아, 예. 와아, 케이크, 먹고, 싶어."

"참 잘했어요! 백점만점이에요!"

메이드는 빙긋 웃으며 그렇게 말한 후, 인사를 하고 돌아갔다.

"—호오. 좋은 걸 배웠구나."

토카는 그런 메이드의 등을 쳐다보며 흥 하고 코웃음을 치더니, 케이크가 놓인 접시를 바닥에 두었다.

"……응? 왜 그래?"

시도는 토카가 왜 저러는지 이해가 되지 않았기에 그렇게 물었다.

그러자 토카는 손으로 하트 모양을 만들더니, 바닥에 놓인 케이크를 향해 뻗었다.

"맛있어져라. 모에모에큥."

그리고 케이크에 주문을 건 다음, 시도의 멱살을 잡고 그대로 아래쪽으로 끌어당겼다.

"우와앗?!"

토카가 엄청난 힘으로 잡아당긴 바람에, 시도는 바닥을 향해 쓰러질 뻔 했다. 하지만 반사적으로 손을 내밀어 네 발로 기는 듯한 자세를 취했다.

"좋아."

토카는 만족스럽다는 듯이 고개를 끄덕이면서 시도의 멱살을 놨다.

그리고 그대로 의자에서 일어선 후 시도의 등에 앉았다. 부드러운 감촉과 적당한 중량감, 그리고 이 자세로부터 형용할 수 없는 배덕적인 감정을 느낀 시도는 무심코 볼을 붉혔다.

"잠깐……?! 토, 토카, 뭐하는 거야?!"

"주문을 걸었으니 이제 먹을 수밖에 없을 텐데? 네 놈에게 허락된 행동은 접시 위에 있는 음식을 걸신들린 듯이 먹는 것뿐이다."

"어, 어이, 토카, 너……."

"말대꾸하지 마라."

"히익!"

토카는 찰싹! 하는 소리가 나게 시도의 엉덩이를 때렸다. 느닷없이 통증이 느껴지자, 시도는 새된 비명을 지르고 말았다.

"자, 개처럼 먹어치워라."

토카는 그렇게 말하면서 시도의 머리를 눌렀다.

그러자 시도의 오른편에 앉아있던 무쿠로가 자리에서 일어나더니, 시도의 앞에서 몸을 웅크렸다.

"정말 상스러운 여자구나. 자, 나리. 무쿠가 먹여주겠노라."

그리고 무쿠로는 그렇게 말한 후, 새 포크로 케이크를 잘라서 자신의 입에 넣었다. 그리고 시도의 볼을 양손으로 잡더니 입맞춤을 하려 했다.

"어, 어이, 무쿠로?!"

무쿠로가 뭘 하려는 것인지 이해한 시도가 무심코 그렇게 외쳤다.

하지만 다음 순간, 시도의 머리가 갑자기 들렸고, 조준이 빗나간 무쿠로의 입술은 시도의 아래턱 언저리에 닿았다.

시도가 얼굴을 들어 올린 것이 아니었다. 무쿠로의 목적을 눈치챈 토카가 시도의 머리카락을 잡아당긴 것이다.

"뭘 하는 게냐. 방해하지 말거라."

"—헛소리 하지 마라. 입맞춤은 먹을 걸 베푼 후에 하기로 했을 텐데?"

"흐음? 무슨 소리를 하는 건지 모르겠구나. 무쿠는 그저 나리에게 케이크를 먹여주려 했을 뿐이니라."

"좋다. 협정을 지키지 않겠다면 그것도 그것대로 좋지. 우선 네 녀석을 해치운 다음에 이 남자를 굴복시키면 될 테니까 말이다."

"그대가 무쿠를 해치우겠다고? 웃기는 소리도 할 줄 아는구나. 광대 짓에 소질이 있는 것 같다만?"

"네 녀석."

토카와 무쿠로의 가시 돋친 시선이 맞부딪치더니, 남들의 눈에 보일 정도로 격렬한 불똥이 튀겼다.

"아가씨잇! 메이드 카페에서 주인님을 의자 삼듯 엉덩이로 깔아뭉개면 어떻게 해요?!"

그리고 아까 그 메이드가 소동을 눈치챘는지 그렇게 외치면서 이쪽으로 왔다.

"뭐냐. 네 녀석도 바닥을 기고 싶은 거냐?"

"토카……?!"

시도와 오리가미는 죄송하다고 외치며 몇 번이나 고개를 숙인 후, 토카와 무쿠로를 데리고 허둥지둥 가게를 빠져나왔다.

◇

"—토카와 오리가미가 어디 있는지 아직 못 찾은 거야?!"

텐구 시 상공 15000미터에 떠있는 공중함 〈프락시너스〉의 함교에서, 함장석에 앉은 코토리가 승무원들을 향해 그렇게 외쳤다.

"예……. 동(東) 텐구 주변에는 없습니다!"

"핸드폰을 두고 갔기 때문에 GPS로 추적할 수도 없어요……!"

함교 하단부에 있는 승무원들이 콘솔을 조작하면서 대답했다. 코토리는 그 말을 듣고 이를 악물었다.

"큭……!"

토카와 오리가미, 두 사람이 코토리의 집에서 모습을 감춘 이후 두 시간 가량 지났다. 두 사람이 모습을 감춘 직후부터 수색을 시작했지만, 아직 그녀들의 행방을 알 수 없었다.

"대체 그 두 사람한테 무슨 일이 생긴 거야……!"

코토리는 인상을 찡그리며 신음하듯 그렇게 말했다.

물론 코토리도 그 두 사람이 그저 외출했을 뿐이라면 이렇게 거창하게 수색을 하지는 않을 것이다. 코토리가 이렇게 초조함을 느끼고 있는 것에는 이유가 있었다.

첫 번째 이유는 바로 오리가미의 변화였다.

느닷없이 인격이 바뀐 것 같던 오리가미를 보고 코토리와 정령들은 다들 놀랐지만— 곰곰이 생각해보니, 코토리는 그 오리가미를 알고 있었다.

그렇다. 역사가 바뀐 후의 『이쪽 세계』에서 살아온 오리가미의 성격이었다. 이유는 모르겠지만, 원래 세계의 오리가미와 뒤섞인 그 인격이 겉으로 드러난—.

"윽……."

거기까지 생각이 미친 코토리는 날카로운 두통을 느끼고 관자놀이를 손가락으로 눌렀다.

역사가 바뀐 중대하기 그지없는 일이 누구에 의해서 일어난 것인지, 그리고 그 믿기지 않는 사실을 어째서 코토리가 당연한 듯이 인식하고 있는 것인지— 생각이 나지 않았다.

"이것도…… 그 남자와 연관이 있는 거야?"

코토리는 일그러진 얼굴을 들면서 중얼거렸다.

오리가미가 입에 담은 이름. 이츠카 시도. 코토리와 같은 성을 지닌 소년.

그 자리에서 오리가미만이 정령들의 앞에 나타났던 그 남자의 이름을 알고 있었다.

그리고— 무쿠로. 우주에 있었다고 하는, 열쇠의 천사를 지닌 정령.

코토리 일행은 그 남자에 대해서도, 무쿠로라는 정령에 대해서도 기억하지 못했다. 그것은 〈프락시너스〉 승무원들도 마찬가지이며, AI인 마리아에게 물어봐도 그런 데이터는 없다고 말했다.

하지만 그런 와중에 토카가 고통스러운지 머리를 감싸 쥐며 몸을 비틀었고— 오리가미와 마찬가지로 이전까지의 토카와는 전혀 다른 표정을 지으며 고개를 들었던 것이다.

토카는 미심쩍어하듯 주위를 둘러보더니, 오리가미를 쳐다보며 이곳은 어디인지 물어보았다. 그리고 칠흑빛 검을 현현시켜 집을 박살낸 후 사라져버렸다.

그렇다. —토카는 반전을 했다.

원인은 아직 알 수 없지만, 토카가 지닌 세피라의 속성이 느닷없이 변환되고 만 것이다.

경보도 울리지 않는 상황에서 반전 정령이 이 도시를 돌아다니고 있다. 그것이 무엇을 의미하는지 상상하는 것은 어렵지 않은데다, 그 이전에 오리가미와 토카에게 무슨 일이 일어난 것인지도 신경 쓰였다. 그리고 그것을 풀 열쇠는 아마도 오리가미가 입에 담은 그 이름—.

"……앗! 사령관님!"

코토리가 그런 생각을 하고 있을 때, 함교 하단부에 있던 〈네일 노커〉 시이자키의 목소리가 들려왔다.

"두 사람의 반응을 발견했습니다!"

"윽! 정말이야?! 영상을 표시할 수 있어?!"

"예! 방금 자율형 카메라를 보냈으니, 곧……."

시이자키가 말을 끝까지 잇기도 전에, 메인 모니터에 영상이 표시되었다.

아무래도 그곳은 시내에 있는 메이드 카페 같았다. 그 가게의 한편에는 코토리의 집에서 사라졌던 토카와 오리가미가 있었다.

아니— 정확하게 말하자면…….

"저 남자…… 그리고, 저 여자애는……."

코토리는 눈썹을 찌푸렸다. 그곳에는 토카와 오리가미 뿐만 아니라, 어제 만났던 남자와 처음 보는 소녀도 있었던 것이다.

게다가 함교에 설치된 스피커에서 경보음이 터져 나왔다.

"어…… 이번에는 또 무슨 일이야?!"

코토리의 말에 답하듯, 서브 모니터에 『MARIA』라는 글자가 표시되었다.

『—영파 반응을 감지했습니다. 토카는 물론이고, 두 사람과 같이 있는 소녀에게서도 매우 강한 영파가 관측되는군요.』

"뭐……?"

코토리는 의아한 표정을 지으면서 모니터에 표시된 소녀를 쳐다보았다. 아담한 체구를 지닌 금발벽안의 소녀였다. 어찌된 영문인지 그녀의 체격— 정확하게는 가슴을 보니 먼 옛날에 느꼈던 견딜 수 없는 굴욕이 되살아난 것 같은 느낌이 들었다. ……전생에 악연으로 얽혀있기라도 한 것일까.

하지만 지금은 그런 것을 신경 쓸 때가 아니었다. 영파가 관측됐다는 것은, 그녀가…….

"정령……이라는 거야? 설마 오리가미가 말했던『무쿠로』?"

『그렇게 생각하는 것이 타당할 것으로 보여요. 같이 있는 소년에게서도 기묘한 파장을 지닌 영파가 관측됩니다.』

"뭐……?!"

마리아의 말에 코토리는 숨을 삼켰다.

"잠깐만 있어봐. 저 남자도 정령이라는 거야?!"

『단언할 수는 없습니다. 일반적인 정령의 영파와는 좀 다르기 때문이죠.』

마리아는 담담하지만 흥미롭다는 듯이 그렇게 말했다.

"대체…… 무슨 일이 일어나고 있는 거야……."

코토리는 긴장한 표정으로 다시 모니터를 쳐다보았다.

모니터 안에는 소년— 시도가 네 발로 바닥을 기는 듯한 자세를 취한 가운데, 토카가 그의 등에 걸터앉았고, 정체불명의 소녀— 무쿠로가 입으로 그에게 케이크를 먹여주려 하고 있었다.

"……진짜로 무슨 일이 일어나고 있는 거냐 말이야……."

코토리는 당혹스러운 표정을 지으며 그렇게 중얼거리더니, 이마에 손을 댔다.

바로 그때, 토카와 무쿠로가 험악한 분위기에 사로잡히더니 일촉즉발의 분위기가 흘렀다.

그러자 오리가미가 끼어들었고, 겸사겸사 시도도 두 사람을 달래더니 다른 장소로 이동했다.

"큭! 뭐, 뭐가 어떻게 된 건지는 모르겠지만, 저대로 둘 수는 없어. 아무튼 저 네 사람을 추적해! 경계 레벨은 최고 엄중 수준으로 설정하고, 언제든 나설 수 있도록 준비를 갖춰!"

"""예!"""

코토리의 지령에 승무원들은 일제히 대답했다.

"…………음."

무쿠로는 걸음을 옮기면서 언짢다는 듯이 한숨을 내쉬었다.

—아까부터 누군가가 바늘로 심장을 찔러대는 것처럼 짜증이 치솟았다.

하지만 그것도 당연했다. 시도와 단둘이 있기 위해 기억을 『잠근』 소녀가 두 명이나 자신의 눈앞에 나타났으니까 말이다.

대체 무슨 일이 일어난 것일까. 〈미카엘〉의 힘은 절대적이다. 토카와 오리가미가 시도를 기억할 리가 없다.

하지만 토카와 오리가미는 무쿠로의 앞에 나타났으며, 시도와 자신의 밀회를 방해하고 있었다. 무쿠로는 그게 너무나도 불쾌했다.

카페에서 나온 후, 무쿠로 일행은 오리가미의 뒤를 따르며 이 마을에 있는 다양한 데이트 장소를 돌아다녔다.

영화관, 게임 센터, 쇼핑몰…… 뭐, 어디서나 토카가 무쿠로와 시도의 키스를 방해하며 찬물을 끼얹었지만 말이다.

무쿠로가 이렇게 화가 난 이유는 바로 그들이 찾아간 곳이 하나같이 시도와 단둘이 갔다면 정말 즐거울 장소였기 때문이다.

토카와 오리가미, 그 두 사람이 존재하는 탓에 무쿠로와 시도의 시간이 점점 줄어들고 있었다. 그 사실이 무쿠로에게 극도의 스트레스를 안겨주고 있었다.

시도는 무쿠로의 것이다. 무쿠로만을 사랑해주는 사람이다. 무쿠로만이 사랑해도 되는 사람인 것이다. 그런 두 사람 사이에 끼어들다니, 절대 용서받을 수 없는 짓이다.

토카와 오리가미에게 얕보이는 것은 싫었기에, 아까까지는 여유로운 태도를 취했다. 하지만 그런 여유도 오래 지속되지는 않았다. 무쿠로의 뱃속은 현재 뜨거운 물처럼 펄펄 끓고 있었다.

이 두 사람이 있기 때문에 자신과 시도의 시간이 줄어들고 있다.

시도가 무쿠로 이외의 누군가에게 말을 걸고, 반응하며, 웃고 있다.

무쿠로를 향해야 할 목소리를, 말을, 미소를, 다른 누군가에게 빼앗기고 있다.

그런 생각이 들자, 무쿠로는 피부를 쥐어뜯고 싶은 충동을 느끼고 말았다.

"······대체 이게 무엇이냔 말이냐."

무쿠로는 남에게 들리지 않을 만큼 작은 목소리로 그렇게 중얼거리면서 엄지손톱을 깨물었다.

마음 같아서는 저 두 사람의 머리에 〈미카엘〉을 찔러 넣고 기억을 잠그고 싶었다.

하지만 오리가미는 몰라도 토카는 여전히 무쿠로를 경계하고 있기 때문에 뜻대로 될 것 같지 않았다. 게다가 이 두 사람이 어떻게 〈미카엘〉의 힘에서 벗어난 것인지도 알지 못했다. 그것을 알아내지 못한 상태에서 다시 기억에 자물쇠를 채웠다간, 그녀들이 또 태연자약하게 무쿠로와 시도 앞에 나타날지도 모른다.

어쩌면 우주에서 시도가 했던 것처럼 〈미카엘〉의 힘을 복제하는 천사가 또 존재할지도 모른다. 그렇다면 저 두 사람이 시도를 떠올린 것도 납득이 되었다.

만약 그게 사실이라면 다른 소녀들의 기억이 여전히 『잠겨』 있다는 게 마음에 걸렸다. 아니, 어쩌면 다들 이미 기억을 되찾았으며, 무쿠로에게서 시도를 빼앗을 작전을 세우고 있을지도…….

"—으, 으음, 그럼 다음은 여기에요."

무쿠로가 그런 생각을 하고 있을 때, 앞장서서 걷고 있던 오리가미가 걸음을 멈추며 그렇게 말했다.

아무래도 무쿠로와 토카가 시도를 차지하기 위해 다툴 다음 전장^{데이트 장소}에 도착한 것 같았다.

무쿠로는 짜증을 내듯 눈썹을 찌푸리면서 오리가미가 가리킨 곳을 쳐다보았고—.

"……윽."

—다음 순간, 숨을 삼켰다.

심장이 두근 하는 소리를 내면서 수축되더니, 호흡이 거칠어졌다.

무쿠로도 자신이 왜 이러는 것인지 알지 못했다. 하지만 오리가미가 가리킨 것을 본 순간, 어찌된 영문인지 가슴이 뛰었다.

그것은 바로—.

첨탑 같은 형태를 한, 커다란 건조물이었다.

"……뭐, 확실히 여기도 데이트 장소이기는 해."

시도는 오리가미가 가리킨 건물을 올려다보면서 그렇게 말했다.

시도 일행의 눈앞에 있는 것은 하늘을 찌를 듯이 높이 솟은 첨탑이었다. ―통칭, 텐구 타워. 30년 전에 일어났던 남(南) 간토 대공재 후, 새롭게 지어진 종합 전파탑이다.

내부에는 전망대가 있으며, 타워 주변에는 다양한 상업 시설이 존재했다. 관광지로도 잘 알려져서 휴일이 되면 커플이나 가족들로 북적인다고 한다.

"……오늘 이렇게 돌아다녀보고 다시 한 번 느낀 건데, 텐구 시에는 별의 별 게 다 있네."

"응. 30년 전의 대공재 때 초토화됐잖아. ……전통적인 마을 풍경 같은 걸 거의 볼 수 없는 대신, 새로운 시설이 많긴 해."

오리가미가 시도의 말에 답하듯 그렇게 말했다.

그러자 팔짱을 끼고 있던 토카가 손가락으로 팔꿈치를 두드리면서 오리가미를 쳐다보았다.

"그런데 이 탑에는 왜 온 것이지?"

"아…… 그게 말이죠. 이 타워의 전망대에서 키스를 한 커플은 행복해진다는 소문, 아니, 속설이 있거든요……. 그러니 이번 승부에 딱 맞는 장소 같아서……."

"한심하구나."

토카는 흥 하고 코웃음을 치더니, 타워를 올려다보듯 고개를 들었다.

"뭐, 좋다. 저 남자의 마음을 꺾을 수만 있다면 장소 따위는 어디든 상관없지. 자, 네놈이 넙죽 엎드릴 장소를 골라봐라."

……아무래도 토카는 여전히 착각에 빠져 있는 것 같았다. 시도와 오리가미는 한순간 서로를 쳐다보았다. 상대의 얼굴에 맺힌 땀이 눈에 들어왔다.

그러는 사이, 토카는 앞장서서 걸음을 옮겼다. 역시 저런 상태의 그녀를 혼자 다니게 하는 것은 너무 위험했다. 그렇게 생각한 시도와 오리가미는 허둥지둥 그녀의 뒤를 따랐다.

"응……?"

그때, 시도는 뒤편을 돌아보았다.

이유는 단순했다. 방금까지 시도에게 찰싹 달라붙어 있던 무쿠로가 그 자리에 못 박힌 것처럼 꼼짝도 않고 서 있었기 때문이다.

"무쿠로? 왜 그래?"

"…………으니라."

"뭐?"

무쿠로가 작은 목소리로 뭐라고 말했다. 시도는 고개를 갸웃거리면서 되물었다.

"……싫으니라. 가고 싶지 않다. 여기는…… 싫으니라."

"무쿠로……?"

무쿠로에게서 범상치 않은 분위기를 느낀 시도가 무심코 눈썹을 찌푸렸다.

지금까지— 토카와 오리가미가 나타났을 때에도 그다지 동요하지 않았던 무쿠로의 낯빛이 확연하게 달라졌다. 아니…… 겁을 먹었다고 해도 과언이 아니었다.

　"어, 어이, 무쿠로, 괜찮아?"

　시도는 무쿠로가 걱정된 나머지 그녀의 얼굴을 들여다보았다. 앞장을 서고 있던 토카와 오리가미도 상황을 눈치챘는지 걸음을 멈추고 뒤를 돌아보았다.

　"무슨 일이냐?"

　"어, 무쿠로 양?"

　시도는 희미하게 떨고 있는 무쿠로의 어깨에 손을 얹으면서 오리가미와 토카를 쳐다보았다.

　"잘 모르겠지만, 무쿠로는 이곳을 싫어하는 것 같아. 다른 장소로 변경하면 안 될까?"

　"그래? 으음, 그럼 딴 곳을—."

　"그럼 패배를 인정하는 걸로 여겨도 되겠지?"

　토카가 오리가미의 말을 끊고 차가운 목소리로 그렇게 말했다. 그 순간, 시도가 손을 얹어둔 무쿠로의 어깨가 희미하게 움찔했다.

　"나는 아무래도 상관없다. 어차피 네 녀석과는 겸사겸사 승부를 한 것이니까 말이다. 내가 저 남자를 굴복시키는 광경을 입 다물고 지켜보기나 해라."

　"……큭, 헛소리…… 하지 말거라."

무쿠로는 날카로운 시선으로 토카를 올려보나 싶더니, 그대로 천천히 한 걸음씩 내디디며 앞으로 나아갔다.

"어, 어이, 무쿠로. 무리하지 마."

"······괜찮으니라. 나리를 저딴 여자에게 넘겨줄 수야 없지."

얼굴이 창백해진 무쿠로는 그렇게 말하면서 단호하게 걸음을 내디뎠다.

시도와 오리가미는 걱정스러운 표정으로 서로를 쳐다보았지만, 말리는 건 어려워 보였다. 결국 두 사람은 무쿠로와 함께 토카의 뒤를 따랐다.

그들은 타워 하단부에 있는 건물에 들어가서 티켓을 산 다음, 엘리베이터를 타고 전망대로 올라갔다.

그 동안에도 무쿠로의 안색은 여전히 좋지 않았다. ······ 대체 왜 저러는 걸까.

엘리베이터는 곧 목적지인 전망대에 도착했다. 시도는 발걸음이 무거워진 무쿠로의 손을 살며시 잡아끌며 엘리베이터에서 내렸다.

전망대 안은 꽤 넓었다. 대형 엘리베이터를 둘러싸듯 유리로 된 공간이 펼쳐져 있었다. 기념품을 파는 가게와 조그마한 카페, 그리고 연애 성취의 신을 모신 간이 사당도 있었다. 확실히 전망대라고 해서 단순히 경치를 즐기기만 하는 장소는 아닌 것 같았다.

"호오."

토카는 작은 목소리로 그렇게 말하더니, 마을의 경치가 한눈에 들어오는 창가를 향해 걸어갔다. 오리가미는 허둥지둥 그런 토카의 뒤를 쫓아갔다.

하지만 그런 토카와 달리, 무쿠로의 상태는 점점 악화되었다.

"무쿠로, 괜찮아?"

"……음, 괜찮으니라."

무쿠로는 천천히 고개를 끄덕이더니, 일부러 등을 꼿꼿이 펴면서 걸음을 옮겼다. 하지만 시도는 그녀가 허세를 부리고 있는 것처럼 보였다.

"저기, 무쿠로. 왜 그러는 거야? 혹시 높은 곳을 싫어해?"

시도는 걱정이 어린 목소리로 물었다. 우주를 떠다니는 정령이 고소공포증을 지녔을 리가 없다고 생각하지만, 당시의 그녀는 마음이 잠겨 있었다. 그러니 지금의 무쿠로가 높은 곳을 무서워하더라도 이상할 게 없었다.

하지만 무쿠로는 천천히 고개를 저었다.

"……그런 게 아니니라. 그저…… 잘은 모르겠지만, 여기에 오니 나쁜 느낌이 드는구나."

"나쁜 느낌……. 무쿠로, 너 혹시 이곳에 온 적이 있는 거야?"

"……큭."

시도의 물음에 무쿠로는 어깨를 부르르 떨었다.

"……모르겠구나. 기억이 나지 않느니라."

"그렇구나……."

바로 그때였다.

"─호오. 하늘을 날면서 보는 것과는 정취가 다르구나. 흠."

창가에 서있던 토카가 뒤돌아서더니, 시도와 무쿠로를 쳐다보며 입을 열었다.

"자, 그럼 계속 해볼까. 저 남자의 입술을 먼저 빼앗는 사람이 이기는 승부를 말이다."

"저, 저기, 토카 양. 이미 알고 있겠지만, 아까 설명했다시피……."

"알고 있다. 손발을 남겨둔 채로 저 놈을 농락하면 되는 거지?"

"전혀 모르는 것 같은데요?!"

"농담이다. ─자, 덤벼 봐라, 열쇠의 정령. 네 녀석의 긍지를 박살내주마."

토카는 자신만만한 목소리로 그렇게 말하더니, 양손으로 아까 배운 하트 모양을 만들었다.

무쿠로는 몸을 비틀거리면서도 그 도발에 응하듯 한 걸음 내디뎠다.

"……좋다. 무쿠와 나리 사이에 그대가 끼어들 틈이 존재하지 않는다는 걸, ……큭!"

하지만 무쿠로는 현기증과 구토감을 느낀 것처럼 배와 입을 감싸며 몸을 기역자로 굽혔다.

"무, 무쿠로?!"

"무쿠로 양?!"

관광객들이 술렁거리는 가운데, 시도와 오리가미가 허둥지둥 무쿠로에게 다가갔다.

"무쿠로 양, 괜찮아요?"

"……음."

여자 화장실에서 오리가미가 등을 어루만져주는 가운데, 무쿠로는 힘없이 그렇게 대답했다.

아직도 머릿속이 멍하게 울리며 아팠고, 몇 초 간격으로 철구가 배를 강타하는 것처럼 구역질이 났지만 아까보다는 꽤 좋아졌다. 무쿠로는 자세를 바로 하고 숨을 가다듬으려는 것처럼 심호흡을 했다.

……왜 이 장소를 이렇게 거부하는 것인지 무쿠로 본인도 생각이 나지 않았다.

결계나 병기가 존재하는 걸지도 모른다고 생각했지만, 그렇다면 다른 사람들도 영향을 받아야 했다. 대체 왜 무쿠로만 이렇게…….

「─무쿠로, 너 혹시 이곳에 온 적이 있는 거야?」

바로 그때, 시도가 아까 했던 말이 머릿속을 스쳤다.

무쿠로의 기억은 여전히 잠겨 있기 때문에 옛날 일은 생각이 나지 않지만, 어쩌면 무쿠로는 과거에 이 장소에서 싫은 일을 경험했던 걸지도 모른다.

물론 〈미카엘〉의 힘은 절대적이지만, 시도가 무쿠로의 마음을 열면서 기억에도 영향을 끼친 걸지도 모르고, 몸이 무언가를 기억하고 있어서 반응을 보인 것일 가능성 또한 존재했다.

그렇다면 〈미카엘〉로 자신의 기억에 채운 자물쇠를 푼다면, 원인과 대처법을 알 수 있지 않을까―.

"……."

하지만 〈미카엘〉을 현현시키기 위해 오른손을 내민 순간, 무쿠로는 마른 침을 삼켰다.

어찌된 영문인지 엄청난 거부감이 그녀의 온몸을 옥죄었다.

그것을 열었다간 자신의 마음이 부서지고 말지도 모른다는 예감이 금기를 범하려는 듯한 느낌을 자아내며 무쿠로를 주저하게 만든 것이다.

"……무쿠로 양?"

오리가미는 그런 무쿠로가 이상해보였는지 그녀에게 말을 걸었다.

무쿠로는 한 번 더 심호흡을 한 후, 대답했다.

"……왜 그러느냐?"

"으, 으음, 괜찮나 싶어서 말이야."

"문제없다. ……나리 곁으로 돌아가자꾸나."

"아, 응……."

무쿠로가 비틀거리면서 걸음을 옮기자, 오리가미는 걱정스러운 목소리로 그렇게 말하며 그녀의 뒤를 따랐다.

"……."

무쿠로는 아까 오리가미가 자신의 등을 어루만져줬다는 걸 떠올리며 한순간 걸음을 멈췄다.

"……오리가미라고 했느냐."

"아, 응."

"그대의 기억을 다시 『잠글』 때에는 그 검은 여자보다는 상냥하게 해주겠노라."

"뭐?"

무쿠로의 말에 오리가미는 뜻밖이라는 듯한 반응을 보였다.

"으, 으음, 고마워……라고 하면 되려나?"

"……흠."

무쿠로는 작게 코웃음을 친 후, 오리가미와 시선을 마주하지 않으며 화장실을 나섰다.

"무쿠로 녀석, 대체 어떻게 된 거야……."

시도는 텐구 타워의 전망대에서 표정을 굳힌 채 혼잣말을 중얼거렸다.

그럴 만도 했다. 아까까지만 해도 멀쩡하던 무쿠로가 이 타워에 들어오자마자 낯빛이 나빠지더니, 갑자기 고통을 호소하며 몸을 웅크렸으니 말이다.

제아무리 다른 이들의 기억을 『잠가버린』 위험한 정령이라고 해도, 보호해야 할 대상이라는 점에는 변함이 없다. 그렇기에 걱정이 되었다.

게다가—.

"……."

시도는 옆쪽— 언짢은 표정으로 팔짱을 낀 채 서있는 토카를 힐끔 쳐다보았다.

"네놈, 왜 쳐다보는 거냐?"

눈치 빠르게 시도의 눈길을 눈치챈 토카가 그를 쳐다보았다. 그러자 시도는 온몸을 움찔했다.

"……윽! 아, 아무 것도 아냐……."

그렇다. 오리가미가 무쿠로와 함께 화장실에 갔기 때문에, 필연적으로 이런 상황이 벌어졌지만…… 솔직히 말해 아까부터 엄청난 긴장감이 주위를 가득 채우고 있었다.

일단 승부에 진지하게 임하고 있는 것인지 얌전히 기다리고 있지만, 만약 어떤 이유로 날뛰기라도 한다면 그녀를 막을 방법이 없었다. 그러니 이런 긴장감을 느끼는 것도 당연했다.

"……"

하지만 반전 정령과 이렇게 마주하고 있으니 왠지 기분이 묘했다. 시도가 지금까지 만났던 반전 정령은 토카를 포함해 총 세 명이다. 셋 다 반전을 함과 동시에 무차별적으로 공격을 퍼부어댔기에 제대로 대화를 나눌 수가 없었다.

"어이."

시도가 그런 생각을 하고 있을 때, 토카가 갑자기 입을 열었다.

"윽! 왜, 왜 그래?"

"아까부터— 아니, 이전부터 신경이 쓰였다만, 네 녀석들이 말하는 『토카』가 내 이름인 것이냐?"

토카가 차가운 시선으로 시도를 쳐다보며 그렇게 말했다.

시도는 뜻밖의 질문 — 내용 때문이 아니라 그녀가 말을 걸어왔다는 사실 자체에 놀란 것에 가깝지만 — 을 받고 눈을 동그랗게 뜨며 고개를 끄덕였다.

"아…… 맞아."

"내가— 아니, 이쪽의 내가 직접 붙인 이름인 것이냐?"

"아냐. 실은…… 내가 지어준 거야."

"……"

시도가 솔직하게 대답하자, 토카는 아무 말 없이 시도의 발을 세게 밟았다.

"아야얏! 느, 느닷없이 뭐하는 거야……"

"그냥 밟아봤다."

"으으······."

인상을 찡그린 시도는 고개를 들면서 말을 이었다.

"······너한테는 다른 이름이 있는 거야?"

"없다. 그러니 본의는 아니지만 토카라고 불러도 괜찮다."

"그래? —그럼, 토카."

시도가 이름을 부르자, 토카는 또 그의 발을 밟았다.

"왜, 왜 이러는 거냐고······."

"그냥 밟아봤다."

"······."

시도는 마음을 진정시키려는 것처럼 어험 하고 헛기침을 한 후, 말했다.

"······저기, 토카. 너는 대체 뭐야? 그리고 반전이라는 건 대체 뭔데? 아니, 애초에 정령은······."

"반전, 이라. 즉, 이쪽의 내가, 나로 변하는 현상을 그렇게 부르는 건가."

"음······ 뭐, 그래······."

시도가 대답하자, 토카는 흥 하고 코웃음을 치면서 말을 이었다.

"—그 말은 마음에 들지 않는구나. 원래 나야말로 세피라의 화신(化身)인 정령이니까 말이다."

"뭐······? 그, 그게 무슨 소리야?"

시도가 당혹스러운 표정을 지으면서 물었다.

반전이라는 현상에 대해서는 일전에 토카가 반전을 했을 때, 코토리가 간략하게 설명을 해줬다.

하지만 〈라타토스크〉도 반전의 전모는 파악하고 있지 않았기에, 그 설명에는 단편적인 정보와 추론이 뒤섞여 있었다.

토카는 귀찮다는 듯이 눈썹을 찌푸리면서 말했다.

"최초의 정령인 시원(始原)의 정령이 자신의 힘을 나눠서 세피라를 만들 때, 그 속성은 네놈이 말하는 반전 상태였다는 거다. 하지만 시원의 정령이 그것을 변화시켜 지금의 상태로 만들었다. 즉, 전제 자체가 반대인 거지."

"대, 대체 왜……?"

"이쪽 세계의 인간에게 적합하기 쉽도록 하기 위해서일 것이다. 세피라는 원래 현세(現世)의 것이 아니다. 그렇기에 원래 상태로는 인간의 몸을 지나치게 좀먹고 말지."

"뭐……?"

시도는 토카가 별것 아니라는 듯이 한 말을 듣고 당혹스러운 표정을 지었다.

"자, 잠깐만 있어봐. 이해가 안 돼. 시원의 정령이, 인간에게 적합하기 쉽도록……? 그게 대체 무슨 소리야?!"

시도는 무심코 그 자리에 멈춰서서 토카의 어깨를 움켜잡고 따지듯이 그렇게 물었다.

그러자 토카는 불쾌하다는 듯이 인상을 찡그리면서 시도

의 멱살을 잡더니 그대로 들어올렸다.

"큭……, 으윽……?!"

"기어오르지 마라, 인간. 내가 방금 그 이야기를 해준 건 네가 물어봤기 때문이 아니다. 그저 변덕을 부린 것뿐이지."

토카는 날카로운 시선을 머금고 손에 힘을 줬다.

"흥, 약해빠졌구나. 그냥 확 이대로 네놈의 입술을 빼앗아 줄까? 그편이 훨씬 간단할 테니까 말이다."

토카는 그렇게 말하면서 다른 한손을 시도의 턱에 대더니, 천천히 얼굴을 내밀었다.

"어, 어이, 토카……?!"

시도는 부심코 비명에 가까운 목소리로 그렇게 외쳤다.

그러자 토카는 흥 하고 코웃음을 치면서 한심하다는 듯이 고개를 돌렸다.

"─멍청한 놈, 진짜로 할 것 같으냐? 네 놈의 마음을 굴복시키지 않는다면 이런 짓을 해봐야 의미가 없지."

하지만 바로 그때였다.

"─하아아앗!"

절규에 가까운 목소리가 들리면서 뭔가가 시야 구석에서 반짝이나 싶더니, 토카의 팔에서 힘이 빠지면서 시도의 몸이 바닥에 떨어졌다.

"……윽! 콜록, 콜록……."

시도가 기침을 토하면서 목소리가 들린 곳을 쳐다보니, 무쿠로가 눈에 들어왔다. 그녀의 표정은 험악했으며, 손에는 열쇠의 천사 〈미카엘〉을 쥐고 있었다.

"나리에게 해를 끼치다니, 무슨 속셈인 게냐……!"

"……흥, 네 녀석과는 상관없는 일이다."

토카는 짜증 섞인 목소리로 그렇게 말한 후, 냉혹한 시선으로 무쿠로를 쳐다보았다.

"뭐시라……?!"

하지만 무쿠로는 겁먹지 않았다. 그녀는 열화 같은 분노에 사로잡힌 채, 아까 시도가 당했던 것처럼 토카의 멱살을 움켜잡았다.

"머, 멈춰, 무쿠로! 나는 괜찮으니까—."

시도는 허둥지둥 무쿠로를 말리려 했다. 하지만 무쿠로는 개의치 않으면서 죽일 듯한 시선으로 토카를 노려보았다.

"그대는 무쿠에게서 나리를 빼앗으려는 게지? 무쿠가 사랑하는 이를, 무쿠를 사랑해주는 이를 빼앗으려는 게지?"

"내가 알 바 아니다. 짜증나니 떨어져라."

토카는 불쾌하다는 듯이 얼굴을 찡그리며 오른손을 손날 모양으로 만들어서 휘둘렀다.

그러자 무쿠로의 볼에 옅은 상처가 생기더니 그녀의 앞 머리카락 한줌이 잘려나갔다.

"──."

그 순간, 무쿠로는 숨을 삼키며 토카의 멱살을 놨다.

하지만 토카의 공격을 두려워해서 그런 게 아닌 것 같았다. 무쿠로는 피가 배어나오는 볼에는 관심도 주지 않은 채, 지면에 떨어진 금색 머리카락을 망연자실한 눈길로 쳐다보고 있었다.

　"아— 아, 아……."

　무쿠로는 눈을 치켜뜨면서 목소리를 쥐어짰다.

　그리고—.

　"—이……, 녀서어어어어어어억!"

　다음 순간, 시도의 눈앞이 밝아지나 싶더니, 그곳에 있던 토카의 몸이 전망대의 유리를 깨부수며 하늘로 튕겨져 날아갔다.

　"……윽! 우왓……?!"

　시도는 사방으로 튀는 유리 파편 때문에 반사적으로 몸을 웅크렸지만, 곧 고개를 들었다.

　—전망대 안은 순식간에 혼란과 동요로 가득 찼다. 주위에 있던 관광객들이 비명을 지르면서 엘리베이터 쪽으로 뛰어갔다.

　하지만 그것도 무리는 아니었다. 유리가 산산조각나면서 한 소녀가 밖으로 튕겨져 나간 것이다.

　게다가 그 소녀, 그리고 소녀를 전망대 밖으로 날려버린 소녀는 태연하게 전망대의 외벽에 서있었다.

　"네 녀석……."

"—용서, 못한다……. 용서 못한다, 용서 못한다, 용서 못한다……!"

토카, 그리고 천사 〈미카엘〉을 현현시킨 무쿠로가 전망대 외벽에서 대치했다.

둘 다 중력을 무시한 것처럼 벽면에 수직으로 서있었다.

하지만 그 점을 전혀 부자연스럽게 느끼지 않는지 당사자들은 흉흉한 분위기를 자아내고 있었다.

"감히 무쿠의 머리카락을…… 자른 것이냐. 나리가, —니가…… 칭찬해줬던, 무쿠의…… 머리카락을—."

무쿠로는 토카를 노려보면서 읊조리듯 그렇게 말했다.

그러자 그 말에 호응하듯 빛의 입자가 무쿠로의 피부가 휘감으며, 옅은 빛을 뿜는 옷을 형성했다.

—영장. 정령이 걸치는 절대적인 갑옷이자, 성(城).

"……윽! 무쿠로! 그만 둬! 토카는 해를 끼치려던 게—."

시도는 허둥지둥 그렇게 외쳤다. 하지만 무쿠로는 그의 말에 귀를 기울이지 않고 〈미카엘〉을 쥔 손에 힘을 줬다.

그리고 그대로 〈미카엘〉의 끝부분을 자신의 가슴에 찔러 넣었다.

"앗……?!"

"〈미카엘〉—【방(放)】!"

무쿠로가 〈미카엘〉을 돌렸다.

그 순간, 무쿠로의 영장이 빛나면서— 형태가 달라졌다.

우아한 느낌이 감돌던 실루엣이 마치 무쿠로의 분노를 반영하는 것처럼 뾰족한 형태로 변모했다.

그와 동시에 그녀가 쥔 〈미카엘〉 또한 모습이 달라졌다. 석장처럼 생겼던 천사가 미늘창을 연상케 하는 형태로 변화한 것이다.

아까까지의 영장과 천사가 속세를 버린 여자 신선을 연상케 했다면, 지금의 모습은 광폭하고 용맹한 장수를 떠올리게 했다.

세피라가 반전한 것은 아니다. 하지만 무쿠로가 저 모습으로 변한 순간부터, 그녀에게서 주위의 공기마저 뒤흔드는 듯한 농밀한 마력이 뿜어져 나오고 있었다.

"이, 이건……?!"

"무쿠로 양?!"

시도, 그리고 뒤편에서 뛰어오고 있는 오리가미의 목소리가 포개졌다.

"호오……?"

하지만 이런 와중에도 흥미롭다는 듯이 눈을 가늘게 뜨는 이가 한 명 있었다. —바로 토카였다.

"—좋다. 입술 먼저 빼앗기 승부는 중지다. 역시 이편이더 간단하지."

토카는 자신만만한 표정을 지으면서 오른손을 뒤집었다.

다음 순간, 칠흑빛 영장이 토카의 몸을 감싸더니 그녀의 손에 마왕 〈나헤마〉가 쥐어졌다.

"절대, 절대, 용서 못하느니라. 티끌 하나 남지 않도록 완전히 이 세상에서 지워주겠노라!"

"좋다. 덤벼라. 네 녀석의 목을 쳐주지."

무쿠로와 토카.

강대한 힘을 지닌 정령과 반전 정령이, 격돌했다.

제10장 **열쇠와 검**

〈프락시너스〉 함교의 메인 모니터에 표시된 텐구 타워 전망대의 유리가 박살이 난 순간, 스피커에서 격렬한 알람이 흘러나왔다.

"······윽?! 이건─."

"가, 강력한 영파 반응이 두 개나 관측됐습니다! 그 중 하나는 수치가 E를 가리키고 있어요!"

"뭐······?!"

〈딥 러브〉 미노와가 그렇게 말하자, 코토리는 눈썹을 찌푸렸다.

영파 반응, 카테고리 E. 그것은 일반적인 정령과는 속성이 다른 영력을 지닌 개체─ 반전 정령이 뿜는 영파였다.

하지만 이번만큼은 이런 사태가 벌어질 것을 어느 정도 예상하고 있었다. 그도 그럴 것이, 현재 저 전망대 안에는 반전한 토카가 있으니까 말이다.

아니— 안, 이라는 표현도 이제는 적절하지 않았다.

메인 모니터에는 유리로 된 벽면에 선 채 기나긴 머리카락을 바람에 휘날리고 있는 두 정령의 모습이 표시되고 있었다.

"……아!"

코토리가 메인 모니터에 신경이 쏠려 있을 때, 또 다른 소리가 함교에 울려 퍼졌다.

그것은 불온한 분위기를 지닌 시끌벅적한 사이렌이었다.

하지만 그것은 이 배에서 나는 소리가 아니었다. 두 사람의 무시무시한 영력이 관측되면서 공간진 경보가 발령된 것이다.

일반적인 공간진 경보는 인계(隣界)에 존재하는 정령이 이쪽 세계에 나타날 때 발생하는 공간의 흔들림을 관측하고 발령된다. 하지만 이 나라— AST도 이 비정상적인 영파 수치를 놓치지 않은 것 같았다.

곧 마을에서 사람들의 모습이 급속도로 사라졌다. 다들 허둥지둥 근처 셸터로 피난한 것이다.

"큭……."

그런 영상이 나오고 있는 서브 모니터를 곁눈질한 코토리는 인상을 찡그리면서 주먹을 말아 쥐었다.

〈라타토스크〉는 정령을 구하는 것이 목적인 조직이다. 그러니 이런 비상사태를 그저 두고 볼 수만은 없었다.

하지만 현재 코토리의 머릿속에는 이 상황을 뒤집을 구체적인 방안이 떠오르지 않았다.

〈프락시너스〉의 병기와 이 배에 탑재된 CR-유닛을 사용하면 날뛰고 있는 정령을 억누를 수 있을지도 모른다. 하지만 그래서는 AST나 DEM과 다를 바 없다. 정령의 힘을 어떻게 하지 않는 한, 이런 문제가 되풀이되기만 할 뿐이다.

하지만 리얼라이저를 사용하더라도 정령의 영력을 봉인하는 것은 불가능하다. 그렇다면 코토리를 비롯한 정령들은 어떻게 지금까지—.

"윽……."

—뭔가가 부족하다. 코토리는 바늘이 머릿속을 찌르는 듯한 통증을 느끼며 인상을 찡그렸다.

마치 퍼즐 조각이 딱 하나만 행방불명이 된 듯한 느낌이 들었다. 게다가 그 퍼즐에 그려져 있는 것은 복잡한 미로이며, 그 조각이 없기 때문에 길이 완전히 엉망진창으로 얽혀 버린 것만 같았다.

"아! 사령관님!"

코토리가 답을 찾지 못한 채 그런 생각만 반복하고 있을 때, 승무원의 목소리가 함교에 울려 퍼졌다.

전망대 벽면에 서서 대치하고 있는 두 사람이 지면을—아니, 벽을 박차더니, 그대로 순식간에 서로에게 육박하며 중력을 무시한 듯한 싸움을 벌이기 시작한 것이다.

한 사람은 칠흑빛 영장을 걸치고, 외날 검을 쥔 반전 정령
— 토카였다.

그리고 다른 한 사람은 긴 금발을 휘날리며, 끝부분이 열
쇠 모양인 미늘창을 쥔 정령— 오리가미의 말이 사실이라
면, 그녀의 이름은 무쿠로일 것이다.

둘 다 비정상적인 수준의 영력을 흩뿌리며 벽을 내달리더
니, 검과 창이 맞부딪쳤다. 그때마다 영력의 여파에 의해 전
망대의 유리가 차례차례 파괴되었고, 그 파편이 반짝이며
허공에 흩뿌려졌다.

"……큭, 아무튼 보고 있을 수만은 없어. 조금이라도 주변
에 미치는 피해를 줄여야—."

승무원들에게 지시를 내리려던 코토리가 갑자기 말을 멈
췄다.

갑자기 외부 회선에서 통신이 들어왔다는 알람이 울렸기
때문이다.

"통신……? 누구한테서 온 거야?"

"일반회선— 토비이치 오리가미의 핸드폰에서 걸려온 전
화입니다!"

"뭐……?! 연결해!"

코토리가 그렇게 외치자, 치직 하는 노이즈가 들린 후, 스
피커에서 오리가미의 목소리가 흘러나왔다.

『코토리 양……! 토비이치예요!』

"오리가미! 너 지금 뭘 하고 있는 거야?! 토카는…… 그리고 저 정령은 뭐야?!"

『죄송하지만 설명은 나중에 할게요……! 시간이 없어요! 도와주세요! 이대로는 손쓸 방법이 없어요! 〈프락시너스〉의 테리터리로 저 두 사람의 움직임을 조금이라도 억제할 수는 없나요?!』

"그건…… 가능하겠지만, 저 정도 수준의 정령을 꼼짝도 못하게 만드는 건 불가능해. 아마 몸이 좀 무거워진 것처럼 느끼게 만드는 게 한계일 거야. 그래선—"

코토리가 말을 이으려던 순간, 스피커에서 목소리가 흘러나왔다.

—오리가미가 아니라, 다른 남자의 목소리가 말이다.

『뒷일은 나한테 맡겨……!』

"뭐……."

코토리는 경악한 것처럼 눈을 치켜떴다.

오리가미의 핸드폰에서 느닷없이 남자의 목소리가 흘러나오더니— 그 목소리를 들은 순간, 불가사의하게도 안도감을 느낀 자신에게 놀라고 말았다.

"무, 무슨 소리를 하는 거야. 대체 너는—"

『자세한 설명을 할 시간은 없지만, 나한테는 저 녀석들을 막을 방법이 딱 하나 있어. 그러니까 부탁할게. 나를 믿고 도와주지 않겠어……?!』

"……."

남자가 애원하는 듯한 목소리로 그렇게 말하자, 코토리는 잠시 동안 침묵했다.

그리고―.

"……테리터리, 토카 및 무쿠로의 전투 영역에 전개! 동시에 〈위그드 폴리움〉을 사출! 주위에 끼치는 피해를 최대한 줄여!"

"사령관님?!"

승무원들은 뜻밖이라는 듯이 그렇게 외쳤다. 그들이 그러는 것도 무리는 아니리라. 아무리 오리가미가 같은 요청을 했다고 해도, 코토리가 일지도 못하는 남자익 말에 따르고 있으니까 말이다.

하지만 어째서일까. 코토리는 자신의 그 결단이, 말이, 왠지 「익숙하게」 느껴졌다. 마치 몇 번이나 같은 일을 했던 것처럼 말이다.

코토리는 막대사탕의 막대 부분을 쫑긋 세우고 어깨에 걸친 재킷을 펄럭이며 힘차게 외쳤다.

"괜한 소리 하지 말고, 시작하자. ―우리 나름의 전쟁을, 말이야."

"이, 이츠카 군, 어떻게 됐어?"

오리가미는 불안한 표정으로 시도의 얼굴을 쳐다보았다. 시도는 그런 오리가미를 쳐다보며 고개를 끄덕인 후, 핸드폰을 그녀에게 돌려줬다.

　"협력해주겠대."

　"아! 정말? 다행이야……."

　"응……. 그래. 오리가미가 다리 역할을 해준 덕분이야."

　시도가 그렇게 말하자, 오리가미는 고개를 저었다.

　"그렇지 않아. 이츠카 군이 말했기 때문에 협력해주는 거야."

　"그럴 리가 없어. 코토리는 나를 기억하지 못하는데……."

　오리가미는 또 고개를 저었다.

　"그건 그럴지도 몰라. 하지만 이럴 때는 서로의 마음이 통할 거야. 왜냐하면, 두 사람은 남매잖아."

　"그런 걸까……."

　시도는 볼을 긁적이며 쓴웃음을 짓더니, 마음을 다잡듯 숨을 들이마시며 찰싹 소리가 나게 볼을 때렸다.

　"하지만 이제 겨우 출발선에 섰을 뿐이야. 무쿠로와 토카를 어떻게든 막아야 해. 무쿠로의 호감도 수치가 어느 정도인지 모르는 데다, 지금의 토카에게 키스를 한다고 해서 기억이 봉인된 상태인 원래의 토카로 되돌아올지는 알 수 없지만…… 그래도 해볼 수밖에 없어."

　시도는 주먹을 말아 쥐고, 오리가미의 두 눈을 쳐다보며 말했다.

"……부탁해, 오리가미. 나 혼자서는 저 두 사람을 동시에 상대할 수 없어. ……도와주지 않겠어?"

"이츠카 군……."

그러자 오리가미는 빙긋 웃으면서 고개를 끄덕였다.

"당연하잖아. 이츠카 군을 혼자 보냈다간 나중에 『나』한 테 혼날 거야."

그렇게 말한 오리가미는 두 손으로 깍지를 끼더니, 뒤돌아 서며 말을 이었다.

"그리고…… 기뻐. 이츠카 군이 나를 의지해주는 게……. 내가 이츠카 군의 옆에 설 수 있는 게……. —여자애의 행 복은 보호받는 것만이 아니거든."

"오리가미……."

시도가 이름을 부르자, 오리가미는 어깨너머로 그를 쳐다 보며 장난기 섞인 미소를 지었다.

그리고 호주머니에서 은색으로 된 군용 인식표 같은 것을 꺼내 그것을 이마에 댔다.

"승인, 토비이치 오리가미. —〈브륀힐드〉, 전개."

다음 순간, 오리가미의 몸이 옅은 빛에 휩싸이더니, 우아 한 실루엣을 지닌 금속 갑옷이 그녀의 몸에 장착됐다.

CR-유닛. 기적의 기술, 리얼라이저의 전술적 집대성. 인 간이 정령에게 대항할 수 있는 유일한 힘.

게다가 그게 전부가 아니었다. 오리가미가 걸친 CR-유닛

〈브륀힐드〉의 주위에는 웨딩드레스를 연상케 하는 순백의 영장이 현현되었다.

"그 모습은—."

"—후후. 이츠카 군, 나한테 다시 반한 거야?"

오리가미는 농담하는 투로 그렇게 말하더니, 자신이 한 말 때문에 부끄러워졌는지 볼을 붉혔다.

"으음, 저기, 방금 그 말은 농담이라고나 할까……."

"그, 그렇구나. 하하……."

시도는 그런 오리가미를 보며 잠시 입가에 미소를 머금은 후, 시선을 날카롭게 만들었다.

"—가자, 오리가미."

"응……. 이츠카 군."

두 사람은 그렇게 말한 후, 동시에 전장을 향해 걸음을 내디뎠다.

◇

—사이렌 소리가 마을 전체에 울려 퍼졌다.

나츠미는 셸터를 향해 서두르고 있는 인파를 쳐다보며 눈썹을 살짝 찌푸렸다.

"……공간진 경보? 그럼……."

"혹시…… 토카 씨나 오리가미 씨와 연관이 있는 걸까

요……?"

요시노는 나츠미의 말에 답하듯 불안한 목소리로 그렇게 말했다.

그렇지 않았으면 좋겠지만, 그럴 가능성은 충분히 존재했다. 나츠미는 동의한다는 듯이 고개를 끄덕였다.

나츠미를 비롯한 정령들은 갑자기 인격이 바뀐 것처럼 돌변한 토카와 오리가미를 찾기 위해 마을 안을 돌아다니고 있었다. 코토리는 자신에게 맡기라고 말했지만, 가만히 있을 수가 없었던 것이다.

대체 그 두 사람에게 무슨 일이 일어난 건지는 모르겠지만, 범상치 않은 사태가 벌어진 것은 틀림없었다.

왠지 평소보다 성격이 원만해진 오리가미는 그나마 괜찮았지만, 문제는 토카였다. 갑자기 괴로워하며 몸을 웅크리더니, 다음 순간, 흉흉한 아우라를 뿜으며 고개를 들었던 것이다.

아무래도 그것은 니아 때와 마찬가지로 반전이라는 현상 같았다. 반전을 한 원인은 모르겠지만, 그건―.

"욧시~! 낫층~!"

나츠미가 그런 생각을 하고 있을 때, 자신들을 부르는 목소리가 들렸다. ―저렇게 특징적인 별명으로 자신들을 부르는 걸 보면 니아가 틀림없었다.

목소리가 들리는 방향을 향해 고개를 돌려보니, 니아 외에도 토카와 오리가미를 수색하던 정령들이 다 모여 있었다. 아무래도 이곳으로 오는 길에 합류한 것 같았다.

"어떻게 됐어? 찾은 거야?"

"아니. 하지만 텐구 타워 쪽에서 폭발이 발생했다는 이야기를 들었어. 그쪽으로 가보자~."

니아는 그렇게 말하며 인파의 흐름과는 반대 방향을 손가락으로 가리켰다.

나츠미는 요시노와 시선을 교환한 후, 고개를 끄덕였다.

"하아아아아아아앗!"

"건방지구나—!"

열쇠의 천사와 검의 마왕이 몇 번이나 맞부딪쳤다.

그때마다 서로의 공격에 담긴 영력이 격돌하며, 마치 소형 폭탄이 터진 것처럼 섬광과 충격파가 주위에 퍼져나갔다.

그것만이 아니었다. 석장에서 창으로 형태를 바꾼 천사 〈미카엘〉은 부정기적으로 초소형 『문』을 만들어내 토카의 사각지대에서 공격을 날리고 있었다.

평범한 인간의 눈으로는 공격을 포착하는 것도 불가능한 신속(神速)의 세계. 아니— 웬만한 정령도 자신에게 이 정도로 맞서 싸울 수는 없으리라. 토카라고 불린 소녀는 자신과 싸우고 있는 상대에게 마음속으로 찬사를 보냈다.

아마 〈미카엘〉로 평소에 영력을 『잠가뒀거나』, 일시적으로 잠재능력을 『연』 것이리라. 마치 굳게 닫혀 있던 봉오리가 만개한 듯한 아름다운 승화였다. 순수한 살의와 적의로 다져진, 필멸(必滅)의 창이다.

토카와 무쿠로가 발판으로 삼고 있던 전망대의 유리가 두 사람이 벌이고 있는 전투의 여파에 의해 차례차례 파괴되었다. 토카는 몸을 비틀어 전망대의 위편— 철탑 부분으로 이동했다.

"그대는 무쿠를 외톨이로 만들려는 게냐! 또 무쿠를 고독하게 만들려는 게냐!"

무쿠로는 공격을 계속 퍼부으면서 신음에 가까운 고함을 질렀다.

"죽이겠다. 죽이겠어. 무쿠의 나리를 빼앗으려 하는 자들은 전부 죽여 버리겠노라……!"

"흥. 그럼 짖어대지만 말고 내 몸에 구멍을 내봐라, 열쇠 여자. 할 수 있다면 말이다."

"그럴 참이니라……!"

토카의 말에 답하듯, 무쿠로가 〈미카엘〉을 고쳐 쥐었다.

바로 그때, 기묘한 감각이 토카의 온몸을 덮쳤다.

마치 눈에 보이지 않는 점액에 삼켜진 듯한 감각이었다. 몸이 무거워지더니, 손발을 움직이는 것이 힘들어졌다.

"……뭐냐?"

한순간 무쿠로의 짓이라고 생각했지만— 그렇지 않았다. 무쿠로 또한 위화감을 느꼈는지 미간을 찌푸리면서 「무슨 짓을 한 거냐」라고 말하는 듯한 눈길을 토카에게 보내고 있었다.

아마 범인은 다른 자일 것이다. 시도, 오리가미라고 불리던 그 인간들…… 혹은 그들의 동료의 짓일까.

하지만 토카가 할 일에는 변함이 없다. 그저 눈앞에 있는 적을 해치울 뿐이다.

"받아라!"

무쿠로도 토카와 같은 생각인 것 같았다. 하늘을 박차며 몸을 가속시키더니, 〈미카엘〉을 폭우처럼 내질렀다. 토카는 눈을 가늘게 뜨며 가볍게 숨을 내쉰 후, 〈미카엘〉의 자루 부분을 쳐내서 그 찌르기를 튕겨냈다.

"……흐음?"

하지만 토카는 그런 공방전을 벌이는 와중에 눈썹을 살짝 찌푸렸다.

무쿠로의 공격에 필살의 위력이 담겨 있는 것은 의심할 여지가 없다.

하지만 어째서일까. 토카의 감이 말하고 있었다. 무쿠로는 이 공격으로 승부를 낼 생각이 없다— 고 말이다.

토카 또한 움직임이 저해되고 있으며, 무쿠로에게 그녀를 죽일 생각이 없을 리도 없다. 굳이 따지자면―『노림수』를 착착 준비하고 있는 느낌이었다.

토카가 그런 생각을 하고 있을 때, 무쿠로가 지금까지와는 다른 움직임을 취했다. 힘을 모으더니, 〈미카엘〉로 상대의 몸을 도려내려는 듯한 강력한 찌르기를 날린 것이다.

하지만 그 공격은 정밀성이 부족했다. 결국 토카는 몸을 비틀면서 그 공격을 종이 한 장 차이로 피했다.

하지만, 다음 순간―.

"〈미카엘〉― 【라타이브】!"

무쿠로는 토카가 피한 〈미카엘〉을 비틀더니, 상대의 등 뒤에 『문』을 만들었다.

"―윽!"

토카는 등 뒤에서 공격이 날아올 거라고 생각했지만― 그렇지 않았다.

그 『문』은 마치 숨을 쉬듯 주위의 공기를 빨아들이기 시작했던 것이다.

철탑을 디디고 서있던 토카의 몸이 공중으로 떠오르더니 그대로 허공에 내던져졌다. 아마 기압이 크게 차이나는 공간과 『문』을 연결한 것이리라.

하지만 무쿠로는 이런 걸로 토카를 빨아들일 수 있으리라고 생각하지는 않을 것이다. 이것은 어디까지나 상대에게 한순간이나마 빈틈을 만들기 위한―.

"【라타이브】!"

그런 토카의 생각을 방해하려는 것처럼, 무쿠로의 목소리가 들려왔다.

그리고 다음 순간, 토카의 머리 위에 거대한 『문』이 생기더니, 그곳에서 철과 석재, 목재로 된 직경 100미터는 될 듯한 물체가 낙하하기 시작했다.

"쳇―."

토카는 〈나헤마〉를 아래로 내리고 건조물로 보이는 그 물체를 향해 칼날을 휘둘렀다.

한순간 빛이 번쩍이더니, 거대한 물체에 선이 그어졌다. 물체는 토카를 피하듯 둘로 나눠진 채 지면을 향해 떨어졌다.

하지만 바로 그때―.

"〈미카엘〉―【해(解)】!"

토카의 몸을 스칠 듯 말 듯 하며 낙하하는 건조물과 그녀의 몸 사이에 『문』이 생기더니, 거기서 열쇠 형태를 한 창이 튀어나왔다.

"――!"

공격을 날린 직후에 허를 찔린 토카는 억지로 몸을 비틀어봤지만, 결국 반응이 늦고 말았다.

〈미카엘〉은 토카의 영장 끝부분을 꿰뚫고 그대로 낙하하는 건조물의 일부에 꽂혔다.

그리고―.

"아니……?"

토카는 무심코 눈썹을 찌푸렸다.

〈미카엘〉에 꿰뚫린 거대한 건조물, 그리고 토카가 몸에 걸친 영장이 순식간에 소멸한 것이다.

잘려나간 것도, 『문』에 빨려든 것도 아니라— 그저 이 자리에서 안개처럼 사라지고 말았다.

하지만 느긋하게 생각에 잠겨있을 틈은 없었다. 『문』이 넓혀지더니, 거기서 〈미카엘〉의 주인인 무쿠로가 튀어나오며 돌격을 감행한 것이다.

"하앗!"

"요망한 짓거리를 하는구나……!"

토카는 〈미카엘〉을 막은 후 상대가 날린 공격의 기세를 이용해서 자리를 이탈했다.

그대로 지면에 내려선 토카는 아까 사라진 영장을 다시 현현시켰다.

하지만 완전히 원래대로 되돌아온 것은 아니었다. 아무리 정령이라고 해도 자신을 지키는 절대적인 성인 영장을 만드는 데에 상당한 양의 영력이 필요하다. 한 번 현현된 영장이 영력으로 환원된 게 아니라 소모되었다면, 영력의 양 자체가 줄어든 것이나 다름없다.

"……."

토카는 무쿠로의 거동을 감시하면서 자신의 몸에 희미하

게 휘감겨 있는 영자의 잔재를 감지했다.

"영장을 구성하고 있는 영자가 공기 중에 남아있는 것을 보면 소멸— 한 것은 아니구나. 아무래도 분해…… 분자와 영자의 결합을 그 열쇠로 해제한 건가. 호오, 이게 네 녀석의 노림수인가 보군."

"……"

무쿠로는 그 말에 대답하지 않고 토카와 눈높이를 맞추려는 것처럼 지면에 내려섰다.

하지만 토카는 개의치 않으며 〈나헤마〉를 고쳐 쥐었다.

지금 눈앞에 있는 이는 자신이 진심으로 맞서 싸울 가치가 있는 상대였다.

사고방식과 행동은 살의에 물들어 있지만, 본능이라고 할 만한 부분이 냉정하게 상대의 빈틈을 살피고 있다. 간단히 말해— 냉정하게 미친 상태인 것이다.

"—흥. 생긴 건 어린애 같지만, 알고 보니 어엿한 전사구나."

토카는 옅은 미소를 지으며 사랑스러운 호적수를 향해 〈나헤마〉를 들었다.

하지만 두 사람이 또 격돌하기 직전—.

"둘 다 그만해!"

"부탁이에요! 진정하세요!"

시도와 오리가미가 토카와 무쿠로의 사이에 끼어들었다.

토카는 언짢다는 듯이 혀를 차더니, 마음을 다잡듯 〈나헤마〉의 칼자루를 고쳐 쥐었다.

"방해를 하려는 것이냐. ……뭐, 좋다. 어차피 셋 다 쓰러 뜨릴 생각이었으니까 말이다!"

토카는 그렇게 외치며 〈나헤마〉를 휘둘렀다. 그러자 칠흑 빛을 띤 일격이 초승달 모양을 이룬 채 무쿠로, 그리고 그녀 의 앞에 선 두 사람을 향해 뻗어갔다.

하지만 금속 갑옷과 순백색 한정 영장을 걸친 오리가미가 손에 쥔 창의 끝부분에 어둠과 같은 색깔을 띤 영력을 응집 시키더니, 토카가 날린 공격을 쳐냈다.

"……아니?"

뜻밖의 현상이 발생하자, 토카는 눈을 가늘게 떴다.

오리가미가 자신의 일격을 막아내서 놀란 것은 아니다. 현 재 토카는 눈에 보이지 않는 힘에 의해 움직임이 제한되고 있 는데다, 방금 공격도 전력을 다해 날린 것이 아니었다. 정령의 힘을 지닌 오리가미라면 튕겨내더라도 이상할 게 없었다.

하지만 오리가미가 쥔 창에 응집되어 있는 것은 토카와 같은 종류— 즉, 반전체의 영력이었다.

아마 저 창의 끝부분에는 주위에 존재하는 영력이 응집되 어 있는 것이리라. 그렇다면 방금 강력한 출력을 발휘한 것 도 납득이 되었다. 이 주위 일대는 방금 무쿠로에 의해 분 해된 영장의 농밀한 영력으로 가득 차 있으니 말이다.

"흥……. 하나같이—"

토카는 시선을 날카롭게 만들더니, 〈나헤마〉를 치켜들며 지면을 박찼다.

"―나를 즐겁게 해주는 구나!"

"……윽! 토카 양은 내가 맡을게! 이츠카 군은 무쿠로 양을 맡아줘!"

오리가미는 그렇게 외치며 창끝에 칠흑빛 영력을 두르고 시도를 지키려는 것처럼 토카를 막아섰다.

칠흑빛 영장을 걸친 토카와 순백색 영장을 걸친 오리가미가 뒤엉켜 싸우면서 하늘 높이 날아올랐다.

무쿠로는 그 광경을 지상에서 올려다보며 작은 목소리로 중얼거렸다.

"죽인다…… 죽인다. 나리를 빼앗아가려고 하는 자들은 전부 무쿠의 적이니라. 무쿠는…… 무쿠는, 외톨이가 되기 싫단 말이다―."

"무쿠로!"

"……아!"

느닷없이 이름을 불린 무쿠로가 눈을 치켜떴다.

"―나리."

그렇다. 무쿠로의 앞에 나타난 이는 바로 이츠카 시도였다.

"오오…… 나리. 나리, 안심하거라. 무쿠가 금방 저 검은 여자를 이 세상에서 지워버리겠노라. 그러면—."

"무쿠로!"

시도는 무쿠로의 말을 막듯 그녀의 어깨를 움켜잡으며 그렇게 외쳤다. 무쿠로는 필사적인 시도를 보고 깜짝 놀랐다.

"나리, 왜 그러느냐. 뒷일은 무쿠에게 맡기면 되느니라."

"안 돼…… 그러면 안 된다고, 무쿠로……! 이제 그만해. 나는 토카가 사라지는 것도, 오리가미가 나를 잊는 것도 싫어……! 두 사람 다…… 아니, 전부 다 나에게 소중한 사람들이란 말이야!"

"……윽!"

시도가 그렇게 외치자…….

무쿠로는 경련이 일어난 것처럼 숨을 삼켰다.

하지만 시도는 무쿠로가 어떤 상태인지 눈치채지 못한 채 말을 이었다.

"어째서…… 어째서 이러는 거야? 무쿠로, 가르쳐줘. 너는 왜 이렇게까지 남들을 제거하고 싶어 하는 거야?"

시도는 호소하는 듯한 목소리로 그렇게 물었다.

그러자 무쿠로는 떨림이 어린 조용한 목소리로 말했다.

"—어찌하여……."

"뭐?"

"어찌하여, 그런 소리를 하는 게냐? 나리는…… 무쿠를 좋아한다면서? 무쿠도 나리를 좋아하느니라. 그러면 그걸로

됐지 않느냐. 그런데 어찌하여! 어찌하여 그런 소리를 하냔 말이다!"

무쿠로는 눈가에 눈물이 맺힌 채 말을 이었다.

"싫으니라. 외톨이가 되는 건 싫으니라……! 나리는 아무에게도—."

"토카 씨! 오리가미 씨!"

바로 그때였다.

무쿠로의 말을 막듯 어딘가에서 목소리가 들려왔다.

"저, 저 두 사람이 왜 싸우고 있는 거야……!"

"꺄아~! 큰일 났어요~!"

"——."

목소리가 들린 방향을 향해 고개를 돌려보니, 여섯 명의 소녀가 눈에 들어왔다.

무쿠로가 기억을 『잠가버린』 정령들이었다. 다들 하늘을 날며 싸우고 있는 토카와 오리가미를 올려다보며 당혹스러운 표정을 지었다.

"아—."

그 모습을 본 무쿠로는 심장이 옥죄어드는 듯한 느낌을 받았다.

"그대들…… 그대들마저……. 하나같이, 하나같이 무쿠에게서 나리를 빼앗으려고 하는 것이냐. 용서 못한다. 용서 못한다! 이렇게 되면—."

머릿속이 빙글빙글 돌면서, 엉망진창이 되는 느낌이 들었다.

〈미카엘〉을 양손으로 쥔 무쿠로는 그 끝을 지면을 향해 들더니—.

"〈미카엘〉—【세그바】……!"

지면에— 아니, 정확하게 말하면 지구에 그 열쇠를 꽂은 후, 돌렸다.

그 순간—.

〈미카엘〉이 꽂힌 곳을 기점으로 엄청난 땅울림이 주위로 천천히 퍼져나갔다.

마치, 쉴 새 없이 작동 중인 공업기계 위에 서있는 것처럼…….

지구가, 맥박 치는 하나의 거대한 생명체로 변모한 것처럼…….

희미하지만, 끊임없는 지진이 주위로 퍼져나갔다.

"……윽?! 우, 우왓?!"

"이, 이게 무슨…… 일이죠…….."

"당황. 지진— 이 일어난 걸까요?"

시도와 정령들의 경악에 찬 목소리가 고막을 흔들었다.

무쿠로는 옅은 미소를 지으며 시도의 볼을 다정한 손길로 쓰다듬었다.

"이제…… 안심해도 되느니라. 이제…… 누구도 방해할 수 없다."

"무쿠로······? 너, 대체 무슨 짓을 한 거야?"

"―별에, 【세그바】를 걸었다. 대상물이 거대하기에 시간이 걸리지만, 이윽고 이 별은 움직임을 멈출 것이니라."

"뭐―?"

시도는 눈을 크게 떴다. 하지만 무쿠로는 그런 시도의 표정을 개의치 않았다. 그녀는 진한 미소를 지으며 말을 이었다.

"이제 방해꾼은 전부 사라질 것이니라. 나리는 무쿠와 함께 하늘에서 살자꾸나. 후후······ 기대되는구나."

"무슨······ 소리를―."

시도의 표정이 당혹스러움으로 물들었다.

무쿠로는 개의치 않으며 고개를 들었다. ―그렇다. 무쿠로가 직접 쓰러뜨려야만 하는 적이 한 명 남아있는 것이다.

"어, 어이, 무쿠로! 어이!"

무쿠로는 시도의 말을 들으며 하늘을 날고 있는 검은 그림자를 올려다보더니, 그대로 지면을 박찼다.

"꺄아~! 지진이에요~! 무서워요~! 나츠미 양을 확 끌어안아 버릴래요~!"

"대사로 자기가 할 짓을 설명할 정도로 여유가 넘치잖아······!"

나츠미는 지진을 핑계 삼아 자신을 끌어안으려 하는 미쿠의 머리를 손으로 눌렀다. ……뭐, 체격과 완력 차이 때문에 결국 포옹을 당하고 말았지만 말이다.

하지만 지금은 이런 짓을 하고 있을 때가 아니다. 그도 그럴 것이, 토카와 오리가미는 공중전을 벌이고 있는데다, 공간진 경보가 울리고 있으며, 정체불명의 지진까지 발생한 것이다. 대체 뭘 어떻게 하면 좋을지 짐작조차 되지 않았다.

"대, 대체…… 어쩌면 좋지?"

"으음…… 잘 모르겠지만, 일단 토~카와 오리링을 말려야 하지 않을까?"

"동의. 이대로 있다간 AST와 DEM이 냄새를 맡고 나타날—."

"—다들!"

바로 그때, 큰 목소리가 들렸다. 정령들은 그 목소리가 들린 방향을 향해 고개를 돌렸다.

"……어?"

그리고 그곳에 있는 인물을 보고 눈을 치켜떴다.

그 인물은 바로 어제 느닷없이 자신들에게 말을 걸었던 바로 그 소년이었다.

"다, 당신은 어제 그……?"

"……어, 공간진 경보가 울리는데도 스토커 짓을 하고 있는 거야……? 정말 탄복할 지경이네. ……뭐, 농담이지만 말이야."

나츠미가 도끼눈을 뜨면서 그렇게 말하는 사이, 그 소년은 허둥지둥 그녀들을 향해 뛰어왔다.

그리고 그 소년은 정령들에게 미심쩍은 시선을 받으면서 고개를 깊이 숙였다.

"다들…… 부탁이야! 도와줘!"

"……응? 어, 뭐……?"

느닷없이 부탁을 받은 정령들이 당혹스러운 표정을 지었다.

"으음…… 무슨 일이 있나요?"

요시노는 당혹스러워하면서도 그렇게 물었다. 역시 자애의 마음이 넘쳐흐르는 여신님답게, 어디서 굴러먹던 말 뼈다귀인지도 모르는 남자에게도 상냥했다.

그러자 소년은 고개를 들면서 말을 이었다.

"무쿠로가— 정령이, 지구를 『잠갔어』. 이대로 있다간 엄청난 일이 일어날 거야! 부탁이야……. 너희가 지닌 정령의 힘을…… 빌려줘!"

소년은 필사적인 목소리로 호소했다.

하지만…… 나츠미는 미간을 찌푸렸다. 그럴 만도 했다. 우선 이 소년이 하는 말 자체를 이해할 수가 없었다. 아무래도 정령에 대해 알고 있는 것 같지만, 그 점이 그를 한층 더 미심쩍어 보이게 했다.

하지만—.

"……알았어요. 도와드릴게요."

잠시 주저한 후, 요시노는 그렇게 말하며 고개를 끄덕였다. 나츠미는 눈을 치켜뜨며 요시노를 쳐다보았다.

"요, 요시노? 좀 더 생각해보는 편이 좋지 않을까? 완전 수상쩍잖아……."

"예……. 하지만 나쁜 사람처럼은 안 보이는데다…… 뭐라고 말하면 좋을지 모르겠지만, 저는— 이 사람을 돕고 싶어요."

요시노는 결의에 찬 눈빛으로 고개를 끄덕였다.

그러자 다른 정령들도 차례차례 동의했다.

"크큭, 뭐, 좋다. 최소한의 예의는 알고 있는 것 같으니까 말이다."

"수긍. 왠지 모르겠지만, 전에도 이런 일이 있었던 것 같은 느낌이 들어요."

"음…… 뭐, 여러분이 그렇게 말씀하신다면야…… 남자애이기는 해도 쓸데없는 부분을 싹둑 잘라버리면 꽤 귀여울 것처럼 생기기는 했네요~."

"아~. 뭐, 괜찮지 않겠어? 나, 이런 뜨거운 전개를 좋아하거든."

"다들……."

소년은 감동한 것처럼 울먹거렸다.

약간 머쓱해진 나츠미는 땅이 꺼져라 한숨을 내쉬었다.

"……하아, 마치 나만 나쁜 애 같잖아. 알았어. 나도 도울게. —그런데, 대체 뭘 어쩌면 되는데?"

나츠미가 그렇게 묻자, 소년은 환한 표정을 지은 후— 그 자리에서 굳어버렸다.

"으음, 그게—."

아무래도 구체적으로 뭘 어떻게 할지 생각해두지 않은 것 같았다. 나츠미는 한 번 더 한숨을 내쉬었다.

바로 그때였다.

『—하아, 뭐 하는 거야?』

어딘가에서 코토리의 목소리가 들려왔다.

"아! 코토리 씨?!"

"어라? 어디 있는 거야?"

『테리터리를 이용해 〈프락시너스〉에서 목소리를 전하고 있는 거야. —저 사람이 말한 것처럼 지면이 영력에 침식되고 있어. 이 영력이 지구에 어떤 영향을 끼칠지는 모르겠지만, 이대로 보고 있을 수만은 없어. —지금부터 특정 포인트 여섯 곳에 〈위그드 폴리움〉을 발사할 테니까, 그곳을 기점 삼아 영력을 보내줘. 그럼 한동안 침식을 막을 수 있을 거야.』

"호오, 그러하냐. 꽤 하지 않느냐, 코토리! 내 권속으로 삼아주마."

『사양할게. —하지만 내 쪽에서 할 수 있는 건 이게 다야. 이 사태를 일으킨 정령과 천사를 어떻게 하지 않는 한, 이 문제를 근본적으로 해결할 수는 없어. —진짜로 뒷일을 맡겨도 되는 거지? 이츠카 시도.』

코토리가 그렇게 말하자, 시도라고 불린 소년은 힘차게 고개를 끄덕였다.

"그래. ……다들, 정말 고마워. ─잘 부탁해."

소년은 그렇게 말하면서 돌아서더니, 걸음을 옮기려 했다.

나츠미는 그런 그의 등을 쳐다보며 말했다.

"……어디 가는 거야?"

그러자 소년은 나츠미를 돌아보지 않은 채 대답했다.

"─내 도움을 기다리고 있는 애가 있는 곳으로 갈 거야."

◇

미세한 진동이 계속되는 대지 위에서…….

"나리는─ 넘겨주지 않을 것이니라."

날카로운 시선을 머금은 무쿠로가 상공에서 무기를 맞대고 있는 토카와 오리가미를 노려보았다.

현재 토카는 오리가미와의 전투에 정신이 팔려 있었다. 그리고 무쿠로라면 그런 그녀의 허를 노릴 수 있다.

"〈미카엘〉─【라타이브】!"

무쿠로가 고함을 지르면서 손에 쥔 〈미카엘〉을 돌렸다. 그 순간, 〈미카엘〉의 끝부분이 겨우겨우 통과할 만큼 조그마한 『문』이 생겨났다.

그 『문』의 끝은 토카의 사각지대와 이어져 있었다. ─이 『문』에 〈미카엘〉을 집어넣은 후, 돌린다. 그러면 전부 끝난다.【헤레스】.〈미카엘〉이 지닌 비장의 카드인 물질분해 형태. 그 무시무시한 힘은 이 세상의 그 어떤 물질이든 전부 없애버릴 수 있었다. 토카 또한 예외는 아니다.

"【헤레스】……!!"

무쿠로는 토카와 오리가미가 격돌하는 타이밍에 맞춰, 열쇠의 천사를 공간에 생긴 『문』에 찔러 넣었다.

하지만—.

"안 돼! 무쿠로!"

〈미카엘〉이 『문』에 들어가려던 순간, 시도가 양손을 벌리며 무쿠로의 앞을 막아섰다.

"—윽?!"

시도가 뜻밖의 행동을 취하자, 무쿠로는 눈을 치켜뜨면서 온몸을 부르르 떨었다.

하지만— 이미 늦었다. 반사적으로 팔의 근육을 긴장시킨 바람에 약간 빗나가기는 했지만, 〈미카엘〉의 끝은 시도의 어깻죽지에 꽂히고 말았다.

"큭……?!"

시도가 고통스러운지 얼굴을 일그러뜨렸다. 무쿠로는 허둥지둥 〈미카엘〉을 뽑기 위해 팔에 힘을 줬다.

하지만—.

"——어?"

다음 순간 느껴진 기묘한 감각 때문에, 무쿠로는 망연자실한 표정을 지었다.

시도에게 박힌 창을 통해, 이미지가 노도처럼 흘러들어오는 느낌이 들었다. 아니, 정확하게 말하자면 무쿠로에게서도 시도에게 무언가가 흘러들어가고 있었다.

그것이 무엇인지는 알 수 없다. 하지만 시도와 무쿠로라는 두 개체의 내면이 뒤섞이고 있는 듯한 느낌이 들었다. 마치 다른 종류의 액체가 가득 들어 있는 병 두 개를 연결시켜서 섞는 것 같았다.

아아— 하지만 이 감각은 처음 느끼는 게 아니다. 그렇다. 이것은 그때, 우주에서 시도가 쥔 가짜 〈미카엘〉이 몸에 박혔을 때와 같은—.

"———."

—그렇다. 그때.

그 추운 겨울날.

실의에 빠진 자신의 앞에 『무언가』가 나타났다.

마치 물에 번진 것 같은, 모자이크가 된 것 같은, 그런 기묘한 모습을 지닌 『무언가』였다.

그리고 그 『무언가』는 자신에게 황금색으로 빛나는 보석 같은 것을 건네줬다.

바로 그때였다. 자신이— 호시미야 무쿠로가, 정령이 된 것은 말이다.

하지만 불가사의하게도 공포는 느껴지지 않았다.

아니, 굳이 따지자면 그런 감정보다 더 큰 환희를 느꼈다는 표현이 적절할지도 모른다.

무쿠로가 손에 넣은 〈미카엘〉. 물질은 물론이고 눈에 보이지 않는 것— 인간의 기억조차『잠글』수 있는 열쇠의 천사.

그 힘을 이용하면, 언니는, 아버지는, 어머니는, 무쿠로만을 사랑해줄 게 틀림없다.

무쿠로는 기쁨에 사로잡힌 채 그 힘을 사용했다. 공간에『문』을 만들어서 부모님과 언니의 모든 지인과 친구에게 〈미카엘〉을 찔러 넣은 다음, 무쿠로의 가족에 대한 기억을『잠근』것이다.

—하지만 결론부터 말하자면, 무쿠로의 뜻대로 되지 않았다.

그날 집으로 돌아온 가족들의 반응은 혼란 그 자체였다. 자신을 그 누구도 기억하지 못한다는 비정상적인 사태에 곤혹스러워하느라 무쿠로를 신경써줄 여유가 없었다.

무쿠로는 믿고 있었다. 주위에 자신을 아는 이가 아무도 없게 된다면, 다들 무쿠로를 사랑해줄 것이라고 말이다.

하지만, 이 사태를 일으킨 이가 무쿠로라는 사실을 안 가족들이 보인 반응은 사랑이나 애정과는 전혀 달랐다.

경악과 분노, 당황과 동요, 그리고— 거부.

아버지는, 어머니는, 언니는, 정체불명의 힘을 지닌 무쿠로를 두려워하며 거부했다.

무슨 말을 들었는지는 잘 생각나지 않았다. 그 광경은 선명하게 떠올릴 수 있지만, 단편적인 말밖에 생각나지 않았다.

『괴물』『무슨 짓을 한 거야』『죽이지 마』『나가』『너 같은 건』―『가족이 아냐』.

어쩌면 그 말을 정확하게 기억했다간 무쿠로의 마음이 견디지 못할 거라고 판단한 뇌가 일부러 이런 것일지도 모른다.

하지만 그때 느낀 마음의 아픔만큼은 확연하게 생각났다.

괴롭고, 힘들고, 슬프고, 쓸쓸했다―. 그럼 감정이 머릿속에서 소용돌이쳤다. 그리고 정신을 차리고 보니, 무쿠로는 아버지에게, 어머니에게, 그리고 언니에게 〈미카엘〉을 찔러 넣어서, 그들 안에 있는 무쿠로의 기억에 자물쇠를 채웠다.

―그들의 말을 더 들었다간 머릿속이 이상해질 것만 같았던 것이다.

그리고 무쿠로는 또 혼자가 되었다.

예전으로 되돌아간 것은 아니다. 가족의 온기를 알게 된 후, 외톨이가 되었다.

지금 생각해보면, 무쿠로에게는 원래부터 누군가를 사랑할 자격은 없었던 것이리라.

사랑을 모른 채 태어났기에, 자신이 지닌 사랑의 형태가 비정상적이라는 사실을 깨닫지 못했다.

누군가를 사랑한다면, 그 누군가에게 사랑받아야만 한다.

누군가를 사랑한다면, 그 누군가는 항상 자신만을 봐줘야만 한다.

그래서, 무쿠로는 잠그고 만 것이다.

자신의 기억을—.

자신의 마음을—.

가족이 있었다는 것을, 가족의 온기를 떠올리지 않도록.

—두 번 다시, 누군가를 사랑하지 않도록.

"아—."

공간에 생긴 『문』 앞에 선 시도는 〈미카엘〉에 어깨를 찔린 채, 자신의 입에서 흘러나오는 목소리를 남이 하는 말처럼 듣고 있었다.

불가사의하게도 그다지 아프지 않았다. 그 대신, 〈미카엘〉을 통해 어느 소녀의 이미지가 흘러들어왔다.

그것은 최근 며칠 동안 시도가 꿨던 꿈이었다.

그리고— 자물쇠가 채워진 무쿠로의 기억이리라.

지금 생각해보면, 시도가 이 꿈을 꾸기 시작한 것은 우주 공간에서 무쿠로에게 〈미카엘〉을 꽂아서 그녀의 마음을 연

다음부터였다.

자세한 원리는 모르지만, 아마 그때 무쿠로의 잠긴 기억에도 균열이 생겼고, 그녀의 기억이 〈미카엘〉을 통해 시도에게 흘러들어온 것이리라.

그리고 또다시 〈미카엘〉을 통해 두 사람이 이어지면서, 그 기억이 뒤섞이고 만 것이다.

"무쿠로…… 너는, 아니, 너도―."

시도는 희미하게 떨리는 목소리로 그렇게 말하면서 무쿠로를 향해 손을 뻗으려 했다.

하지만, 다음 순간―.

"커억……?!"

〈미카엘〉이 꽂혀 있던 부분에서 극심한 통증이 느껴지더니, 어깨와 팔이 펑 하는 소리를 내며 터져버렸다.

"크……, 아아아아아아아아악?!"

그 충격적인 고통을 느낀 순간, 시도는 목청껏 절규를 토했다.

팔이 떨어져나가거나, 박살이 나는 것 같은 느낌과는 전혀 달랐다. 팔이, 어깨가, 존재 자체를 부정당한 것처럼 소멸했다. 겨우 남아있던 손목 아랫부분은 지면에 떨어지더니 성대한 피 웅덩이를 만들었다.

【크…… 아, 아아아아아아악!】

시도는 반사적으로 소리의 천사 〈가브리엘〉을 발동시켰

다. 자신의 『목소리』에 영력을 담아 고통을 참은 후, 출혈을 막기 위해 회복력을 끌어올렸다.

그와 동시에 〈하니엘〉로 어찌어찌 상처를 막았다. ……무쿠로의 〈미카엘〉이 이 힘까지 봉인했다면 불가능했겠지만, 아무래도 〈하니엘〉이 〈미카엘〉로 변하는 것만을 『잠근』 듯했다.

물론 언 발에 오줌 누기나 다름없지만, 어느 정도 효과 — 적어도 극심한 통증 때문에 미쳐버리거나, 기절하는 것만은 막았다 — 는 있었다.

〈카마엘〉의 치유의 불꽃이 상처 부위를 감싸고 있지만, 이렇게 심각한 상처를 고칠 수는 없는지, 아니면 가능은 하더라도 시간이 걸리는 것인지, 아직 효과가 발휘되지 않았다.

시도는 얼굴이 진땀으로 범벅이 된 채 무쿠로를 쳐다보았다.

"무, 쿠로—."

"아…… 아, 아아— 나리, 일부러 이런 게 아니니라……. 무쿠는, 무쿠는 나리를 해칠 생각이……."

하지만 무쿠로는 초점이 맞지 않은 눈으로 허공을 쳐다보며, 겁먹은 듯이 몸을 부르르 떨었다. 손에 쥔 〈미카엘〉을 놓친 그녀는 얼이 나간 듯한 목소리로 말을 이었다.

"싫으니라……. 무쿠를, 외톨이로 만들지 말아다오. 아, 아아아아아, 나리, 언니…… 무쿠는, 무쿠는………!"

무쿠로는 꿈과 기억과 현실이 뒤엉켜버린 것처럼 혼란스러위 하며 머리를 감싸 쥐었다.

다음 순간, 무쿠로의 눈에서 눈물이 떨어지더니, 그녀의 몸에서 탁한 색깔을 띤 영력의 격류가 뿜어져 나왔다.

"으— 아, 아, 아아아아아아아아아아아아—!"

"이……건……."

시도는 쥐어짜낸 듯한 목소리로 그렇게 중얼거렸다.

이 현상은 전에도 본 적이 있다. —반전이었다.

자신의 손으로 시도에게 치명상을 입혔다는 사실, 그리고 — 기억이 되살아나면서 생각이 난, 자신이 마음을 잠그게 된 이유.

그것들은 무쿠로의 마음을 절망으로 물들이기에 충분하고도 남은 요소들이었다.

우아하면서도 용맹하던 영장에 붉은색 금이 가더니, 혼돈을 구현한 것 같은 색깔을 띠었다. 무쿠로가 흘린 눈물은 어둠을 연상케 하는 칠흑으로 변모했고, 지면에 떨어진 〈미카엘〉이 재로 변하듯 사라지더니, 그것을 대신하듯 무쿠로의 등 뒤에 거대한 열쇠가 모습을 드러냈다.

"안, 돼……! 무쿠로!"

이대로 있다간 무쿠로가 진짜로 반전하고 만다.

시도는 비틀거리면서도 어떻게든 걸음을 내디뎠다.

하지만 무쿠로의 몸을 중심으로 소용돌이치고 있는 농밀한 영력은 시도의 접근을 막듯 그를 덮쳤다.

"큭―!"

시도는 그것을 피할 수도, 막아낼 수도 없었다. 그는 어떻게든 견뎌내기 위해 두 다리에 힘을 줬다.

하지만 다음 순간, 머나먼 상공에서 무시무시한 일격이 날아오더니 시도를 덮치려던 무쿠로의 영력을 없애버렸다.

"어―?"

시도는 망연자실한 것처럼 눈을 동그랗게 떴다. 한순간, 〈프락시너스〉가 엄호를 해줬다고 생각했지만― 그렇지 않았다. 방금 그건 〈나헤마〉의―.

"흥."

시도가 그런 생각을 하고 있을 때, 상공에서 목소리가 들려왔다.

"착각하지 마라. 이유야 어찌되었든 간에 나에게 굴욕을 안겨준 네놈이 이렇게 안이한 죽음을 맞이하게 둘 수는 없었을 뿐이다."

토카는 짜증 섞인 어조로 그렇게 말하더니, 다시 오리가미를 향해 날아갔다.

"토카……."

시도는 그렇게 중얼거리며 다시 무쿠로를 쳐다보았다.

토카가 방금 한 말에 다른 뜻이 담겨 있지는 않을 것이다. 하지만― 방금 그 일격 덕분에 활로가 생긴 것은 명백한 사실이다. 시도는 자신을 구해줬을 뿐만 아니라, 무쿠로에게

다가갈 기회까지 만들어준 토카에게 마음속으로 고마워하며 걸음을 내디뎠다. 그리고 남은 팔로 무쿠로를 힘껏 끌어안았다.

몸에는 아직 힘이 들어가지 않았다. 끌어안는다기보다 무쿠로에게 기댄다는 것에 가까운 꼴이기는 하지만— 시도는 개의치 않으면서 목소리를 쥐어짜냈다.

"무쿠로! 무쿠로! 돌아와! 가면 안 돼! 그쪽으로 가면 안된단 말이야!"

시도는 몸에 희미하게 남아있는 힘을 전부 짜내듯, 무쿠로의 몸을 끌어안으며 외쳤다.

—시도는 알지 못했다.

무쿠로가 왜 그렇게까지 남을 배척하며, 시도를 독점하려고 한 것인지를 말이다.

질투와 독점욕은 누구나 가지고 있는 감정이다. 하지만 무쿠로의 경우, 그런 감정이 다른 이들과는 비교도 되지 않을 만큼 컸다.

하지만, 지금은…….

〈미카엘〉을 통해 무쿠로의 기억을 공유한 지금이라면, 알 수 있다.

왜냐면—

"무쿠로…… 너는— 나야."

시도는 칠흑에 물들어가는 무쿠로에게 호소하듯 그렇게

말했다.

그렇다. 무쿠로는, 또 한 명의 시도다. 처음으로 무쿠로의 과거를 꿈에서 봤을 때, 자신의 과거를 보고 있다는 생각이 들었을 정도로 말이다.

시도 또한 진짜 어머니에게 버림받았으며, 철이 들 즈음에는 외톨이였다.

그리고 현재의 가족에게 입양되어, 아버지의, 어머니의, 형제자매의— 가족의 온기를 처음으로 안 것이다.

그렇기 때문에, 이해할 수 있었다.

"무쿠로…… 너는 불안했던 거지? 견딜 수 없을 정도로 불안했던 거지?"

시도가 쉰 목소리로 그렇게 말하자, 무쿠로의 어깨가 아주 약간 흔들린 듯한 느낌이 들었다.

그렇다. 무쿠로는 불안했던 것이다.

기억의 원점에 『사랑』이 존재하지 않았기에…….

어느 날 느닷없이 자신에게 주어진 온기가 너무나도 기분 좋고, 눈부셨지만, 그것을 움켜잡을 수가 없었기에…….

실은 그것이 꿈이나 환상처럼 이 세상에 존재하지 않으며, 설령 존재하더라도 불현듯 사라져버리지 않을까 하는 생각이 들었기에…….

행복 속에 있으면서도, 항상 마음 한편에는 일말의 불안이 남아있었던 것이다.

그래서 가족이 자신 이외의 누군가와 친근하게 이야기를 나누면, 자신이 모르는 세계에 속해 있다는 사실을 알면, 마음이 옥죄어드는 듯한 느낌을 받았다.

결국 자신은 저 사람들의 인생에 덧붙여진 존재이며, 저 사람들이 가장 소중히 여기는 것은 따로 있지 않을까, 하고 생각한 것이다.

무쿠로처럼 극단적이지는 않지만, 어릴 적의 시도 또한 그런 감정을 느낀 적이 있었다.

"하지만, 무쿠로…… 괜찮아."

시도는 시야가 흐릿해지는 와중에도 손으로 더듬어서 무쿠로의 머리를 쓰다듬어주며 말을 이었다.

"그런 걱정은 할 필요 없어. 아버지도, 어머니도, 형제자매도…… 제아무리 떨어져 지내게 되더라도 결국은 이어져 있어. 왜냐면 그게 바로— 가족이라는 거야."

그렇다. 시도는 아버지에게서, 어머니에게서, 그리고 코토리에게서 그 점을 배웠다.

하지만 만약 시도가 그것을 알기 전에 무쿠로와 같은 힘을 지니게 되었다면, 어떻게 되었을지는 알 수 없다.

"……, ……윽."

시도의 말을 들은 무쿠로가 작게 숨을 삼키는 소리가 들렸다.

"하지만…… 무쿠는…… 무쿠에게는…… 이미……."

"……내가!"

시도는 무쿠로가 기어들어가는 목소리로 한 말에 답하듯, 목청껏 외쳤다.

"내가…… 네 가족이 되어줄게. 그러니까 이제 걱정하지 않아도 돼. 무슨 일이 있더라도, 나는 너를 잊지 않아. 그 어떤 짓을 당하더라도, 나는 너를 싫어하지 않을 거야……!"

격렬하게 기침을 하다 핏덩이를 토할 뻔 했지만, 시도는 개의치 않으면서 말을 이었다.

"아…… 나 혼자만으로는, 부족하겠지. 무쿠로, 너도…… 약속해줘야겠어. 일방통행인 사랑만으로는, 의미가 없어. 왜냐면 우리는…… 가족이잖아."

"……아! 나리, 무쿠, 는—."

무쿠로는 입술을 희미하게 움직이며 말을 이었다.

그리고 그 순간, 흙탕물처럼 검고 탁하던 눈물의 색깔이 다시 투명해졌다.

하지만 주위를 가득 채운 영력은 더욱 짙어지고 있었다.

지금이 바로 분수령이다. 무쿠로가 돌이킬 수 없는 강을 건널지 말지를 가르는 순간인 것이다.

"무쿠로—."

무쿠로가 시도의 말을 받아들인 것인지는 알 수 없다. 하지만 시간도, 방법도 없다. 시도는 마지막 힘을 쥐어짜내 무쿠로의 얼굴을 살며시 들어 올린 후—.

"으응……."

"──."

그녀의 입술에, 자신의 입술을 포갰다.

피를 토한 직후에 하는 키스.

사랑을 속삭이기에는 지나치게 피비린내가 나는 입맞춤.

시도는 기도하는 심정으로 두 눈을 꼭 감았다.

그러자 이윽고 서로의 입술을 통해 따뜻한 무언가가 시도의 몸으로 흘러들어왔다.

이 감각은 예전에도 몇 번이나 느꼈다. 무쿠로의 몸에 있는 영력이 시도의 몸으로 흘러들어오고 있는 것이다.

그와 동시에 무쿠로가 두른 영장, 그리고 등 뒤에 현현되려 하던 열쇠 모양의 마왕이 빛을 잃고 대기에 녹아들듯 사라졌다.

"……무, 무쿠로!"

"아…… 으……."

실오라기 하나 걸치지 않은 무쿠로가 힘없이 축 늘어졌다.

하지만 시도 또한 이미 한계를 뛰어넘은 상태에서 무쿠로에게 기대 서 있던 상태였다. 그렇기에 시도 또한 자세가 무너지며 그 자리에서 대자로 쓰러지고 말았다.

"으윽……?!"

등과 뒤통수를 세게 찧은 시도가 한심한 소리를 냈다.

뭐, 그가 비명을 지른 이유는 아까 상처를 입은 곳에 진동이 가해졌기 때문이지만 말이다.

〈가브리엘〉과 〈하니엘〉, 그리고 〈카마엘〉의 힘으로 어찌어찌 응급처치를 하기는 했지만, 원래라면 치명상— 아니, 즉사를 하더라도 이상하지 않을 만큼 심각한 부상을 입었다. 고통을 호소하며 몸부림을 치지 않은 것만으로도 칭찬받아 마땅하다는 생각이 들었다.

"……, ……."

울다 지친 건지, 힘을 다 쓴 건지는 모르겠지만, 무쿠로는 피에 젖은 시도의 가슴팍 위에서 잠들었다.

시도는 그런 무쿠로를 쳐다보며 한숨을 내쉬었다.

"무쿠로…… 나를, 믿어줘서 고마워……."

뒤통수를 바닥에 댄 시도는 하늘을 올려다보며 무쿠로의 머리를 살며시 쓰다듬었다.

……하지만 바로 그 순간, 시도는 불길한 예감을 느꼈다.

방금 큰일을 끝냈지만, 왠지 중요한 무언가를 깜빡한 것 같은 느낌이 들었던 것이다.

마치 그런 생각을 하기를 기다렸다는 듯이, 시도의 눈앞에 펼쳐진 하늘에서 그를 향해 무언가가 엄청난 속도로 낙하했다.

"앗……?!"

시도는 눈을 크게 뜨며 경악했다.

그 무언가는 지면에 닿기 직전에 급격하게 속도를 줄이며 시도의 머리 옆에 내려서듯 조용히 착지했다.

칠흑빛 치마가 시도의 시야를 어루만지듯 바람에 펄럭였다.

그렇다. 그 사람은 바로—.

"—흥. 좀 봐줄만한 구석이 있나 했더니, 결국 이것 밖에 안 되는 여자였던 거냐."

방금까지 오리가미와 공중전을 벌이던 반전 정령, 토카였다.

"토, 카……!"

시도는 숨을 삼키며 자신의 품에서 잠든 무쿠로를 지키려는 듯이 자세를 바꿨다.

"……고마워. 네 덕분에 무쿠로를 막을 수…… 있었어……."

"흥. 내가 알 바 아니다. 어차피 둘 다 해치워버릴 거니까 말이다."

토카는 그렇게 말하면서 흉흉한 눈빛을 띠었다. 시도는 힘없는 눈길로 그런 그녀와 시선을 마주했다.

영력을 봉인당한 채 의식을 잃은 무쿠로에게 토카와 맞설 힘이 있을 리가 없다. 하지만 시도 또한 베스트 컨디션이라고 말할 수 있는 상태와는 거리가 멀었다.

"큭— 무사해?!"

몇 초 후, 토카의 뒤를 이어 오리가미가 약간 떨어진 곳에 착지했다.

오리가미의 영장과 CR-유닛은 곳곳이 손상되어 있었다. 역시 아무리 오리가미라고 해도 반전한 토카를 상대하며 고전을 면치 못한 것 같았다.

"……."

토카는 오리가미를 힐끔 쳐다본 후 주위를 둘러보더니, 다시 시도와 무쿠로를 쳐다보았다.

시도는 등에 땀방울이 맺히는 게 느껴졌다.

그럴 만도 했다. 아까 토카가 시도를 도와준 것은 순전히 변덕이었다. 그리고 토카가 또 변덕을 부리며 시도를, 그리고 무쿠로와 오리가미까지 죽일 가능성이 있는 것이다.

"큭……."

시도는 무쿠로를 가능한 한 부드럽게 지면에 눕힌 후, 현기증과 고통을 견디며 몸을 일으키려 했다.

확실히 몸 상태는 최악이다. 인간과 좀비 중에 근소한 차이로 좀비에 가까운 상황이다.

하지만 토카를 원래대로 되돌릴 수 있는 사람은 시도뿐이다. 그는 기력만으로 몸을 일으키며 무릎을 세웠다.

"크…… 으, 윽……."

"—흥."

토카는 그런 시도를 차가운 눈길로 내려다보더니, 그대로 상체를 숙이고 시도의 멱살을 움켜잡았다.

"크악……?!"

"이츠카 군!"

오리가미는 그렇게 외치면서 토카를 공격하려 했다.

하지만 토카가 날카로운 안광으로 견제하자, 그녀는 그 자리에서 멈춰 섰다. 그럴 만도 했다. 토카가 시도의 코앞에 있는데 반해, 오리가미는 두 사람에게서 꽤 떨어져 있었다. 함부로 오리가미가 나섰다간, 그녀의 창이 토카에게 닿기도 전에 시도의 목이 달아나고 말 것이다.

"……."

토카는 고통 때문에 힘겨워하는 시도를 아랑곳하지 않으며 그의 몸을 들어올렸다.

그리고 지면에 눕혀진 무쿠로를 힐끔 쳐다보며 차가운 목소리로 말했다.

"—모처럼 만난 전사를 다시 어린애로 만든 것이냐."

"큭……."

검처럼 날카로운 안광이 시도를 꿰뚫었다.

하지만 다음 순간, 토카는 숨을 내쉬면서 약간 쓸쓸한 듯한 목소리로 말했다.

"……흥이 가셨다."

"뭐—?"

반전한 토카답지 않은 그 말에 시도는 눈을 동그랗게 떴다.

하지만 그 놀라움은 더욱 커다란 경악에 의해 덧칠되고 말았다.

토카가 시도의 멱살을 잡아당기더니, 한 치의 주저도 없이 그의 입술에 자신의 입술을 맞댄 것이다.

"으읍……?!"

"꺄앗─?!"

시도, 그리고 이 광경을 목격한 오리가미의 목소리가 포개졌다.

하지만 토카는 전혀 당황하지 않으며 자신이 잡고 있던 시도의 멱살을 놓았다.

"……아얏!"

시도는 그대로 엉덩방아를 찧고 말았다. 아까와 마찬가지로 진동과 통증이 온몸을 덮쳤다.

하지만 시도는 인상을 쓰면서도 토카에게서 시선을 떼지 않았다.

─토카가 걸친 칠흑빛 영장이 찬란하게 반짝이는 빛의 입자가 되어 바람에 흩날렸다.

토카는 이제까지와 마찬가지로 냉담하면서도 불가사의한 빛을 띤 두 눈으로 시도를 내려다보며, 조그마한 목소리로 중얼거렸다.

"─나를."

"뭐……?"

"『토카』를, 슬프게, 만들지 마라."

토카는 그렇게 말하더니, 의식을 잃은 것처럼 그 자리에서 쓰러졌다.

"토, 토카?!"

시도는 허둥지둥 지면에 쓰러진 토카의 얼굴을 쳐다보았다.

"으음…… 흠냐……."

토카는 방금까지와 달리, 평온하기 그지없는 얼굴로 잠을 자고 있었다.

외모 자체는 전혀 바뀌지 않았다. 하지만 그녀에게서 느껴지는 분위기는 시도가 잘 아는 토카의 분위기로 되돌아왔다. 시도는 안도의 한숨을 내쉬며 일어서려고 세운 무릎에 머리를 댔다.

"이츠카 군, 괜찮아?!"

오리가미가 그 모습을 봤는지 시도를 향해 뛰어왔다. 시도는 힘없이 쓴웃음을 지으며 손을 가볍게 내저었다.

"무사……하다고 하기에는 상태가 너무 심각한가."

"마, 맞아! 정말 심하게 다쳤네……. 빨리 의료용 리얼라이저를 써야해!"

"응…… 그래. 코토리와 다른 애들은 기억을 되찾았을까? 무쿠로와 토카도 알몸으로 바닥을 굴러다니게 둘 수는 없으니, 빨리 〈프락시너스〉에……."

바로 그때—

시도는 말을 멈췄다.

아니, 반강제로 멈추고 말았다.

—무쿠로가 느닷없이 몸을 일으키더니, 시도의 입술을 자신의 입술로 틀어막았던 것이다.

"우읍…… 무, 무쿠로?!"

"……우후후. 방심은 금물이니라, 나리."

시도가 얼굴을 경악으로 물들이자, 무쿠로는 비틀거리면서도 자신만만한 미소를 지었다.

"대, 대체 이게 무슨……."

"나리는 방금 토카와 키스를 했지?"

"어……."

무쿠로의 말을 들은 순간, 시도의 눈썹이 흔들렸다.

시도는 무쿠로가 자신의 말을 받아들였다고 생각했지만, 설마 또 시도를 독점해야만 직성이 풀린다는 소리를 하려는 건—

무쿠로는 그런 시도의 생각을 꿰뚫어본 것처럼 웃음을 흘렸다.

"안심하거라. 이제…… 괜찮으니라. 시도가 뭘 하든, 무쿠는 이제 불안해하지 않을 것이니라. 왜냐하면…… 가족이니까 말이다."

무쿠로는 그렇게 말하더니, 부끄러워하듯 볼을 살짝 붉혔다.

그 모습을 본 시도는 표정을 풀면서 가늘게 숨을 내쉬었다.

"무쿠로……."

"하지만."

무쿠로는 시도의 말을 끊더니, 방금 입맞춤을 한 자신의 입술을 손가락으로 매만졌다.

"이 정도 스킨십은 괜찮겠지? 가족이니까 말이다."

그리고 그렇게 말하며 장난기 어린 미소를 지었다.

"……으음."

……가족이란 게, 대체 뭐였더라.

시도는 자신이 한 말에 책임을 질 수 있을지 좀 불안해졌다.

종장 재회의 순간

손이 닿을 것만 같은 밤하늘이라는 말을 흔히 쓰지만, 실제로 우주공간을 떠다녀보고, 유성군에도 휘말려봤던 시도는 함부로 밤하늘을 향해 손을 뻗고 싶지 않았다.

역시 별은 멀리서 봐야 아름다운 것이다. 시도는 시야를 가득 채운 별들을 보면서 가늘게 숨을 내쉬었다.

무쿠로의 영력을 봉인하고 며칠이 지난 후, 시도는 자신의 집 옆에 있는 정령 맨션의 옥상에서 밤하늘을 올려다보고 있었다.

시도가 이러는 이유는 단순했다. ―현재 그의 옆에 누워 있는 소녀가 그러기를 바랐던 것이다.

"―무쿠로."

시도가 작은 목소리로 이름을 부르자, 무쿠로는 긴 앞 머리카락을 손가락으로 넘기며 그를 쳐다보았다.

"으음. 나리, 왜 그러는 게냐."

"정말 괜찮은 거야? 밤하늘이 보고 싶다면 코토리가 더 경관이 좋은 장소를 준비해주겠다고 했는데……."

"괜찮으니라. 무쿠는 앞으로 여기서 살 것이지 않느냐. 그러니 여기서 보고 싶구나."

"그렇구나."

시도는 짤막하게 대답한 후, 미소를 머금으며 다시 별이 가득한 하늘을 바라보았다.

그는 반짝이는 별들을 쳐다보며 오른손을 쥐락펴락했다.

딱히 별을 움켜쥐려는 것은 아니다. 단순히 오른손의 감각을 확인해본 것뿐이다.

시도는 일전에 오른손이 날아갔지만, 어찌어찌 예전과 손색없을 정도로 재생시키는데 성공했다. ……심각할 정도로 손실된 부위를 복원시키기 위해서는 〈카마엘〉만이 아니라 리얼라이저의 힘도 빌려야했지만 말이다.

하지만 치료 및 무쿠로의 수용, 사태의 은폐는 가급적 빠르게 진행됐다. 그 뒤, 시도에 대한 기억이 『잠겼던』 이들이 일제히 그를 떠올리더니, 여러모로 손을 써줬던 것이다.

솔직히 말해, 다친 시도를 보고 자신이 그를 잊었기 때문에 이렇게 다치게 된 것은 아닌가 하고 자책하는 정령들을 달래는 게 더 힘들었을 정도다.

예전과는 비교도 안 될 만큼 차분해진 무쿠로는 코토리

와 레이네의 말에 순순히 따르며 각종 검사를 받았다.

그리고 시도의 치료와 무쿠로의 검사가 끝난 오늘, 무쿠로는 오랜만에 만난 시도에게 함께 별이 보고 싶다고 말한 것이다.

"—옛날에……."

"응?"

아무 말 없이 하늘을 올려다보던 무쿠로가 갑자기 입을 열자, 시도는 그녀를 쳐다보았다.

"언니와 이렇게 하늘을 올려다본 적이 있느니라. 무쿠는…… 언니와 함께 별을 보는 게 정말 좋았지."

"아…… 맞아. 그랬지."

시도는 동의하듯 차분한 목소리로 그렇게 대답했다.

시도도 그 사실을 알고 있다. 〈미카엘〉이 모의 파이프 역할을 하면서 두 사람의 기억이 뒤섞였을 때 꾼 꿈에서 나왔던 것이다.

시도는 그 꿈을 꾸면서 진심어린 안도와 행복을 느꼈다. 분명 그것은 당시에 무쿠로가 느꼈을 감정이리라.

"왜…… 그때는 깨닫지 못한 겔까. 무쿠가 걱정하지 않더라도, 언니는…… 아버님은, 어머님은, 무쿠를 사랑해주셨을 것을……."

"……무쿠로."

시도는 살며시 고개를 저으며 말했다.

"어쩔 수 없어. 누구나 외톨이는 되고 싶지 않은 법이야. 어떻게든 자신이 있을 장소를 지키려 하는 것은 당연해. ……나도 무쿠로의 심정을 이해해. 그저 방법이 좀 잘못되었을 뿐이야."

"나리……."

무쿠로는 시도를 힐끔 쳐다보더니, 천천히 눈을 감았다.

"그래……. 그랬지. 나리도 무쿠와 마찬가지였지. 그래서 무쿠는…… 나리와 같이 있으면 안심이 되는 걸지도 모르겠구나."

무쿠로는 부드러운 표정을 지으면서 그렇게 말했다.

그러고 보니 시도가 무쿠로의 과거를 체험했던 것처럼, 무쿠로 또한 꿈을 통해 시도의 기억을 공유했다. 시도는 약간 멋쩍어하면서 볼을 긁적였다.

"음, 그러고 보니 꿈의 내용 중에 이해가 되지 않는 부분이 있었느니라."

"흐음, 어떤 건데?"

"그러니까, 혼자서 집을 볼 때, 양손을 허리춤에 모은 다음, 오의, 순섬굉폭파라고—."

"그건 나와 전혀 상관없는 일이니까, 단순한 꿈일 거야. 응, 틀림없어. 확실해."

시도는 무쿠로의 말을 끊으며 그렇게 말했다. 그러자 무쿠로는 이상하다는 듯이 고개를 갸웃거렸다.

"흐음? 그러하냐······. 뭐, 좋다."

무쿠로는 납득을 했는지 알쏭달쏭한 표정을 지으면서 다시 하늘을 쳐다보았다.

그리고 두 사람은 잠시 동안 아무 말 없이 밤하늘을 바라보았다.

한동안 그렇게 가만히 있는데, 무쿠로가 불쑥 입을 열었다.

"저기, 나리."

"응? 왜?"

"일전에 머리카락을······ 잘라주겠다고 말했었지?"

"뭐?"

시도는 무쿠로의 말을 듣고 눈을 동그랗게 떴다.

확실히 시도는 첫 데이트 때 그런 제안을 했었지만······ 무쿠로는 그때 단호하게 거절했었다. 그뿐만 아니라 반전한 토카와 싸우게 된 직접적인 원인 또한, 그녀가 무쿠로의 머리카락을 잘랐기 때문이었다.

"무쿠로, 머리카락을 잘라도 괜찮겠어?"

"······음. 머리카락을 자르면······ 좀 산뜻한 기분이 들 것 같구나."

무쿠로는 왠지 슬픔이 어린 듯한 미소를 지으면서 앞 머리카락을 손가락으로 매만졌다.

"물론 나리가 잘라줄 게지? 가족이 아닌 사람이 무쿠의 머리카락을 만지게 할 생각은 없느니라."

무쿠로는 농담 어린 어조로 그렇게 말했다.

시도는 약간 멍한 표정을 짓다가―.

"―그래. 나한테 맡겨."

고개를 끄덕이며 무쿠로의 머리카락을 상냥하게 쓰다듬어 줬다.

◇

―귀에 익은 종소리가 학교 안에 울려 퍼졌다.

라이젠 고등학교의 복도에 있던 학생들이 친구들과 인사를 나누거나, 곧 시작될 수업에 맞춰 기지개를 켜며 자신의 교실로 향했다.

"아, 조례 시간이 다 됐네. 아슬아슬하겠는걸."

학교 건물에 서둘러 들어간 시도는 안도의 한숨을 내쉬면서 목에 두른 머플러를 푼 후, 손부채질을 했다.

통학로는 평소와 마찬가지로 추웠지만, 등교 도중부터 뛴 탓에 땀이 약간 났다.

"음, 위험하구나. ……이건 전부, 오리가미가 길 한복판에서 시도의 코트 안에 들어가려고 했기 때문이다."

"그 점에 대해서는 반성하고 있어. 부끄러워서 할 말이 없어. 쥐구멍에라도 숨고 싶은 기분이야."

시도와 함께 등교한 토카가 팔짱을 끼며 그렇게 말하자,

오리가미는 평소와 달리 고개를 숙였다.

하지만 다음 순간, 오리가미는 자세를 낮추면서 시도의 코트 자락에 머리를 집어넣었다.

"우왓?!"

"뭐, 뭐하는 거냐! 하나도 반성하지 않았구나!"

"쥐구멍 대신 시도의 코트 안에 숨었을 뿐이야. 문제될 건 없어."

"문제투성이다!"

토카와 오리가미가 또 다투기 시작했다. 시도는 작게 한숨을 내쉬면서 두 사람을 말렸다.

─무쿠로의 영력을 봉인하고 약 한 달이 흘렀다. 일전의 전투 때 발생한 피해도 완전히 복구되었으며, 텐구 시는 평소와 다름없는 나날을 되찾았다.

반전을 했던 토카도, 오리가미도, 지금은 안정적이었다.

물론 기지를 잃은 〈라타토스크〉는 조직의 체제를 다시 확립시키기 위해 분주한 것 같았고, DEM도 여전히 정령을 노리고 있다.

하지만 이렇게 일상을 만끽할 수 있을 정도로 이 마을은 평화를 되찾았다.

무쿠로가 다른 이들과 함께 잘 지낼 수 있을지 좀 걱정이었지만, 미쿠에게 「아아아아아앙! 귀여워요, 귀여워요, 귀여워요오오오오오! 조그마하면서 쭉쭉빵빵하다니, 지금까지 못 본 타입이에요오오오오!」세례를 당하면서, 예상보다 빠르게 정령들과 친해졌다. 아니, 동정을 사고 있었다. ……피해자들끼리 공감대를 형성한 것 같았다. 뭐, 미쿠는 여전히 경계하고 있는 것 같지만 말이다.

"자, 진정하고 슬슬 교실로 가자. 모처럼 늦지 않게 도착했는데, 이러다간 지각하고 말 거라고."

"으음…… 어쩔 수 없구나. 시도에게 폐를 끼칠 수는 없으니까 말이다."

"알았어."

시도가 끼어들어서 말리자, 토카와 오리가미는 순순히 다툼을 멈췄다.

사실 두 사람은 사사건건 다투지만, 그렇다고 딱히 사이가 나쁘지는 않았다. 오히려 마음속으로는 서로를 인정하고 있는 것 같았다.

그 시절― 토카가 공간진을 일으키며 이 세상에 나타나고, AST인 오리가미가 그런 그녀를 격퇴하려 하던 시절과는 비교도 안 될 만큼 관계가 호전된 것이다.

분명 무쿠로도, 아니― 설령 그 어떤 정령도 마음의 문을 열 수 있을 것이다. 토카와 오리가미를 보고 있으니, 그런 꿈같은 생각이 시도의 마음속에 싹텄다.

"음? 시도, 왜 그러느냐?"

"교실에 안 갈 거야?"

"어? 아, 아무 것도 아냐. 빨리 가자."

시도는 두 사람을 향해 얼버무리듯 그렇게 말하며 쓴웃음을 지었다.

그리고 손에 쥔 머플러를 다시 목에 두른 후, 2학년 4반 교실의 문을 열었다.

―그 순간⋯⋯.

"⋯⋯어?"

시도는 갑자기 걸음을 멈췄다.

교실 안이 평소와 다른 분위기에 휩싸여 있었던 것이다.

왠지 다들 뒤숭숭하다고나 할까, 안절부절 못하면서 한 곳에 주의를 기울이고 있었다.

시도는 그들이 그러는 이유를 곧 눈치챘다.

시도의 자리에 한 소녀가 앉아있었던 것이다.

"아⋯⋯."

시도가 무심코 숨을 삼키자, 소녀는 시도 일행의 존재를 눈치챈 것처럼 눈과 입가에 웃음기를 머금었다.

어둠으로 물들인 듯한 칠흑색 머리카락. 백자처럼 새하얀 피부. 비유가 아니라, 진짜로 **소름이 돋을 만큼** 아름다운 소녀였다.

"너, 는―."

시도가 떨리는 목소리로 그렇게 말하자, 그녀는 벚꽃잎 같은 입술로 미소를 자아내며 입을 열었다.

"—우후후. 안녕하세요, 시도 씨. 오랜만이네요."

"앗······!"
"시도."
그녀를 본 토카와 오리가미가 시도를 지키려는 것처럼 즉시 앞으로 나섰다.
하지만 그녀는 그런 토카와 오리가미를 경계하지 않으며, 그저 즐거운 듯이 웃음을 흘렸다.
"어머, 어머. 왜 그러시죠? 곧 조례가 시작되잖아요?"
"헛소리 하지 마라! 대체 무슨 속셈인 것이냐!"
"네가 왜 여기에 있는 거지?"
토카와 오리가미는 소녀를 노려보며 그렇게 말했다.
그러자 그녀는 손짓을 하듯 요염하게 손을 놀리며, 시도를 응시했다.
"우후후. 저는 오늘부로 복학을 하기로 했답니다. 앞으로 잘 부탁드려요. 토카 양, 오리가미 양, —시도 씨."
온화하지만, 그 안에서 광기가 묻어나는 미소를 머금으며······.

—최악의 정령, 토키사키 쿠루미는 그렇게 말했다.

■작가 후기

오랜만입니다. 타치바나 코우시입니다. 『데이트 어 라이브 15 무쿠로 패밀리』를 독자 여러분께 전해드립니다. 어떠셨는지요. 재미있게 읽으셨기를 진심으로 빕니다.

이번 권은 무쿠로 편 후반이었습니다. 이번에는 전반적인 이야기뿐만 아니라 제가 담고 싶었던 것들을 잔뜩 집어넣었습니다. 구체적으로 언급하자면 오리가미의 CR-유닛+한정 영장, 그리고 무쿠로의 폼 체인지입니다. 둘 다 꼭 넣고 싶었던 요소였던지라 만족했습니다. 그리고 여담입니다만, 「이건 너무 작구나. 가슴이 너무 조여서 숨을 못 쉴 것 같으니라」도 꼭 넣고 싶었습니다.

하지만 이번 권의 표지를 장식한 이는 바로 토카(반전)입니다.

처음에는 무쿠로의 폼 체인지 버전을 표지로 삼자는 의견도 있었습니다만, 임팩트를 중시하기 위해 지금 같은 형태가 되었습니다. 하지만 꽤나 큐트하다고나 할까, 너와 만나게 해준 그 모든 것에 감사하고 싶어질 듯한 포즈군요. 정말 귀여워요.

참고로 배경인 메이드 카페 말인데, 디자인 과정에서 가려질지도 모르지만 한편에 세워진 입간판에는 『메이드가 골라주는 디저트, 이번 주는 콩고물 무제한 서비스♡』라고 적혀 있습니다. ……콩고물 뿌린 인절미인 걸까요? 텐구 시의 콩고물 붐은 이미 엄청난 레벨에 도달한 것 같습니다.

자, 이번에도 많은 분들께서 힘을 써주신 덕분에 이 책을 낼 수 있었습니다.

일러스트를 담당해주시는 츠나코 씨. 매번 멋진 일러스트를 그려주셔서 감사합니다. 블랙 토카의 사복도 엄청 귀여웠습니다. 담당 편집자님, 항상 폐를 끼치고 있습니다. 그리고 디자인을 담당해주시는 쿠사노 씨와 편집부, 영업 담당자 여러분. 출판, 유통, 소매 담당자 분들, 그리고 이 책을 읽어주신 여러분. 이 책에 관여해주신 모든 분들께 진심으로 감사드립니다.

다음 발간 예정은 12월이며, 『데이트 어 라이브 앙코르6』이 될 예정입니다.

이번 권의 마지막 장에서 매우 신경 쓰이는 분이 등장했으니, 본편 16권도 가능한 한 빨리 내고 싶습니다. 키히히히히.

그녀가 등장했으니, 시도는 대체 어떻게 되는 걸까요? 많은 기대 부탁드립니다.

그럼 다음 책을 통해 다시 뵐 수 있기를 진심으로 빌겠습니다.

2016년 8월 타치바나 코우시

■역자 후기

안녕하십니까. 근로청년 번역가 이승원입니다.

『데이트 어 라이브 15 무쿠로 패밀리』를 구매해주셔서 진심으로 감사드립니다.

겨울의 한복판에서 이 후기를 쓰고 있습니다.

항상 겨울에는 추위에 덜덜 떨면서 일을 했습니다만, 올해는 보일러를 틀었습니다.

역시 문명의 이기는 좋군요. 자정 즈음에 켜고 새벽에 끄는데도, 하루 종일 집안이 훈훈합니다. 온기가 있으니 정말 살맛이 난다고나 할까요.

항상 겨울에는 깔깔이에 후드티, 냉장고 바지에 버선(?) 차림으로 추위와 악전고투를 했습니다만, 올해는 깔깔이에 냉장고 바지만 걸치고 지냅니다.

……솔직히 말해 다음 달 전기세와 가스비가 걱정되기는 합니다만, 어떻게든 되겠죠! 끽해봤자 하루 한 끼 라면이 두 끼 라면이 될 뿐이니까요! 달걀 같은 건 애초부터 넣을 엄두도 안 냅니다!

그럼 『데이트 어 라이브 15 무쿠로 패밀리』에 대해 조금 이야기해볼까 합니다.

스포일러가 포함되어 있을 수도 있으니 본편을 안 읽으신 분은 유의해주시길!

이번 권은 정말 재미있는 요소가 잔뜩 들어 있었습니다.

표지를 장식한 반전 토카의 『모에모에큥』도 엄청난 임팩트인데다, 엘렌에 버금가는 실력을 지닌 아르테미시아를 상대하기 위해 오리가미가 펼치는 CR-유닛+한정 영장도 끝내줬죠. 또한, 잠겨있던 마음이 열린 무쿠로의 독점욕 또한 작품의 재미를 끌어올리는데 한 몫 했다고 생각합니다. 그리고 바람처럼 나타나 무쿠로와 격돌하고 있는 시도를 도와준 나츠미도 좋았습니다. 나츠미가 요시노를 두고 혼자 도망칠 리가 없다고 생각하기는 했습니다만, 설마 우주공간에 나타나서 시도에게 승리를 가져다줄 거라고는 꿈에도 생각 못했습니다. 흐흑, 열 받았다고 시도 주위의 여자애들을 전부 로리로 만들어버리던 나츠미가 이렇게 잘 크다니……. 감동의 눈물을 흘릴 뻔 했습니다.

하지만 제가 관심이 갔던 건…… 역시 데빌(?) 오리가미죠! 착하고, 변태 짓 및 스토킹을 안 하는데도 데빌이라고 불려야 하는 데다, 트레이드마크인 롱헤어까지 싹뚝 당한 불쌍한 오리가미!

앙코르에서만 때때로 등장할 뿐, 본편에서는 엔젤(?) 오리가미의 임팩트에 밀려 거의 모습을 드러내지 않는 데빌 오리가미가 위기에 처한 시도를 구하러 등장! 본편에서 자주 등장하지 않는 반전 토카와 데빌 오리가미가 함께 등장하니, 정말 좋았습니다.

저 두 사람이 언제 또 등장할지는 모르지만, 다시 만나는 그 날을 기다리며 저는 앞으로도 더 열심히 번역을 하겠습니다!

그럼 이만 줄이겠습니다.

『데이트 어 라이브』를 맡겨주신 L노벨 편집부 여러분, 재미있는 작품을 맡겨주셔서 감사합니다. 앞으로도 잘 부탁드립니다!

부산에서 양으로 알아주는 모 유명 중국집에서 탕수육 대자를 사온 날, 우리 집에 쳐들어온 악우들이여. 너희들, 일부러 술을 조금만 사온 거지? 내가 숨겨둔 양주를 거덜내려고 일부러 그런 거지?!

함부로 여자의 머리카락을 잘라주겠다고 약속하면 어떤 일이 벌어지는지 알 수 있는 『데이트 어 라이브 앙코르 6권』 역자 후기에서 다시 뵙겠습니다!

2017년 1월 중순
역자 이승원 올림

데이트 어 라이브 15

1판 1쇄 발행 2017년 3월 10일
1판 7쇄 발행 2021년 9월 27일

지은이_ Koushi Tachibana
일러스트_ Tsunako
옮긴이_ 이승원

발행인_ 신현호
편집부장_ 윤영천
편집진행_ 김기준 · 김승신 · 원현선 · 권세라
편집디자인_ 양우연
관리 · 영업_ 김민원 · 조인희

펴낸곳_ (주)디앤씨미디어
등록_ 2002년 4월 25일 제20-260호
주소_ 서울시 구로구 디지털로 26길 111 JnK디지털타워 503호
전화_ 02-333-2513(대표)
팩시밀리 02-333-2514
이메일_ lnovelpiya@naver.com
L노벨 공식 카페_ http://cafe.naver.com/lnovel11

DATE A LIVE Volume Vol.15 MUKURO FAMILY
ⓒKoushi Tachibana, Tsunako 2016
First published in Japan in 2016 by KADOKAWA CORPORATION, Tokyo.
Korean translation rights arranged with KADOKAWA CORPORATION, Tokyo.

ISBN 979-11-278-4058-7 04830
ISBN 978-89-267-9334-3 (세트)

값 6,800원

©Miku 2015/Futabasha Publishers Ltd.
Illustration U35

진화의 열매 1~3권

미쿠 지음 | U35(우미코) 일러스트 | 송재희 옮김

어느 날, 히이라기 세이이치가 다니는 고등학교가 학교째 이세계로 이동했다.
돼지&못난이인 세이이치는 반에서 따돌림을 받아 혼자 숲을 헤맨다.
클레버 몽키가 가지고 있던 『진화의 열매』를 먹어 허기를 달래지만
스테이터스 중 《운》이 제로인 세이이치는 카이저콩 사리아의 습격을 받는다.
그러나…….
"나, 처음. 그러니, 부드럽게 부탁해?"
어째선지 사리아에게 구혼 받았다아아?!

『소설가가 되자』 연재작, 대인기 애니멀 판타지!

© 2015 by Ao Jyumonji
Illustration Erectsawaru

대영웅이 무직인 게 뭐가 나빠 1~3권

쥬몬지 아오 지음 | 에렉트 사와루 일러스트 | 최승원 옮김

"눈을 뜨라"라는 말을 듣고 눈을 떠보니 그곳은 낯선 세계였다.
『마치 게임 같은 세계』인 그림갈에서 살아남기 위해 우리는 싸울 수밖에 없지만……
누군가에게 주어진 길 따위는 사양이다.
난 나만의 길을 가겠다.
신관인 이치카와 마법사인 모모히나를 거느리고
모험의 시작으로 오크를 죽이러 간 나는,
죽어가는 모험가에게서 마검『소울 컬렉터』를 건네받는다.
이것만 있으면 직업 따위 상관없다.
『무직』인 채로 진짜 영웅이 되어주마.

쥬몬지 아오가 선사하는 새로운 영웅담!
소년이 마검을 손에 쥔 순간, 영웅담의 막이 열린다!